どぶどろ

特選時代小説

半村 良

廣済堂文庫

目次

いも虫

神明《しんめい》へ行ったって金を持って帰れるはずはなかった。先々月の晦日《みそか》に千枚屋の老主人は、無理算段をしたという愚痴と一緒に、半金だけはちゃんと払ってくれたのだ。

そのとき千枚屋の主人はこう言った。

「かわったばかりじゃ知らないのも無理はないが、本当を言えばこのくらいの遅れはあたりまえなんだよ。嘘だと思うんならお店《たな》へ帰って番頭さんにでも誰にでも聞いてごらん。古い手代衆ならみんな判ってることだ。でも、このとおり半金だけはお払いするよ。約束は約束……建て前はそうなっているんだから。しかし、これからはよく憶《おぼ》えておいておくれ。はじめはきつい約束も、長い付合いのうちにはゆるむもんだ。そうじゃないか。それが信用というものだろう」

間口《まぐち》が北を向いた莨屋《たばこ》の中は、まだ少し寒いようなうすぐらさだった。繁吉は商人《あきんど》らしい商人がときどき見せるあのつめたいような目で、じろじろと顔から体を眺めまわされた。

「若いねえ……」

羨《うらや》むとも嘆くともつかない言い方だった。

「大伝馬町あたりの手代衆は年々若くなるというが、宮川屋さんでもこんな若い人を掛け取りに出すような世の中になったんだねえ」

「でも、あたしなどは本所《ほんじょ》の生れですから、宮川屋では高が知れています」

そのときの自分の返事がずいぶん的はずれだったことに、繁吉はひと月ばかりあとで気がついた。

千枚屋の老主人には、繁吉の一日おきのように売掛けの精算を求めて通ってくる心理が、手にとるように判っていたのだ。丁稚《でっち》から手代になって何年か。やっとそういう仕事をまかされるようになって、一丁前の商人になったつもりで約束どおりの日に払え払えと責めたてたのだ。商人は約束が命と仕込まれて、それがお店のためだと思い込んで……。

だがその約束も、信用のある相手には二カ月も三カ月も遊びができていて、杓子《しゃくし》定規にぴちっとしまるものではないことが判ったのは、何十日もあとのことだった。

神明の千枚屋はあまり大きくない店だが、宮川屋とはごく古い付合いで、大番頭はじめ、みんな一度は通ったことのある店なのだった。

手代は丁稚と番頭の間というが、その手代にも番頭との中間があって、繁吉は丁稚同然の手代からやっと抜け出したばかりなのだ。

千枚屋はへたな店の者よりその辺のことがよく判っていて、繁吉の張り切りようを迷惑がりながらも一応は買ってくれたらしい。だから半金だけは払ってくれた。先のある若い者の初仕事を、手柄にしてくれるつもりだったのだろう。

そのあとひと月ほどたって、堀留の宮川屋へ千枚屋の倅《せがれ》がいつものように仕入れに来た。繁吉はちょうど居あわせて、ひどく愛想のいい応対をして帰した。帰したあと、ほっとすると同時に、あの老主人の気持が……有難い他人《ひと》さまの思いやりが、じいんと体に沁《し》みた。

えらいことになる、と思った。

帳場へ、その千枚屋の半金がまだ入っていないのだ。どこへ消えたかと言えば、薬《や》研堀《げんぼり》だ。一丁前になったつもりの気負いと見栄、それに「船形家」の小まさと過す甘く粘りつくような夜が、千枚屋の半金をあっさり消してしまったのである。

ただの小さな取引相手、と思ったのが、その実みんな駆けだしの頃あてがわれて、逆に世話になっているくらいの店だったのだ。

「千枚屋さんは小売りをする側の気持をようく教えてくれる。だから勉強になる。俺たちには中買いは判っても小売りの綾《あや》まではなかなか判らないものだ」

いつもどおり、朔日《ついたち》の朝ずらりと並んで定目《じょうもく》を読み聞かされたあと、番頭の一人が繁吉にそう教えた。そのとき、千枚屋の名を聞いた番頭たちが一様に懐かしそうな顔になることを知った。

なに、掛け残りをたらいまわしにやって行くうちにはなんとかなる……と気軽に構えていたが、そういう店ではいつ番頭に話されるか知れたものではなかった。あの老人が褒《ほ》めるつもりで話題にするかも知れないのだ。

千枚屋から半金くらい出る頃だ……帳場からそう言われたのが今朝。はい、と言っていくつかの用事をまとめて店を出たのが昼。ついでの用をすませて、いつの間にか足が神明前へ向いていたが、日蔭町の辺《あた》りまで行くと、もう足が重くて歩く気がしなくなった。

「い、も、むゥしゃ、こおろころ。ひょうたん、ぼっくりこ……」

やけにすがすがしい五月晴《さつきば》れの中に、子供たちの声が響いている。日比谷稲荷の前で、一列にしゃがんで順に前の子の帯にとりついた長いいも虫が這《は》っていた。

「い、も、むゥしゃ、こおろころ……」

繁吉は心の中で子供たちの声にあわせた。そう言って遊んでいたのが、やがて葭問屋に奉公に出され、そのまんま今日のこの場所へつながっている。

右側は塀で、塀の中から伸びた椎《しい》の木が、道にちょっとした日陰を作っていた。

「ひとつもらおうか」

繁吉はそこにいたところてん屋に声をかけた。荷箱の格子にさした杉の青葉が、いかにも五月の色だった。

「今朝鳩が啼《な》くのを聞いたからどうかと思ったんだけど、すっかりいいお天気になっちまって……」

律儀《りちぎ》そうな男が、ごつい手を弾ませるように動かしてところてんを突き、杉の葉をさした徳利から酢醤油をかけてくれた。

繁吉は単衣《ひとえ》の裾《すそ》をはしょって男の横にしゃがみ、皿を受取った。

「二十八日の晩には船に乗せておくれよ……」

この前のとき、小まさはそう言った。

「川びらきの日は前に頼んどかなきゃ駄目だろう」

繁吉がそう答えると、

「乗せてくれるんならあたしが番をとっておくよ」

小まさはそう言って甘えるようによりかかって来た。本名はおまさと言い、柳島の生れだそうだった。年は繁吉よりわずかに下。はじめて船形家へ入ったとき、自分のことばかりを喋る場馴《ばな》れない繁吉の相手に出て、同じ本所という縁が一気に彼をのめりこませたのだった。

「はいよ」

ところてんは呆気《あっけ》なく口へすべりこんで、繁吉は男にいれものを返した。小銭を渡し、そのましゃがんでいる。

いも虫が首をふりふり道に弧をえがき、よたよたと稲荷のほうへ引き返して行く。繁吉は前の子の帯につかまってしゃがみ歩きをしている、いちばんうしろの男の子をみつめながら、ひどく虚しい気分になっていた。

本所生れだから宮川屋では先が知れている……それを千枚屋でも言ったし、小まさにも言った。

莨問屋の宮川屋は本拠が伊勢にあった。だから番頭も主だった者はみな伊勢の生れで、半季半季に伊勢から交代でやってくる。もちろんその上にたつ江戸の惣《そう》番頭も伊勢の人で、繁吉のような場合は、たとえ江戸育ちであろうと一定のところで頭うちになるわけなのだ。ついこのあいだ通いになった行徳《ぎょうとく》生れの清吉という小番頭は、もう四十すぎだ。

「世帯を持ってみたらもう厄《やく》だった。お前も今の内に少し考えたほうがいいぜ」

一緒に行った船形家でそう自分を嗤《わら》った。女房は質屋の出戻りで、器量も性分もはじめから清吉の気に入ってはいないようだった。

「なぜそんなおかみさんをもらっちゃったんだね」

繁吉がふしぎがると、少し酔った清吉は腹をたてたように言った。

「なぜ……なぜって聞くのか。そんなこと俺にだって判るかい。なぜ俺が行徳の貧乏漁師の伜に生れちゃったんだか、そいつは誰にだって判りはしねえさ。とにかく親たちが助かりたかったのさ。この年になって、そいつだけは判った」

「どうしてなの」

「貧乏人の子だくさんさ。おまんまを食う口がひとつでも減れば親は楽じゃねえかこそうだろう。まずそのことがあって、それからこの子の行末は、さ。どうせ要《い》らねえ口だけど、どこかでおまんまを食う口ならば、さき行き無難なところで食わせてやりてえ……そういうことさ。俺は何も親に文句を言ってるんじゃない。世の中はそういう仕掛けだっていうことよ。つてがあって、堀留の莨問屋ならよかろうと……俺はつれて来られた。こうなるのがあたり前なんだと、とりたてて悲しくもなかった。子供なんて水と一緒だ。どんないれものにもあくる日っからするりと馴染《なじ》んじまう。世の中はこうだ世間はこういうもんだって、自分のいるところしか見ねえでそう思いこんで育っちまった。宮川屋というお店の箍《たが》が外れたら、もう生きちゃ行けねえぐらいに思っちまうのさ。呶鳴《どな》られ叩《たた》かれは苦労じゃねえよ。奉公にはついてまわるもんだ。俺はちっとも苦にしなかった。今考えてみると、たしかにそいつは苦労なんて生意気なもんじゃない。苦労ってのはどういうことか、考えてみたことあるかい」

繁吉は黙って首を横に振った。

「苦労ってのは、てめえが何かをしようとして、そのときはじめてぶつかるもんだ。俺のしたことはみんな苦労じゃなかった。これっぱかりも苦労なんかしなかった。ただ莨問屋の板の間に坐って、おまんまを食っていただけさ。なんにもしなかった。なんにもさせてもらえなかった。まだ判らねえかも知れねえが、ああいうお店は、自分で何かしようなんて人間は要らねえのさ。ただ、時分どきになったら集まって来て、板の間へ坐って飯食う連中がいりゃあ、そいでいいのさ。そいで……そいで、店ァ動いてくんだ。そんなとこに苦労なんぞあるもんか。おまんま食うんだって口ァいくらかくたびれらあ。そいつを誰も苦労だなんて言いやしめえ。な、そうだろうが。そうやって、苦労なしで四十ンなっちまった。苦労なんてなあ上等なもんよ。俺っちの着るもんじゃねえ。俺っちの食うもんじゃねえ。俺っちのあがれる店じゃねえや。ぐるっとひとまわりしてみたら、はじめンとこからちっとも動いてねえのが判ったんだ。俺ァやっぱり行徳の貧乏漁師の小倅よ。よそへおまんま食いにだされて、そのまんまいまだにおまんま食ってやがる。そりゃ、俺は愚図だい。才なんざこれっぱかしもあるもんじゃねえ。でも、おまんま食ってんだから人間だあな。誰が見たってそうとしか見えめえ。そいつに、四十ンなって、いいかげんに世帯をお持ちと来た。でもよ、それも宮川屋ってお店の商売のひとつだぜ。判ってんのかよ、こん畜生め。人間が四十までひとり身じゃおかしいんだい。おかしい人間は、あそこにゃ一人も置いとけねえ。高砂やあ、さ……」

喋っているうちに清吉の酔いがひどくなっていた。繁吉は小まさに銚子《ちょうし》のかわりを合図した。

「ことわれるか」

清吉はぐずぐず泣きだしていた。

「お店にじゃねえ、てめえにだ。板の間へ坐って飯よそってもらうのとおんなじこった。一度でも俺がその飯をことわったかい。俺が宮川屋へ来たなア九《ここの》つンときだ。それ以来、三十何年おまんまをことわったことがねえんだ」

「判るみたいな気がするな」

繁吉はしんみり言った。

「うるせえ。誰が判れってたのんだ。俺ァ今てめえと喋ってたんだい。なあ清吉ッつぁんよ」

清吉は本当に自分を呼んだ。

「たのむから、餓鬼《がき》だきゃあこしれえねえでおわっておくんなせえよ。苦労の味にも手が届かねえ貧乏人なんざ……たのむからもう……」

突っ伏して睡《ねむ》ってしまった。

「い、も、むゥしゃ、こおろころ。ひょうたん、ぼっくりこ……」

子供たちがずっと向うで声を合わせていた。

清さんと俺とは違う。……繁吉はそう思い、何かを拒否するように立ちあがった。

隣りのところてん屋が、しゃがんだまま頭をさげた。

「ありがとうございました」

繁吉は来た道を引き返し始めた。ゆっくり動くいも虫を追い越して、お店者らしい急ぎ足で……。

だが行くあてがなかった。宮川屋へ戻って、千枚屋さんは丁度お留守で、とかなんとか言えばかんたんにその場がしのげるのは判っていたが、果して堀留へ近づいた自分が、そのままお店へ入る気になるかどうか、我ながら判らなかった。

それでもそのまま、まっすぐに進んで京橋までやって来たが、橋を渡ると用ありげに左へ曲ってしまった。

やはり清さんと似たところが自分にもあるのだと感じたら、堀留へ戻るのがどうしようもなく嫌《いや》になったのだった。いや、本当は千枚屋のことが主なのだが、それについてはできるだけ図太くふるまっていたかった。どうせ承知でやったことだし、今になってへどもどするのは見苦しいと思うのだ。図太くたちまわっているうちに、どこかにうまい逃げ道をみつけて、無難に納めてしまおうと考えていた。

だが不安がのしかかって来るのはどうしようもなく、清さんのあの愚痴を思いだしたのが口実になって、つい道をそれてしまったのだ。

繁吉はお濠《ほり》ばたを歩いた。一石橋《いっこくばし》を渡った辺りからは急に足が早くなり、それから柳原の土手までは、前のめりにうつむいて一気に歩きとおした。

なんのことはない、無駄な大まわりをして足は結局両国の広小路へ……つまりは小まさのいる薬研堀へ向いてしまっている。

無性に会いたかった。繁吉は土手をゆっくり歩きながら、小まさと会うことを夢想し始めた。

「ほんとに川びらきの晩に会えるんだね」

「約束したじゃねえか」

「そうすると、お店のそとで会うのははじめてだね」

「たまにはのんびりしようぜ」

いつの間にか二人は船に乗っていた。暗い水面に花火の光がときどきうつる。

「いつもこうしていたい……」

「世帯を持てばそうなるさ」

「宮川屋なんかやめてよかったじゃないの」

「あんなところにいつまで俺がいるもんかよ」

「小さくても自分のお店が持てたんだから、先が楽しみだねえ」

「苦労のし甲斐《がい》があるってもんさ」

なんの商売か判らなかった。ただ莨屋でないことはたしかだった。

繁吉は夢想するのをやめた。ひどく楽しい夢想だったが……。

両国橋のたもとで、繁吉はしばらく立ちどまって家並を眺めていた。堀留も薬研堀も、いっしょくたになって自分をしめだしているような気がした。

繁吉はなんということなしに長い橋を渡った。向う側を少しぶらぶらするつもりになっていた。

だが、橋を渡ってしまうと、急に淋しくなった。本所へ来たという実感が湧いて、今まで暮していた土地が、本当は自分のいるべき場所ではなかったような気になった。

一生懸命気をきかせ、宮川屋の風《ふう》に自分から染まって、繁吉は使えるだの、繁吉を見ならえだの言われるようになった。手代に昇進して芝まわり半分まかされて、たしかに一人前近くにはなったはずだ。しかし、生れてはじめて自分の好きなようにしてみたら、とたんに千枚屋の金に手をつけることになった。

いったいどこがいけないのだ。本当に自分が悪いのだろうか。一生あてがいぶちのお仕着せの……清さんのようにその枠の中だけでじっと生きて、しまいに女房まであてがわれて、有難うございましたと頭をさげるほうが正しいのか。さげさせるほうに非道があるのか。これは一概には言えないことだぞと思った。

たしかにとんでもないことをしでかしたと思っている。お店の金に手をつけるのは、許されないことだと判ってもいる。しかしどこか理不尽な気がした。ちゃんと働いて一応の商売もやれるのに、清さんではないが、板の間へ坐って飯を食うだけだ。給金をもらっていると言ったって、ごくささいな身のまわりのことで費《つい》えてしまう。夜、ふっと人恋しくなるとき、その気を納める何ができよう。しかも、そういう気が起るのは、人間なら誰しもあることではないか。

それはとにかく、ほんのちょっぴりしたいようにしたら科人《とがにん》になってしまうなんて、おかしすぎる。かわいそうすぎる。小まさだって似たようなものだろう。いつかこぼしていたが、いくら稼《かせ》いだって、あの子の身にはならないらしい。何も岡場所で遊び呆《ほう》けたいわけではない。好いたらしい相手と会いたいときにときどき会えて、しんみり話ができればいいのだ。そいつがあったら遊びになど出はしなかった。そっと抜けだして、犬に吠《ほ》えられながら半駆けに駆け戻るなんて、遊びにしてはみじめったらしいことなのだ。こうなったら、いっそ盗《ぬす》っ人《と》にでもなって、せめてあの小まさ一人でも今の境遇から助けだしてやったほうが、よほど張りのある生き方なのではないだろうか。

「あたしはお金なんか欲しくないよ」

いつか小まさはそう言った。

「一生小綺麗《こぎれい》に暮せるんなら、そりゃあたしだってお金は欲しいけど、あたしたちのとこへまわってくるお金なんて、どうせ半端《はんぱ》なんだものね。それも、本当のお金持から取れるんならいいよ。半端だってさ。でも見てごらん。うちへ来るお客なんて、似たり寄ったりじゃないか。お金持なんて、こんなとこへ来やしないのさ。こういうとこはね、貧乏人の吹きだまりさ。あたしはいやだね、貧乏人同士で半端なお金のとりっこをするなんて。貧乏のまんまがいいよ。いっそそのほうが綺麗だもの。たとえあたしがこういう店を一軒持てたって、貧乏な子をやとって稼がせて、ちょっとでも甘くすれば自分もたべらんなくなる暮しが精一杯だろ。人さまの足引っぱってそんなことしたってはじまらないものね。喧嘩《けんか》をさけて流れるように流れれば、それでいいと思ってるんだよ」

小まさと世帯が持てなくてもかまわない。それは虫のよすぎる夢だ。でも、あの小まさをもとのおまさに戻して、ちんまりと小綺麗に一生暮させてやることができたら、どんなにか気分の晴れることだろうと思った。

それで気がつくと、向う岸をちょっとぶらつくつもりだったのが、竪川《たてかわ》ぞいに一ツ目をすぎ、二ツ目もすぎて、そろそろ三ツ目通りへさしかかっていた。

繁吉が心底《しんそこ》小まさに惚《ほ》れているかどうか、それは疑問だった。ときには閨《ねや》の手管《てくだ》が過ぎるようだったし、酔うとすれっからしの感じがあった。だが繁吉は小まさほど知っている女はほかにいなかったし、酔っていないときにちらっと見せる清潔な横顔が、繁吉の年相応の夢を刺激するのだった。

繁吉の足はいつのまにか北へ向いていた。小まさの里だという柳島の辺《あた》りへ行ってみたかったのだ。

しかしもう、いくら五月とは言え、日は落ちかけていた。

「それもいいや」

繁吉は歩きながらつぶやいた。いずれ近いうちに千枚屋のことがバレそうだし、どうともなれという気分だった。よしんば大戸が閉じたあとでも、戻ってからの言いわけは、今のところはどうにでもなるはずだった。遊ぶだけの金はないが、柳島へ行った帰りだと小まさに声をかけてから店に戻ってやろうと思った。

だんだん家並がうすれて、その隙間《すきま》から田んぼや畑が見えだしていた。

その辺りは、松倉町の餝《かざり》職の末っ子に生れて、子供の頃よく遊び歩いた土地だった。父親はとうに死んで、一番上の兄が今もそこに住んでいる。

ポン、と石がひとつ、繁吉の足もとへとんで来た。もう押上《おしあげ》へ来ていた。

畑と道の境の夏草の生えたところに、痩《や》せて肩の張った、ちょっといなせな感じの若い男がしゃがんでいた。

「おい」

男は張りのない声で言った。年恰好《かっこう》は似たようなもので、上目づかいに繁吉を見つめている。

繁吉は咄嗟《とっさ》に喧嘩を売られぬ用心をした。黙って行きすぎれば居丈高《いたけだか》にからんで来ると思ったのだ。

「どちらさまでございましたでしょうか」

お店でいつも揉《も》み手つきでやる言い方をして、愛想よく腰をかがめた。

それが判って男は苦笑したようだった。

「お前、もしかしたら餝屋のとこの繁吉じゃねえかい」

ずいぶん古い呼び方だった。

「へえ、その繁吉で……」

途中まで言いかけて、急に相手を思い出した。たしか年ならひとつ上。よくこの辺りを一緒に遊びまわった新助という幼な馴染だった。

「新ちゃんじゃないか。そうだろ」

「お店もんになったってのは聞いてたよ。でもなんだってこんな時刻に押上くんだりを歩きまわってやがんだい」

「いやあ、なつかしいなあ」

繁吉は新助を見おろして言い、すぐ相手の風体《なり》の崩《くず》れように気づいて、となりへ腰をおろした。

「何年ぶりかなあ。それにしてもよく忘れないもんだね、お互いに」

「まったくだ。トボトボ歩ってくるお前を見て、俺はすぐ判ったぜ」

「俺はちょっとまごついたよ」

「ふしぎだな。俺だってこの辺りへはとんと足を向けたことがねえって言うのによ。十年ぶりで来てみると、おめえが向うからやって来るなんて……俺たちはやっぱり縁があるのかなあ」

「何やってるんだい」

「俺か。逃げまわってるのよ」

新助はなげやりに言い、あおむけに草の上へころがって両手を首の下にあてがった。

「逃げるって……」

「久しぶりにぶつかって、いきなりこんなはなしになるのもおかしいが、俺を追って

「どうしてまた」

「どうしてもこうしてもねえさ。いつの間にかそうなってたんだ。おめえは末っ子で早いとこ奉公に出されたが、俺はひとりっ子だった。うちは炭屋だし、あれから毎日手づだわされてた。そうだ、おめえがいけねえんだぜ。繁ちゃんより年上なのにって、何かってえと奉公に行ったお前を引合いにだされたっけ」

「たしか、だいぶ前におやじさんは死になすったんだろ」

「ああ。おやじが死んでしばらくは、おふくろとふたありで、なんとかやってたどんをこねたりしてよ。でも俺はそのうち小日向のほうの炭屋へ預けられた」

「なんで」

「お袋の世話をする奴が出てな。女手じゃ炭屋は無理だ」

「そうだったのか」

「でもよ、炭屋なんておかしくって。おめえみてえにれっきとしたお店へ行ったんならともかく、ちっちゃな炭屋じゃよ……」

「やめたのか」

「やめたさ。すぐだい」

る岡っ引がいるのさ」

「で、何になった」

「いろいろさ。どうせろくなことはしねえけど、そのうち根津に腰をすえて……」

「遊び人か」

「遊び人てのは、遊んでるときの呼名だ。体裁がいいぜ。でも、遊んでねえときも何かしなくちゃならねえ。繁吉よ、俺は本当は盗っ人になっちまったのさ」

繁吉は振り返って肩ごしに寝そべっている新助の顔をみた。夕暮れの空へ、うっそりとした表情を向けていた。

むかし、二人はそういう空の下を、日が落ちるまで駆けまわったものだった。

「判らねえなあ。世の中に、どうして悪く悪くなって行く人間と、少しは以前よりマシになって行く人間がいるんだろう。どうして俺は、悪くなるほうへまわっちまったんだろう。……わが身を嘆いてるんじゃねえよ。追われちまって、この先は江戸を出るより仕方なくなったら、なんとなくこの辺りへ足が向いたのさ」

「お袋さんに会いにか」

「とんでもねえ」

新助は上体をさっと起して吐きすてるように言った。

「お袋にひと目会いてえなんて、そんな野暮なんじゃねえよ。俺は芝居を見るたんび、いつでもそう思うんだがよ、愁嘆場ってのはどんな芝居でも野暮なもんなんじゃねえかな。なるようになっちまったのに、しつっこくダメを押してるんだもんな。見てりゃ俺だって涙のひとつも湧くことがあるさ。でもあれは野暮だい。俺は見物が一人もいなくったって、てめえの芝居でそんなことはしたくないよ。判るだろ」

「うん。でも、あんまり芝居なんて見たことがないのさ」

「俺のは盗っ人の芝居さ。俺はてめえの暮しを芝居だと思ってる。一回こっきりの芝居さ。一人でいても誰かが見ているような気がするんだ。だから人のうちへ盗みに入ったって、変にオドオドはしねえことにしてた。なあ繁吉よ。おめえの暮しは芝居じゃねえよな」

「どうかな。そんな風に考えてみたことはないからな」

「世の中には、世の中が要り用にしているから、ちゃんとハマッて生きてる奴がいる。おめえなんかもその口だ。でも俺なんかはお呼びじゃねえ。侍じゃねえ奴が侍の芝居をするのとおんなじことで、生きてたって仕方のねえ奴が、生きて芝居をしてるだけさ。芝居なら精々野暮ったくならねえようにしようじゃねえか」

「そんな風に自分を言うもんじゃないよ」

「じゃ聞くが、盗っ人は要るかい。世の中には盗っ人も要るって言うのかよ」

「それとは話が違うよ」

「おめえは俺がわが身を嘆いていると思ってる。それはとんだ間違いだぜ。嘆いてなんぞはいねえ。ただふしぎがってるだけさ。要る人間と要らねえ人間がいるってことをさ。もうじき日が暮れらあ。そしたら星が出るだろう。たくさんの星ン中にも、きっと要らねえ星があるんじゃねえかな。そいつは多分光ってるふりをしてる」

そう言って新助は笑った。

「ところでおめえはどこへ行くとこだったんだい。会えてうれしいけど、こんなところでマゴマゴしてると、もうすぐ日が暮れるぜ」

繁吉はそれには答えなかった。

「根津にいたと言ったね」

「ああ」

「今ごろは杜若花《かきつばた》だなあ」

「根津権現はにぎわってるよ」

「そんなことじゃ当分は帰れないな」

「それどころか、今日明日にもお江戸とおさらばさ」

「どこへ行くんだい」

「決めちゃいねえよ。おかしなもんで、もぐりこめるとこがあるのは江戸だけさ。でも、あてのないのもかえって楽しいかも知れねえ」

「俺も一緒に行きたいな」

「なんでよ、莫迦《ばか》言うねえ」

「お店もんなんて、つまらないもんさ」

「どうして」

「俺のいるのは堀留の宮川屋という莨問屋だけど」

「知ってるよ」

「伊勢者の店だってこともか」

「そうか、伊勢の商人《あきんど》か。それじゃ大変だな」

「知るまいが、うちの店では伊勢者以外は出世ができないのさ」

「薄々聞いてはいるよ。そういうお店があるってことはな。でもおめえは違うさ。伊勢者の店でも、決して出世できねえってことはないはずだ。大伝馬町の木綿《もめん》問屋で伊勢屋と言えば指折りの大店《おおだな》だが、今の惣支配は深川の職人の倅だって言うじゃねえか」

「たまにはそういうこともあるさ」

「おい」

新助は草の上で向きを変え、

「しっかりしろよ」

と繁吉のほうへひらき直った。

「俺はちいせえ頃からいつもおめえを引合いに出されながら尻《しり》を叩かれてきた。たしかにおめえはそれだけのことはある奴だった。俺は、なにくそと癪《しゃく》にさわりながらも、おめえには一目《いちもく》置いてたんだ。今に出世する奴だってな。実を言えばあっちこっち逃げまわるように移り歩いている内にこんなになっちまったんだが、ときどきおめえのことは思い出してた。今宮川屋で何やってんだい」

「手代さ。芝まわりを少しまかされてる」

「それ見ねえ。なんとかなり始めてるじゃねえか」

繁吉はギョッとしたように新助を見つめた。相手はすぐ顔をそむけたが、暗くなりかけた中でも、その目に涙の光があったことはよく判った。

「よかったよなあ。やっぱりおめえはちゃんとした奴だったんだからな。ひとつ情けねえことに、俺の知ってる奴ン中で、ちゃんとしてるのはおめえだけだ」

「買いかぶりだよ」

「そんなことはねえよ。おめえはこんな俺に会ったってんで、わざとそう言うんだ。

気持はありがてえが、なぐさめは要らねえんだ」

「そうじゃないったら」

　繁吉はもどかしそうに言った。

「同じ町内から出た同じ貧乏人の倅だよ。いくらか小才がきいたとしても、それまでのことさ。おれもつくづくやんなっちゃってるんだ。今だって、お店の用でこっちへ来たんじゃない。新ちゃんとおんなじさ。行き場がなくってついこっちへ足が向いたんだ」

「冗談じゃねえ」

　新助は声を高くした。

「おめえ、まさかお店を出たんじゃ……」

「まだ出やしない。帰ろうと思えばすぐ帰れる。ちょいとした言い訳ひとつでいいんだ」

「じゃ、なんだってこんな所にいるんだ」

　繁吉は番頭の清吉の話をした。

「そりゃ、その男がそれだけの器《うつわ》でしかなかったからだよ」

「でも、世帯を持ったのは四十すぎだぜ」

「誰でもってわけじゃあるめえ」

新助は繁吉を睨《にら》んだ。

「そりゃそうだけど」

「おめえ、女がいるな」

「うん。俺の女って言えるかどうか」

「どういう女だ」

「この先の柳島の出で、今薬研堀にいる」

するとと新助はケタケタ笑いだした。

「やってるんだなあ」

「おかしいかい」

「そっちのほうじゃ俺のほうが一枚上さ。岡場所の女と繁吉じゃ、先が見えてる。そりゃおめえ、いっときのもんだ。今はカッカとしてたって、堅《かて》えお店もん相手じゃ女がもたねえし、だいいちそうしょっ中行けるもんでもねえだろう。そうこうするうちに、おめえのほうでしらけてくるんだ。そういうもんさ。白粉《おしろい》の向うっ側が見えるようになる。可愛らしく見えたのが、実はだらしのなさだったたってことが判ってくるんだ。それを仕事と天秤《てんびん》にかけたら、女なんぞはまるで天井へハネあがるって寸法さ」

「それほど惚れてはいないつもりさ。一緒になれるとも思っちゃいない」

「なんだ、薄情な奴だな」

新助はまた笑った。蚊が出はじめたようだった。

「畜生、藪ッ蚊め」

新助は臑《すね》をひとつ強く叩いた。

「腹が減ってきたよ」

繁吉が言った。二人は立ちあがり、横川のほうへ歩きだした。

「俺も腹ごしらえをしといたほうがいいんだ。それに川向うと違って、この辺は夜が早えから、食い物屋なんぞはすぐ閉っちまう」

新助はそう言い、心配そうに尋ねた。

「でも、いいのかい、本当に」

「かまわないさ」

繁吉はやけ気味に言った。

「そっちこそどうなんだい。追われてるんだろ」

「なあに、騒ぎはまだ根津の辺りで、とてもこっちまでは来るもんか」

「そういうときの気持って、どうなんだい」

「追われてるっていうことか」

「うん」

「いいもんじゃねえさ。でもよ、おかしいと思わねえか」

「何が」

「要らねえ俺を追いまわすなんてよ。生れてはじめて、急にいなくなったからって探されてるんだぜ。笑わせらあ」

繁吉は釣りこまれて笑った。

「いい度胸だな。俺なんかとてもそうはいかないよ」

新助は黙っていた。

「法恩寺橋を渡ったとこの御用屋敷の通りにあった蕎麦屋《そばや》、まだあるかな」

「あるだろう」

「何て名前だっけ」

「忘れたよ」

二人はそれっきり黙って歩いた。すっかり暗くなった横川を渡り、その蕎麦屋へ入って酒を少し飲み、蕎麦を食った。勘定のとき両方で出すと言い合って、結局新助が払った。

「これから旅に出るっていう新ちゃんに払わせちゃ悪いな」

新助は黙って首を横に振り、角へ出るたびに左へ左へと曲り始めた。

「どこへ行くんだい」

「送ってくのさ、おめえを」

「いいよ、一人で帰れるよ」

「ほんとかい」

凄味《すごみ》のある顔になって新助は立ちどまった。

「大丈夫だよ、子供じゃあるまいし」

「嘘つけ」

新助は過ぎた昔の腕白小僧の言い方になって繁吉を睨みつけた。喧嘩では繁吉が勝ったことのない相手だった。

繁吉はびくっと首をすくめた。

「おめえ、お店の金に手をつけてるだろう」

「莫迦なことを……」

「かくしたって無駄さ。まだバレちゃいねえようだが早晩やっかいなことになる。……おめえの面《つら》にそう書いてあらあ」

繁吉は肚《はら》を据《す》えて新助を睨み返した。南割下水のそばだった。二人にとっては懐かしい、本所の水の匂いがしていた。五月の宵にはことにふさわしい、湿って少し饐《す》えたような匂いだった。

「一緒に旅に出よう」

繁吉が言った。

「ちょっとこっちへ来な」

近くの家々の戸障子《しょうじ》はみな開いていて、中からあがり框《がまち》に足をぶらぶらさせながら、その家の子がこっちを見ていたりした。

暗がりへついて行くと、新助はふりむきざま、いきなり繁吉の横面を力まかせにひっぱたいた。

「いてッ。なんでえ……」

繁吉が頰《ほお》に手をあてながら身構えた。

「繁吉よ」

新助はしんみりした声になっていた。

「そりゃあ若気のあやまちだ。おめえぐれえの年のお店もんにはありがちなこった。そうオドオドするこたあねえんだぜ」

「いつ俺がびくついたい」

「押上で会った時からおかしな具合だったぜ。誰が見たって思案に余ってる顔だぜ。それでも、まさか繁吉がと、疑ってもみなかった。でもよ、だんだん判ってきた。おめえは馴れねえから、世の中がおしまいになったような気になってるようだが、俺たちにすりやあそんなものは怪我の内へも入らねえ。それよりなんとか早く始末をつけて、せっかくのお店を失敗《しくじ》らねえですませたほうがいい」

「そのことばかりじゃないのさ」

「じゃ、なんでえ」

「先が見えたのさ」

「おめえ、そんなに先が見えんのかい。だったらなぜ莫迦なことをした。なぜ、大事なお店の金に手なんかつけちまったんだよ」

「わけはないよ」

「たのまあ、帰ってくれ。今までどおり、ちゃんとした奴でいてくれよ」

「なぜそんなことを言うんだい」

　頬の痛みがひいて行く中で繁吉は言った。

「なぜもへちまもあるもんか」

新助は照れたようだった。

「ちゃんとした奴はちゃんとしていてほしいだけさ。ちっちゃいときの友達が、一人だけなんとかなりそうだ。あとはみんな似たり寄ったり……本所のドブから抜けだせねえでおわっちまう。俺なんざ、その中でもとびきりの余りもんだよ。でもよ、さっきも言ったように、ときどきおめえを思いだして、なんとなくホッとしてたんだ。あいつはちゃんとやっている。あいつは俺と違うんだってな。おめえが出世して、だんだんへだたりができて、今に俺なんざおめえの店の前をそっぽ向いて通らなきゃならねえ日が来るかも知れねえ。おめえの知り合いだってことが判っちゃ気の毒だってな……。でも、そうなって欲しいんだ。あいつは俺の友達なんだ、幼な馴染なんだと、心ン中でそう言って威張れる奴がいてほしいんだ。それだけで、俺はいくらかは要る人間なんだと思えるじゃねえか。帰ってくれよ。たしかに、出世ということは他人をかきわけなきゃできねえ仕事さ。でも、俺たちみてえに、はじめっからそいつをあきらめちゃってる人間ばかりじゃしょうがねえんだ。俺はできねえが、おめえにやってもらいてえ。この年でもうでき損《そこな》いにきまっちゃったような俺に、綺麗なたのしみと言えば……繁吉よ、おめえのことだけなんだぜ。松倉町ももう俺にとっちゃ他人の土地だ。顔をだす気もねえ。でも、おめえは俺のちっちゃいときの名残りなんだ。本所をてめえの土地だと思い込んでいた頃の、その本所がおめえなんだよ。たのまあ、帰ってくれ」

「そんなに言うんなら、帰るよ」

「そうしてくれ」

新助はふところへ手を突っこむと、すっと二歩ばかり近寄って、繁吉に体を押しつけるようにした。

「疵《きず》にならねえうちに早くおさめちまえ」

繁吉は凝然《ぎょうぜん》と立っていた。新助はあとずさって行く。

繁吉のふところに、重いものが移っていた。

「早く帰れ。早く帰ってくれ」

新助が泣くような声で言った。

「だって新ちゃんはこれから旅に……」

「べら棒め。あぶく銭がしこたま手に入ったから追われてるんだ。それっぱかりどうっていうことはねえ」

繁吉の心にほっとした感情が湧いた。

「出世するよ。出世するから来てくれよ」

「ああ」

「きっとだぜ。そのとき、この借りは返すよ」

「行け。早く行け」

繁吉は背を向けて歩きだした。振り返ったとき、もう新助の姿は見えなかった。

繁吉の足が無意識に早くなった。南割下水にかかった橋をわたり、両国のほうへ足早に去って行った。

さっきとほとんど同じところに、新助がしゃがんでいた。

「どうせ半端な金さ」

つぶやいていた。逃亡資金が一度に消えて、どこへ行くあてもなくなっていた。

「盗っ人の金でも、ちゃんとした奴が持てばちゃんと役に立つんだ」

繁吉は歩きながらふところへ手を突っ込んでいた。新助が盗っ人になっていたというのにはびっくりしたが、それならば金はどうにでもなるはずだと思った。素ばしっこい奴だから、当分江戸を離れてほとぼりをさまし、いつかはまた帰ってくるに違いないと思った。

金はだいぶ余分にあるようだった。

繁吉の足はどんどん早くなり、しまいには駆けるようにして両国橋を渡った。

「いもむしゃこおろころ。ひょうたんぼっくりこ……」

軽い調子で口ずさんでいた。

これでもとの落着いたお店ものの暮しに戻れると思った。

「遅くなりまして。千枚屋さんのをいただいて参りました」

「どこで油を売ってたんだい」

「いえ、もう。えへへ……」

「だめですよ。今日はないしょにしておいてあげるけど」

……そんな調子で、あの心配がケロリとおさまってしまうのだ。きっとなんとかなってみせる。要領のいいことでは人には敗けないつもりだ。

「いもむしゃこおろころ」

そうだ、川びらきには小まさと船で花火見物をするんだっけ。小まさは船の番をとっておくと言ったが、それだって混むのが判っている川びらきの晩だ。さきに金がいるのかもしれない。その前に一度また船形家へ行って、金を少し渡してやろう。新しい浴衣《ゆかた》の一枚も買えと言って、余分に渡してやろう。千枚屋の分を返しても、だいぶ余るはずだ。それにしても、新助はどうする気だろう。旅に出るのはいいが、盗っ人はやめられるだろうか。よくいも虫をして遊んだが、もうひとつながりにつながるわけにも行かない。たしかに新助とは少し違う人間のようだ。自分にはきちんとした世渡りのできる才能があるんだ。

ずいぶん歩いたので、その夜繁吉は気持よく睡った。翌朝繁吉が目をさました頃、新助は舞い戻った女の家で岡っ引に縛られていた。

どこかでその日も、子供たちがいも虫をして遊んでいるはずだった。

あまったれ

その酔った五十男が店を出るとき、おお寒《さぶ》……と言って飛び込んで来た春吉と、出会いがしらに肩をぶつけた。五十男は大仰《おおぎょう》によろけ、床几《しょうぎ》に腰をおろし入口を背にして呑《の》んでいた貧乏医者の渡辺順庵の体に、もろにかぶさって行った。

「おう、ご免よ」

春吉はうしろ手でピシャリと戸を閉め、もつれ合っている二人には見向きもせず、遊び仲間の幸之助の前へ坐り込んだ。

「なんだい。びっくりするじゃないか」

渡辺順庵は上体を起して、掩《おお》いかぶさった五十男の体を離れさせようとした。

「それに、酒が少しこぼれちまった」

五十男は三和土《たたき》へだらしなくくずおれ、順庵が坐っている床几の隅《すみ》に手をかけて、もぞもぞと起きあがる。

「すまねえ」

酔いすぎて、抑揚もなくなった低い声であった。

「春吉」

骨格のがっしりとした、のっぽの榎《えのき》洋市郎が順庵のまん前で左手を徳利の首のあたりにかけ、きつい声で言った。御家人の倅《せがれ》で、もうずいぶん長いこと蝦蟇《がま》の油売りをやっている。

「なんです」

「お前のほうから突き当ったんだ。詫《わ》びぐらい言え」

一度振り向いた春吉はすぐ幸之助のほうへ向き直り、

「そいつはすいませんねえ」

と不機嫌な声で言う。

「何だ、その言いかたは」

榎が凄んだ。

「およしよ。あやまったほうがいい」

幸坊、で通っているその春吉の遊び仲間は、小柄で色白で、柳橋の小間物屋の息子であった。年は二人とも十七か八。遊びざかり、ぐれざかりという年頃だ。春吉のほうは四ツ木の大百姓の次男だそうで、近頃はとんと家にも帰っていないらしい。

「よしなよしな。言っても無駄なことだ」

そうとめたのは、おとしあたりまで駒込千駄木のあたりに住んでいたという、易者の日光斎である。正しくは湯浅日光斎というそうだが、この店では易者のじいさんで通っている。

「百姓の小倅が生意気な口を叩《たた》くな」

「おい、酒だよ。酒をおくれ」

春吉が呶鳴《どな》った。

うらぶれた五十男は、まるで盲人がするように、戸の端を何度か触ってたしかめ、そっとあけて表へ出て行った。

「春吉、戸を閉めろ」

五十男が開け放して行った戸口から、冷たい風がさっと吹き込んで来る。榎洋市郎が春吉に強い口調で言うと、渡辺順庵がさっと立ってその戸を閉めて来た。

「あのおやじはどこのどいつだい」

春吉が幸之助に訊《き》いている。

「敬助っていうケチな野郎さ」

幸之助はいっぱしの口をきいた。喧嘩はまるでだめだが、喋らせるとどぎついことを言う。

「あいよ」

店のおやじが二人の前に徳利を置いて去る。

「畜生、寒いし景気のよくねえ店だ」

春吉は聞こえよがしに言って徳利を傾けた。

「気にいらねえ餓鬼だ」

榎が聞き咎《とが》める。

「おい、そこの百姓の小倅」

春吉は首をすくめ、幸之助はその春吉の頭のかげへ顔をかくす。

「四ツ木の百姓だそうだな。百姓は百姓をしていろ。なぜ町場《まちば》へ出て来る」

春吉は低い声で何か言ったようだった。

「何だと」

「ここはお前らの来るところじゃねえ。だいいち、酒を呑むんならてめえの銭にしろ。

「俺……」

　幸之助は前に立った榎を見あげる。

「糞《くそ》、お前もだ」

　何かもっともらしい顔で盃を口へ運んだ。

　春吉は素早く戸口へ飛びつき、さっと表へ飛び出して行く。幸之助は逃げ遅れて、

「おやじ、銭は幸坊が払うからな」

　榎が床几をまわって近付こうとする。

「この餓鬼、もう一遍言ってみろ」

「幸坊、行こう。こんな貧乏風の吹きだまりみてえなとこにいてもはじまらねえや」

　春吉の声が高くなった。

「うるせえっちゃありゃしねえな」

「何が子供だ。子供なら酒を呑むな」

　渡辺順庵が見あげて言った。

「およしなさいよ。相手は子供です」

　榎は居丈高《いたけだか》になって腰を浮かす。

親の銭箱からくすねた銭なら、飴《あめ》でも買ってしゃぶってるもんだ」

「俺はちゃんと働いてる」

「嘘つけ。行きやがれ」

榎は強いという噂であった。幸之助は怯《おび》えた眼で店中を見まわした。助け舟は出そうもない。

「おやじ、勘定はここへ置くぜ」

幸之助は渋々《しぶしぶ》立ちあがり、銭を置くと榎の体を遠まわりによけて出て行った。

「場違いなのがいやがると、酒がまずくていけねえ」

榎は元の場所へ戻りながら言う。すると日光斎が笑った。

「あの子たちは、まだここへ来るほど落ちぶれてはいないと言いなさるのかね」

榎は苦笑しながら坐る。

「貧乏風の吹きだまりか」

「酒が呑めるのだから、そうでもないでしょう」

渡辺順庵が笑う。

「しかし、お主《ぬし》も妙なところへ吹かれて来たもんだな。鳥越の渡辺と言えば、医者の間でも少しは知られた家だろうに」

「世の中はいろいろですよ」

渡辺順庵はまだ若い。だが妙に生気のない男であった。

「いろいろって……まあそうだろう。噂で聞いたのだが、美しいお内儀を持つのもよしあしだそうだな」

榎はからかい気味であった。

「榎さん、およしなさい」

日光斎がとめる。

「おやじ、酒がない」

榎は大声で言った。

「そうだ、世の中はいろいろだ。百姓の倅は百姓をしたがらん。商家の倅は家業をそっちのけ……それでいて、侍らしくなりたがっている侍は蝦蟇の油売りだ。いったい、どこがどうなっている」

「わたしは医師の家に生れて、このとおり医師になっていますよ」

「ああ、立派だよ。褒《ほ》めてやろうか、ええ……」

「榎さんはお侍の家にお生れになった。お役についてお上《かみ》の御用をおつとめになりたかった。でも、お役につくことは並大抵じゃない」

「もうとうにその気もない」

「でしょうが、やはりわだかまりはおありでしょう」

「ない」

おやじが徳利を運んで来た。

「そうでしょうか」

客はその三人だけで、外には北風が鳴っている。順庵は背を丸めて自分の盃に酒をみたす。

「めいめいがなりたいものになれる……そんなことは望みようもありません。でも、侍の子が侍に、百姓の子が百姓に、せめてそうなれば言うことはありません」

「百姓の子が……あの春吉という餓鬼のことか」

「春吉も入れましょう」

「冗談言うな。あんなものと一緒にされてたまるか。あれはなりそこなう。いいや、きまってなり損なう。俺にだって人を見る目はある。見ていろ、あれはいずれ盛相飯《もっそうめし》の味を覚える奴だ」

「そうかも知れません」

「そうだとも」

「でも、お侍にお侍のわけがあるように、百姓には百姓のわけがあります」

「百姓のわけ……なんだ、それは」

「判りません。でもそう思うのですよ。失礼ですが、榎さんだって好きこのんで油売りをなさっているのではございますまい」

「それを言うな」

榎は苦笑して易者を見た。しかし、老いた易者はじっと順庵のほうを見つめていた。

「さっきの春吉や幸坊というのは、たしかにぐれかけています。でも、わけもなくでしょうか」

「わけか……」

榎はため息をつく。隙間《すきま》風で灯《あか》りが揺れている。

「榎さんのお若い頃、立派なお侍になってお上のお役に立ちたいと、そんな風に意気込んだことはありませんでしたか」

「古い昔さ」

「春吉や幸坊も、百姓や小間物屋になれない何かのわけがあるんじゃありませんかね」

「なんの。あいつらはただの考えなしさ。真面目にやればいいものを」

「ですが、たとえば性《しょう》に合わないということだってあります」

榎はばか笑いをして見せる。

「おいおい、少し診《み》たてが違うんじゃねえのか。性に合わねえというのは、要するに甘ったれさ」

「でも、百姓の子で、心底《しんそこ》百姓が合わない者もいるでしょう」

「俺は侍に合わない生れつきだったというわけか」

「そうじゃありません。だが、お役につきにくい立場にお生れになった。小間物屋がどうも性に合わない生れつきと、どこか似ているんじゃありませんか」

「さすが医者だ。理屈っぽいぞ」

「いいえ、これはわたしの話なのです。ここに女が一人いるとします。宿縁というのでしょうか。その女が、どうしてもめぐり会わねばならぬ男が一人います。その女と男が、何事もなく結ばれていれば、これは侍の子が侍になり、百姓の子がよろこんで百姓をすることと同じです」

「まあ理屈だな」

「ところが、世の中というものはそうはうまく行きません。一方が格式ばった医者の家に生れ、一方が茶屋女……」

「なるほど、そうか。そういうわけか」

榎は急に坐りなおし、何度も頷《うなず》いた。

「女は男に会いました。宿縁です。だが添えません。侍の子が侍になれないのです。百姓の子が百姓をやる気になれないのです」

「小間物屋が性に合わないという奴だ」

榎は軽く笑う。

「そうです。でも女は女。そうでしょう」

「そうだ。女は女だ」

「お侍はお侍です。生れて立たされた場所が違うだけで、人間は人間です」

「そうなんだ。人間は人間なんだ。俺は三男坊だった。御家人の三男がどういうものか、お主らには判るまい。先行き明るいことは何もない。生れたことさえ意味がないのだぞ。ただ、生きるためだけに、飯を食って生きのびるためだけのことに、道に立って蝦蟇の油を売るんだ。同じ侍、同じ人間でも、生れて立った場所によっては、柳営の奥深くへ進める機会にも恵まれているというのにな」

榎の顔に若い日の血が見えたようだった。しかしそれもつかのまのことで、すぐ世《せ》故《こ》にたけた照れで掩ってしまう。

「女だって同じことですよ」

順庵は淡々と続ける。

「金輪際医者の妻にはなれない女など、あってはいけないのです。医者など、どれほどの身分ですか。大したことはありはしません。その大したことのないところまでさえ、這いあがれない女がいたとしたら、これはもう……」

榎は黙って酒を呑んだ。

「医者というものは、人間を扱うのが仕事です。生きた人間の体を扱うのです。人間の体は、誰も違いません。女はその医者である男に、ほかの人間と違わない者として扱われました。茶屋女も大名の奥方も、人間は人間です」

「体も同じだろう」

榎は下卑《げび》た笑い方をした。

「だが、医者の家には医者の家のわけというものがあります。男は女をとるか仕事をとるか、ふたつにひとつを選ばねばならなくなりました」

「それでどうなさったのかね」

老いた易者が訊いた。

「男はふたつながらとりましたよ」

順庵は無表情に言って盃をあけた。

「ほう、欲の強い男だな」

　榎が言う。

「いいえ」

　順庵は強く言い直した。

「男はたたかっているつもりでした。世の中のおかしなところを、せめておのれの分だけでも正そうと思ったのです。医者も女も宿縁です。医者は天職、妻は天恵……恵みと言って悪ければ、やはり宿縁でしょうか。たしかに、恵みとは言えませんな」

　はじめて順庵の顔に表情が泛《うか》んだ。自嘲のようであった。

「欲するものをふたつながらとった酬《むく》いをうかがいたいものだな」

　易者が言う。

「酒を呑んでいます。女はうす汚い長屋で針仕事でもしているでしょう。でも、男は今も人間を扱っています。誰もかわりのない、人間の体を」

「ただし、貧乏医者だ。二兎《にと》を追った分だけのものは、失ったというわけだな。鳥越の渡辺家は、今どうなっているのだ」

「弟が継いでいます」

「えらいもんだよ」

榎は真顔で言う。

「さしずめ、これも勇者の一人かな」

「たしかにそうも言えるでしょう」

易者は同意した。

「貧乏人にも勇者はいる」

順庵は首を横に振った。

「いいえ。違います」

「どう違うというんだ」

「女を……宿縁を棄て切れなかっただけです。棄てたほうが得な宿縁を棄て切れなかったということが、勇気あることでしょうか」

「未練ということか」

「そうです。わたしによらず、未練を断てず、愚図愚図と過してしまう者が、この貧乏風の吹きだまりへ吹き寄せられて来るのです。違いますか」

「人間らしいということではないか」

「人間らしい……それは、さっき榎さんが言った甘ったれに通じるのではありませんか」

「また話があの小僧どもに戻ったな」

「榎さん。春吉や幸坊たちのことも、もう少し判ってやっていただきたいのですよ」

「他人の疝気《せんぎ》を気に病めというのか」

「ただ、少しだけ判ってやってください。それだけです」

「まあ、年をとればいずれこういうところへ吹き寄せられる奴らだ。いいだろう。あすから少しは仲間扱いしてやろうか」

「どうぞ……」

順庵は自分の徳利を榎のほうへ傾けた。

「おやじさん、看板の灯りが煽《あお》られている。この風に火でも出してはつまらないから、消したほうがよくはないかね」

易者が言った。

「そうですね」

店のおやじはひょこひょこと出て来て、素早く戸をあけたてして外へ出た。看板の灯りを消してすぐ戻って来る。

「今順庵さんの話を聞いてそう思ったんだが……」

易者がそう言って、舐《な》めるように酒を呑んだ。

「人というのは、それぞれに生きていさえすれば重味のあるものなのだな」

「俺など、軽いものさ」

榎は笑った。

「さっき春吉に突き当られた男を知っていなさるかね」

易者は順庵に尋ねる。

「わたしのすまいのもうひとつ裏の長屋にいる敬助さんでしょう」

「そうですよ。あれは敬助という名です」

「何か、もとは相当の家のあるじだったとか聞きますが、ひどく身を持ち崩《くず》したようで……」

「そう。身を持ち崩してああなった。それも、中年からの遊びでな」

「それでか。呑んでいるのを見ても、どこかすっきりしない男だ」

榎が言う。

「あの男も、貧乏暮しに落ちこんだ一人の勇ましい男ですよ」

「あの敬助がか」

榎は意外そうな顔をした。

「人の噂はするものでないと言うが、まあここだけの話にして置いてもらいましょう。

日本橋の西海屋が、あの敬助の生れた家だったのです」

「まさか」

　榎と順庵は同時に言った。

「嘘を言って何になります。あれは三代目西海屋孫兵衛になるはずの男でしたよ」

「なぜ西海屋ほどの大店《おおだな》の者が、こんなところに……」

「あれは若い頃から糞真面目な男だったそうです。三代目でもあの男がなるなら、西海屋は万々歳だろう。そう言われていたそうです。下に藤吉という弟が一人居りましてな。どうも順庵さんの話に似ているようですが……」

　易者は酒を舐めた。

「さっきの幸坊……あんなものじゃなかったそうですよ」

「道楽か」

　榎が訊く。

「道楽もひどいもので、銭箱からくすねるどころか、千両箱を担《かつ》ぎ出すような勢いで遊びまわったそうです」

　それが今の敬助とどう結びつくのか判じかねて、榎と順庵は顔を見合わせた。

「兄としては、およそ弟に甘かったようです。どんどんひどくなる藤吉の遊びぶりにも、叱言《こごと》ひとつ言うわけではなく、黙っていたのです。かえってそのために、敬助のほうが親類から悪く言われる始末でしてな」

「うん、そういうのはよくある。それで親類たちから追い出されたのか」

「いいえ、まるで違いますよ」

易者は笑った。

「敬助は、まるで藤吉の使った分だけ、自分が余計に働くのだというような具合で、それこそ身を粉にして働きまくっていました。だから、面と向って悪く言えるはずもなく、みんなはただ、いらいらしていたようです。そんなに無理をして、もし働き者の敬助が体をこわしでもしたら、藤吉があとを継ぐことになりかねませんからな」

「なるほど」

「いっぽう、藤吉の遊びは果てしがなく、女は囲うわ博奕《ばくち》は打つわ、呑んで遊ぶときには十人も二十人も引きつれて、それはもう、金がいくらあっても足りるわけもないような有様でした」

「その藤吉は今どうしているのです」

順庵は眉をひそめて言った。

「三代目になっていますよ」

「すると、今の西海屋は、その弟の藤吉……」

「そうなのです。世の中はまったく判りません。敬助は我慢に我慢を重ね、最後のどたん場へ来て、まったく見事な手を打って見せたのです。二人の母親は若くに死んで、だいぶ年上の敬助が、弟の藤吉を猫っ可愛がりに可愛がったといういきさつがあったものですから、まあ藤吉の道楽も半分くらいは自分のせい……と、そのくらいには思い込んでいたんでしょうな」

「それで、見事な手というのは」

「このまま行けばいずれ店が危うくなるというところへ来たとき、敬助は藤吉を呼んで、三代目はお前が継いでくれと言い渡したんですよ」

「それはまたどういうわけです」

「先代はその頃、もうとっくにヨイヨイになっていて、物の役には立たない体だったんです」

「それでいて、道楽者の藤吉にあとを継がせたら、どんな身代《しんだい》でもぶっ倒れてしまうだろうに」

　榎は首を傾《かし》げた。

「とにかく、敬助はそう言い渡すと、自分でさっさと分家の手配をして、勝手に家を出てしまったんです」

「どういうわけだ。潰《つぶ》すなら潰せというわけか」

「で、藤吉はどうしました」

「ほんのしばらくのあいだは、それまでどおりだったそうですが、父親が死ぬと、まわりの者にやいのやいの言われて喪主をつとめ、そのあと、鰹節の倉に入れられた猫のように、何か落ちつかない様子でいたということです」

榎が大笑いする。

「判るな。おやじは死んだ兄貴はいない。金は摑《つか》み放題……それじゃ遊ぶに遊べねえ」

「でしょう。ゆっくりとだが、藤吉はそれで立ち直って行ったのです。一度遊び尽して、面白さもばからしさも知り抜いている。出すべき金は綺麗に出すが、しまるところはがっちりしまって、今まで自分が減らした分をあっさりとり戻したばかりか、さばけた人柄が人気を集めて、見違えるような商売上手になってしまった。そうなれば欲が出て、商売にも本気で身が入り、西海屋はビクともしなくなってしまったんですよ」

「なるほどうまい手だ。だが……」

榎は易者を見つめる。

「それならなぜ敬助は……」

「世の中の面白いところはそこですな。多分敬助は、千番に一番の大博奕のつもりで、藤吉の立ち直りに賭けたのでしょう。分家もいわばそのための芝居で、親類のおもだった連中と組んでやった仕事でしょうよ。ところがそれが大当り。駄目なら本家へとんで帰って自分が元どおり取りしきるはずが、その心配もなくなってしまったのです」

「それで気が抜けたか」

「藤吉は西海屋を元どおり以上に仕立て直してから、敬助に詫びをいれ、当主として本家へ戻るようにすすめたのですよ。だが、そのときはもう、誰の目にも藤吉のほうが一枚も二枚も上だと判っていたのです。敬助も、それを承知していたらしく、このままでいいとかたくなにことわり続け、自分は手堅い一方のやりかたで、分家を守り育てようとしていたらしいのです。ところが、どういう風の吹きまわしか、いいかげんたったら、今度は敬助が道楽を始めていたのです。それも藤吉に輪をかけた勢いでね」

　聞き手の二人は黙っていた。

「当然今度は藤吉が心配して、何かと意見をするようになったんですが、そのとき最後に敬助が言った言葉が面白いのです」

「何と言いました」

「俺も甘ったれてみたかったのだ……」

「甘ったれて……」

順庵は啞然《あぜん》としたようであった。

「あの敬助が、弟にそう言ったのか」

榎は意味がよく判らないでいたようだ。

「ええ。わたしは、敬助の気持も少しは判る気がするんです」

「判らんな。判らねえよ」

榎は盃を置いて腕を組んだ。

「お二人がさっき議論なさっていたでしょう。侍の子は侍……とか」

「あれか」

「そうですよ。敬助は、ひょっとすると西海屋の商売が、生れつき性に合わなかったんじゃありませんかね。それがなんとかかつとまっていたのは、母親がなく、父親が病気で、総領としての立場があったからでしょう。だから精一杯無難に、手堅く手堅くやっていたのです。それが、いろいろないきさつで弟の藤吉にまかせた。藤吉のほうは多分、商売が性に合っていて、それが次男坊に生れついて背負いたい荷を背負えなかったから、逆に遊び呆けていたのではないでしょうかね。だから、重い荷を思い切って背負わせたら、急にしゃんとなって歩きだした……」

「そうか。そういうことになるな」

「敬助は藤吉を、ずっと羨ましがっていたのだと思いますよ。だから遊び放題にさせていたのだし、いよいよのときは思い切った手も打てた」

　順庵が頷く。

「そうです。そうに違いありません」

「落ちつくところへ落ちついて見たら、敬助は結局のところ、自分が性に合わない場所にいることに気付いたのです」

「それで、甘ったれた、というわけか」

　順庵は強く言った。

「いや、甘ったれというのは言葉の綾みたいなものでしょう」

「と言うと……」

「自分の好きなように生きさせてくれ……そう言ったのではありませんか」

「そうかも知れないな。……俺はどうだろう。好きなように生きているのだろうか」

「榎さんと同じ立場でお役についた人がいたとして、その人が榎さんを見くだしているでしょうかね」

　順庵が言う。

「案外羨んでいるかも知れませんよ」

　易者も言った。

「そうだろうか。この蝦蟇の油売り風情を」

「そろそろ看板にしたいんですが」

　店のおやじが声をかけた。

「おう、そんな頃か、もう」

　榎は冷えてしまった残りの酒を、一気に呷《あお》って立ちあがった。

「つめてえ蒲団《ふとん》へもぐり込むとするか」

　順庵と日光斎も立ちあがり、三人は僅《わず》かな銭を惜しそうに置いて店の戸を開けた。

　強い北風が吹きつける。

「おお寒《さ》む……」

　易者は首をすくめる。

「北風に、身の上ばなし吹きちぎれ。そんな句がありましたな」

「まったく、貧乏人に冬は仇《かたき》ですな」

戸が閉まり、三人の足音が遠のいて行く。

あとには北風の音と、戸障子の鳴る音。おやじが寒そうに器を集めてまわる。残った炭火を丹念に黒い火消壺へいれ、入口の心張り棒を支《か》った。

トントン、トントン……。

おやじが奥へまだ引っ込まぬうち、戸を叩く音がした。

「誰だい」

「酒をくれねえか。銭はあとで払う」

「誰だい」

「いつも来てるんだ。敬助だよ」

「もう看板なんだよ」

「たのまあ、寒さで酔いがすぐ醒《さ》めちまいやがる。なあ、たのまあ。銭はあるんだよ、いま無《ね》えだけなんだ。弟のとこへ行けばよ、いくらだって無心できるんだ。だからよ、酒をくれ……たのまあ」

おやじは舌打ちをして、支ったばかりの心張り棒を外した。

「いい歳をして甘ったれなさんな。しょうがねえなあ」

戸が開くと、北風と一緒にうらぶれた五十男がよろめき入って来た。

「おやじよ、俺は淋しいんだぜ。酒が無えとさ……」

「何言ってんだい。毎晩毎晩呑んだくれて。いいご身分じゃねえか」

それでもおやじは酒を運んで来てやった。敬助の、一気にそれを呑みほすときの喉《のど》の音が、やけに生あたたかい感じであった。

役たたず

小間物屋仲間の寄合《よりあい》があって、卸商《おろし》の叶屋《かのうや》と花屋が勘定の半分以上を持ってくれるそうだから、担《かつ》ぎ商《あきな》いの連中はみな機嫌がよかった。

叶屋の代がわりと花屋の店の引っ越しが重なってこういうことになったのだが、浜吉のような駆け出しは、いちばん末席につらなって、上《かみ》の男たちの体のかげにかくれるようにしながら、久しぶりのいい酒にありついていればそれでよかった。

集まったのは三十何人で、宴のなかばから榎町《えのき》の芸者が四人来た。商売が商売だから芸者は何人も知っているが、座敷で飲りながら芸者を眺めるのははじめてで、浜吉は左手の猪口《ちょこ》を胸のあたりにとめて、ぽけっとした顔で芸者たちに見とれていた。

「浜さんよ」

ひとつ上の席に坐った菊造が徳利を突きつけて浜吉を我に返させた。

「え……」

浜吉はそう言うと急いで酒を飲みほし、空《あ》けた猪口で菊造から注《つ》いでもらった。

「渋い話じゃございせんか」

菊造は特に浜吉に言う様子でもなく、低い声で調子をつけてそう言った。年はもう浜吉などよりひとまわりも上だが、割合晩《おそ》くにこの商売へ入ったから、こうした宴席での席次は下《しも》寄りなのだ。

「菊造さんは皮肉な人だから」

そういうのが、仲間に限らず世間の評判である。そう悪い人間ではないのだが、万事に何かこうひと拗《す》ねしたところがあって、とかく陰性な物の言い方をする。現に今晩だって本当はもうちょっと上の席なのだが、はやばやと下《しも》のほうに居据《いす》わっていた。

三味線が鳴って本所《ほんじょ》の源助が唄い始めている。

「渋い、って何のことです」

今度は浜吉が徳利を持って菊造に注ぎながら訊《き》いた。別に大して興味はないが、まあ挨拶《あいさつ》のつもりだった。

「そう思わないかね」

菊造は舌なめずりしてから猪口を口へ運んだ。

「奢《おご》るんなら全部奢ればいいんだ。何も割前を取ることはない」

「そりゃ仕方ないでしょう。こっちの寄合なんだから」

浜吉はちょっとむきになって言った。

「あたしはまだ何遍も出たわけじゃないけど、この寄合は毎年きまったもんなんでしょう」

「そうさ」

菊造はニヤニヤしながら上座のほうを見ていた。床の間を背に二人の男が並んでいる。左の若いほうが叶屋で、右の年寄りが花屋だった。貧相な菊造がそんな笑い方をすると、なんとなくいやらしい感じがした。

「叶屋さんと花屋さんはちょっと顔を出してみんなに挨拶しただけですよ。寄合と言ったって別にしち面倒臭い話なんかあるわけじゃない。年に一度か二度、同業が集まって仲良くしようというだけのことじゃありませんか。あのお二人がいなすったって邪魔になるほどのことはなんにもないでしょう。それでこうしていつもよりずっと小《こ》綺麗《ぎれい》な座敷で、割前以上のご馳走がいただけて……ごらんなさい、芸者衆だって入ってみんなご機嫌じゃありませんか」

浜吉がそう言っているあいだに、ニヤついていた菊造の顔が少しずつ癇《かん》走って来て、言いおえたときには額に青筋を浮かしていた。

「渋いから渋いと言ったまでさ。気に入らなきゃ黙っといで」

いつも皮肉っぽい態度だから、菊造はなんとなく気特にゆとりがあるように見えるが、常になくきつい調子で吐き捨てるように言うのを見ると、ゆとりなどそんなにあるわけがなく、偏屈で小心なのを皮肉っぽい様子でうまく包みかくしていることがひとめで読み取れるようだった。

浜吉はそんな菊造を見ると胸糞《むなくそ》が悪くなって、手酌《てじゃく》でたて続けに飲《や》った。すると菊造は相手を憤《おこ》らせたのを気にしてか、無理やりのように続けた。

「あたしが言うのはね、この席がどうのこうのということじゃないのさ。いいかい、仮にこういう寄合がこの時期になかったとしたらさ。あたしたちは叶屋と花屋から品物を仕入れてる者ばかりだ。叶屋は叶屋で、花屋は花屋で、めいめいこの連中を招《よ》んでそれなりのことをしなけりゃならないだろうってことさ。そうだろう」

「そりゃそうでしょうけど」

浜吉は素直に頷《うなず》いた。たしかに言われて見ればそうに違いなかった。

「でも、寄合があったんだから、この方が手っとり早くていいじゃありませんか」

すると菊造はいくらか気拝を落着かせたと見え、またいつものニヤニヤ笑いになった。

「叶屋と花屋は手がはぶけていいさ。でもあたしは叶屋や花屋の品を売ってやっているんだよ。代金だってきちんきちんと入れている。儲けさせてやっているんだ。そりゃ、担ぎ商いだから額《たか》は少ないかも知れない。でもね、小間物は昔っから担ぎが商いの本筋と定《きま》ってるんだ。ちまちまとしたものを持ってまわって、女衆の膝もとへひろげて見せるからこそ、大して要《い》るものでもない品だってつい手が出るんじゃないか。その為には並の商人《あきんど》にない元のかけようをしてますよ。担ぎの小間物屋が芝居の噂ひとつできないんじゃどうしようもない。浜さんだって芝居を覗くのは仕事のうちでしょうが」

菊造はだんだんしたり顔になり、年長者らしい口ぶりになっていった。

「そういう商売なんだから、卸のほうだって今度のような祝いごとのときには手を抜くもんじゃないってことを、あたしは言いたいのさ」

なんだか知らないが、菊造は喋っているうちにうまい筋道へたどりついてしまったようだった。徳利をとりあげ、また浜吉に注いでくれる。

「芸者つきのこういう振舞酒だったら、あたしはよろこんで二度でも三度でも出掛けるね。叶屋でひと晩、花屋でひと晩。悪くありませんよ」

おどけた言い方をして笑って見せた。

「それを寄合と一緒にかたづけられちまったんだもの、あたしが渋いと言うのは無理ないと思うがね」

「なるほどね」

浜吉はふと自分をお人好しだなと思った。菊造はたしかにいいところを見ている。いつものしみったれた寄合が叶屋と花屋のおかげで一遍に豪勢なことになったと思ってよろこんでいたが、体よく手を抜かれていたようだった。

「なるほど、店持ちは違いますね」

あたりに聞かれないよう声をひそめて答えると、菊造はちょっと尻を動かして浜吉のほうへ体を寄せ、もっと低い声で言った。

「本所の源助さんは商いもうまいが唄もうまい。でも、それよりもっとうまいのは世渡りさね」

え、と言うように浜吉は菊造を見た。ちかぢかと貧相な顔があった。

「この寄合に叶屋と花屋を呼び込んだのは源助さんだっていうからね」

「そうなんですか」

「みんなを上機嫌によろこばせて、叶屋と花屋にも悪く思われない。見なさいよ、あの座持ちのいいこと」

源助は唄いおわって喝采《かっさい》を浴びながら、こっちに背中を見せて正面の二人に酌をしているところだった。

「源助さんはそんな人じゃない」

今度は浜吉の額に筋が浮いたようだった。

「おやおや」

菊造はがっかりしたように言った。

「ここにもまんまと丸められたのが一人いたかね」

菊造はいかにも浜吉などにかまうのは大人気ないと言わんばかりの態度で、上にいる芝の男に徳利を向けて行った。

こっち側の列のいちばん上までに十五、六人ほど並んでいて、末席の浜吉には上のほうの気持が皆目見当がつかない気分であった。

「それにしても旨《うめ》え料理だ」

もう酔いはじめたらしく、そんな大声が耳に入って来る。

「百川《ももかわ》の板前がはだしで逃げ出すそうじゃないか」

その声がしたあたりで、わっと笑声が起っていた。

「何と言ったって、手前ども小商人《こあきんど》にはこちらのようなお店が有難いのでして……」

その笑声におしかぶせるように誰かがおどけている。

「おい」

向う側のいちばん上にいる男が大声でみんなに呼びかけた。

「この中に、この店の板前を客にしている者《もん》はいたかな」

一座が静かになった。日本橋の伊平と言えば、仲間うちでは本所の源助と並んで一番の顔である。

「松留《まつとめ》は地元だが、俺はうっかりしてたよ。名物の女板前を客にしそこなっちまったらしい」

すると、席へ戻って浜吉のほうからは見えなくなっていたが、源助の笑いを含んだ声が答えた。

「褒《ほ》めてやってくれ。ちゃんともう浜吉が摑《つか》んでるのさ」

一座の視線がさっと浜吉のほうへ向けられた。浜吉は照れて坐り直し、左の掌を盆《ぼん》の窪《くぼ》へ当てた。

「や……お前《めえ》か」

伊平は上機嫌で、徳利を手に立ちあがると、座敷を斜めに歩いて浜吉の前へ坐った。

「こいつは恐れ入った。まあ一杯受けてくれ」

「有難うございます」

となりの菊造が眉を寄せてもっともらしい声で尋ねた。

「あの、伊平さん」

「なんだい」

「女板前と申しますと……」

とたんに伊平はのけぞって笑い出した。

「冗談じゃねえぞ、おい。松留の女板前を知らねえ奴がいやがった」

叶屋や花屋をはじめ、みんなが笑った。

「お梅と言ってな、そりゃもう大した腕なんだ」

みんなを笑わせておいて、伊平は菊造に真顔《まがお》で教えている。

「器量はよし、働き者《もん》のしっかり者《もん》さ。言っちゃ何だが、どこがどうということのねえこの松留という店が急にこれだけ繁昌しだしたのは、その女板前のおかげだよ」

「へえ、さようで」

「それにしても、お前さんも小間物屋だろうがよ」

伊平はちょっと咎《とが》めるような顔をした。

評判を　風呂敷にいれ　小間物屋
艶《いろ》川柳で売り出した浦野間男の作である。小間物屋とはそれほどそのときどきの世間の評判に通じていなければならないのだった。

花屋の旦那が女板前を座敷に呼ぼうと言い出した。評判だけでまだ顔を拝んだことのない者も多く、浜吉が使者にたてられた。

浜吉はすっかり気分をよくしてトントンと梯子《はしご》段をおり、

「ご免なすって」

と、帳場《ちょうば》に挨拶してから板場へまわった。以前呉服屋をやっていて何かで身上《しんしょう》を減らしてしまい、この松留という料理屋をはじめた松本屋留次郎が帳場から一緒についいて来てくれた。

「お梅ちゃん、たのむよ」

浜吉は片手拝みにそう言った。お梅はもう襷《たすき》を外していたが、厚手の白前垂れを左手でいじりながら、

「やっぱりお座敷へ挨拶に出なきゃいけないの……」

と困ったような顔をした。

「お姐《ねえ》ちゃん、行っておやりよ」

そのそばで洗い物の手を休めて、いかにも人の好さそうな娘が言った。いやにキンキンとした声だった。

「お前《めえ》は黙ってろ」

浜吉はその娘に乱暴に言ってから、気がついて松留の主人に向ってペコリと頭をさげた。自分の妹でも店にいれば奉公人の一人だ。浜吉も今晩は客だが出入りの商人《あきんど》にかわりはない。

「お行き」

主人は笑顔で言ってくれた。

「はい」

お梅はすぐそう答えた。白前垂れを手早く外すと板場から配膳《はいぜん》の板敷きへあがり、ついでにちょっと雑巾で足の裏を形ばかり拭《ふ》くと、振り返って板場の男たちに言った。

「もうこれで今夜は大方《おおかた》おしまいだけど、帰らないで待っていてくださいよ。安兵衛で一杯やって帰ってもらうんだから」

男たちは素直に喜びの声をあげた。

「さあ、浜ちゃん」

お梅は逆に浜吉をうながして二階へ向った。浜吉は並んで梯子段を登りながら、

「いいのかい。いくら安兵衛でも、みんなに奢るほどのご祝儀が出るかどうか」

と心配した。

「いいのよ」

お梅は襟《えり》もとの辺りをつくろいながら答えた。

「きのはまっすぐ帰してやってくれよ」

「あら、おきのちゃんに用事があったの」

「そうじゃないけどさ。おきのまで連れてくことはないよ。ロべらしだ」

お梅は微笑した。

「いいじゃないの」

「だってあいつ、お梅ちゃんの世話になりっぱなしじゃねえか」

「いいのよ、そんなこと」

お梅はそう言うと背筋を伸ばして座敷へ入った。爪先《つまさき》をたてたまま両膝を畳につき、
両手を膝の上へ置いている。

「皆さん、呼んで参りました。これが松留の板前、お梅さんでございます」

やんやの喝采が起った。

「つたない庖丁で恐れ入ります。お気に召しましたら今後ともよろしく松留をお引立てくださいまし」

お梅は悪びれぬ様子ではっきりと言うと、そのままの姿勢で頭をさげた。主人がもと呉服屋だけに、看板の女板前の衣裳《いしょう》にそつはなく、男仕立の唐桟《とうざん》の、それでもちょっと男よりは身幅が広いかなと思えるくらいのを、胸もときっちりに着て派手めの角帯、髪はひっつめてうしろで束ね、白粉《おしろい》気まったくなしという姿だった。

「まあまあ、こっちへ、こっちへ」

花屋が手招きをし、上機嫌の伊平がまた立ってやって来ると、三太夫よろしくお梅の横前へ中腰になって上座へ案内して行く。

自分の膳へ戻った浜吉へ菊吉がささやいた。

「浜さん、あの姿じゃ小間物のご用はござんせんな」

からかわれても気にならなかった。なんて凄《すげ》え女だろうと、心底《しんそこ》感心して花屋と叶屋の盃を受けるお梅のうしろ姿に見とれていた。

その松留の帰り、梯子段のところで源助に呼びとめられた浜吉は、門口《かどぐち》でみんなと別れると、源助のあとについて橋を渡り、松屋町のほうへ歩いて行った。

「安兵衛ですか」

浜吉が見当をつけると、源助は少し酒臭い息で笑った。

「あの子のこった、板場の連中を引きつれて、さっきの祝儀を使い果しに行くに違えねえさ」

浜吉はうれしくなった。

「源助さんは何でもお見通しなんですね」

「そうかい」

「ええ、さっきお梅ちゃんを呼びに行ったとき、板場でみんなにそう言ってましたっけ」

源助は気持よさそうに声をあげて笑った。

「それにしても、菊造さんてのは嫌な人ですね」

「どうしてそう思う。あれはおとなしい男だ」

「でも言ってましたよ。花屋と叶屋は手を抜いたって」

それだけで源助は判ったらしい。ちょっと変な間を置いてから、

「言いてえ奴には言わしときな」

と言った。

「源助さんのことも」

なおも浜吉が言いかけると、

「いいお月さんだ」

と源助は話をはぐらかした。

「おきのちゃんのことだがな」

浜吉の酔いが急に醒めたようだった。

「おきののこと……」

「うん。お前、あれに好きな男ができたのを知ってるかい」

「とんでもねえ」

浜吉は大きな声になった。犬が吠《ほ》えついてきた。

「あの薄馬鹿め、一人前のことを言いやがると承知しねえから」

「憤《おこ》りなさんなよ。おきのちゃんだって年頃だ。嫁の口があればそれに越したことはなかろう。お前だって……」

たしかに、妹が嫁《かた》づいてくれれば浜吉の荷もいくらか軽くなる。

「でも、あんな役たたずが」

するとと源助はふた声ほど笑い、咳ばらいをした。

「ご免よ。笑うつもりはねえけどさ」

「いいんですよ」

まったくおきのの役たたずぶりと来たらひどいもんだった。尾張様へ奉公に出したのを思い出すと、今でも浜吉は冷汗をかいてしまうのだ。

「畜生め、お梅ちゃんだってまだ独《ひと》り身だというのに」

「嫁《かた》づき易《やす》いほうから嫁づいたほうがいいのさ。姉より先に妹が嫁《ゆ》くってことはよくあるぜ」

「でも、おきのはお梅ちゃんの妹じゃありません。妹どころか、あかの他人なのにお梅ちゃんに厄介《やっかい》ばかりかけて」

「さあそこさ。お前がお梅ちゃんにおきのちゃんのことで済まながるのは判るけど、だったらもうひとつ奥を考えて見ちゃどうだい」

「と言うと……」

「おきのちゃんが嫁に行けば、お前もお梅ちゃんも少しは楽になるんじゃないかな」

浜吉は返す言葉がなかった。そのとおりだった。自分はとにかく、おきのがお梅の荷物であることはたしかなのだし、嫁にやってお梅のそばから離れさせるのが一番いいようだった。

「でも」

浜吉は釈然としなかった。

「でも、何だい」

「おかしな話ですよ」

浜吉は石ころを蹴《け》った。跟《つ》いて来た犬がさっと横丁へ逃げ込む。

「あんな立派な……それこそ同い歳だってのに、男の俺なんかとてもかなわないくらいのお梅ちゃんが嫁き遅れてて、おきのみたいな役たたずに先に嫁の口がかかるなんてさ」

浜吉は甘ったれた言い方になった。源助には小さい頃から散々《さんざ》世話になってきて、父親同様に感じることも多いのだった。

安兵衛が見えて来た。安兵衛は店の名である。狭くて汚なくて大した物も食わせないが、おやじが気さくで人の面倒をよく見るから、なんということなしに集まる客がいる。おやじは昔だいぶ暴れていたそうだが、今では堅く暮していて、役人たちも一目置いているふしがあった。

「ご免よ」

源助が入って行くと、安兵衛のおやじが、

「待ってたよ」

と言った。それで少しは気付けばよかったのに、浜吉はおきののことで頭がいっぱいになっていて、

「でもね、いったいどこのどいつがおきのなんかをもらおうと言うんだろう」

と大きな声で言ってしまった。

うしろ手で障子を閉めてからふと目をあげると、安兵衛のおやじが困ったような顔で源助を見つめており、源助は蛇《へび》を踏んだように中途半端な立ちどまりかたをしていた。

あれ、と思って店の中を見まわすと、いちばん隅《すみ》のほうに、妙に頭を低くして煮物をつついている若い男が目にとまった。

「源さんにも似ねえじゃねえか」

おやじは苦笑しながら言った。

「こいつはひと足踏み違えたか」

源助もそう言って苦笑し、まっすぐ隅の男のところへ行って床几《しょうぎ》に腰をおろした。

「お前もここへ来て掛けな」

浜吉はなんだかバツが悪いまま、言われるとおり源助と並んだ。すると前の男が下を向いたままペコリと頭をさげた。

「すぐそこの南塗師町《みなみぬしちょう》の職人で喜太郎さんという人だよ」

「へえ。お初《はつ》に」

仕方がないから浜吉もそう言ってお辞儀をした。

「この人さ」

「え……」

「おきのちゃんのだよ」

源助にそう言われて、浜吉の右手が思わず自分の口を塞《ふさ》いだ。

「こいつは悪いことを言っちまった」

おやじが熱燗《あつかん》を運んで来て言う。

「勘が鈍いんだね。勘の鈍い奴の屁《へ》は臭いって言うぜ」

「すいません。堪忍《かんにん》してください」

浜吉は前へ乗り出すようにしてあやまった。

「いえ、どういたしまして」

喜太郎のほうもコチコチになってるみたいだった。

「どういたしましてはよかった」

源助とおやじがはじけたように笑う。

「さ、熱いのを一杯飲《や》んな」

源助が仲人みたいな調子で二人に酒を注いでくれた。

「よろしくお願い申します」

喜太郎はごつい手をしていた。浜吉は自分に向けて猪口を差しあげているそのごつい手を見て、何だか急にホッとした気分になった。

「浜吉です。こちらこそよろしく……」

「真面目一方の人だぜ」

源助が太鼓判を押して見せる。

「来ねえうちに言っとくがな、実はこの話はお梅ちゃんがとり持った話なのさ」

「え、お梅ちゃんが」

「そうなんだよ。あの子はあんな性分だから、板場の連中をよくここへ連れて来るのさ。で、喜太郎さんも寝る前にときどきここで一杯飲るのが唯一の道楽みてえなもんで、酒が少しでも入りゃあお互い若い者《もん》同士、声をかけ合ったりしてさ……それで自然とこういうことになっちまったってわけなんだ」

「そうですか。お梅ちゃんのねえ」

浜吉が感心したように言うと、喜太郎も同じような調子で、

「まったくあの人はしっかりしていなさるから」

と言った。

「そりゃもう、しっかりどころか、あんな凄え女なんてものは……いえね、あたしとは同い歳で幼な馴染《なじみ》って奴なんですけどさ、まるでもうずっと年上の、それも兄貴みたいな感じがしちゃって」

「そうなんですよ。あの人は女なのに兄貴みたいなとこがあるんです」

「おいおい」

源助が笑いながら言った。

「お梅ちゃんをつかまえて兄貴兄貴って……そりゃちっとひでえんじゃねえかい」

「だってそんなんだもの、ねえ」

浜吉が喜太郎に言うと、喜太郎も力をこめて頷《うなず》いた。そこへにぎやかに松留の連中がやって来た。

「な、つまりそういうわけなのさ。こいつはちょっとした見合みてえなもんでよ……どうだい、二人を一緒にさせるかい」

源助が種あかしをするように言った。

「そりゃもう」

浜吉は喜太郎を見つめて頷いていた。

貧乏人同士で、嫁をとる嫁に行くと言ったって安直なもんだった。喜太郎の住んでいる南塗師町は松留のほんの近くで、二人が一緒になったって別にどうという変化は起らないはずだった。喜太郎の長屋へおきのがころがり込んで、夜一緒にいるというだけで、おきのは今しばらく松留の手伝いを続けることになっていた。

「お梅ちゃんてのは、俺たち同様貧乏な家に生れたんだけど、ちっちゃいときからそりゃ役に立つ子だったのさ。あれは十かそこらの頃のことだけど、俺達の知らない間に枝豆売りなんかしてるのさ。……豆やア、枝まめエ。まめやア、えだまめエ、ってね。何しろ子供だろ。可哀そうだってんでほんとによく売れたそうだよ。それがね、売り声に工夫してるんだ。……えだまめエ、って言うところを、えまだめエ、ってさ。ね、凄いだろ。言い違えじゃないんだよ。わざと言い違えて客の気を引こうっていうのさ。浴衣《ゆかた》着て紅《べに》なんかつけて、麦湯店なんかも手伝わしてもらってた。とにかくあのお梅ちゃんがいるおかげで、あそこん家《ち》はどれだけ助かったことかね」

喜太郎と親しくなった浜吉は、妹のことなんかそっちのけでお梅の自慢をしていた。

「そんなお梅ちゃんを世間が放っとくもんか。銀座の岩瀬さんが仲に入って尾張様へ女中奉公にあがったんだ。そこでも随分役にたったそうだけど、あとになって家のおきのまで友達でいい子だからって言って引っ張ってくれた」

「そうだそうですね。尾張様なんかへあがってた人を嫁にもらうなんて、何だか悪くって」

「悪かないさ。おきのってのはあんたの前だけどわりとドジでね。尾張様へ行ったってお梅ちゃんに迷惑ばかりかけてた。それもちっとやそっとじゃないんだから。あんまりそれがひどくって、とうとうお梅ちゃんも一緒にさがって来ちゃったってわけ。……いけねえ、こんなことをバラしちゃったら、おきのをもらってもらえなくなるな」

「そんなことない」

喜太郎はむきになった。

どんな嫁入りでも身近に起ればなんとなくうれしいもので、浜吉もだんだん喜太郎を本当に弟のように思い始め、どことなくそわそわした感じで日を送るうち、とうとう祝言《しゅうげん》の晩になった。

松留に部屋でも借りて、という話もあったけれど、それは喜太郎のほうが贅沢《ぜいたく》すぎるからと固く断わって、南塗師町の長屋ですることになった。

源助はもちろん、松留の主人もお梅ちゃんも顔を揃《そろ》えてくれることになっていたが、いよいよとなると松留から使いがとんで来て、商売筋のよんどころない用事ができて二人ともどうしても来られない、ついてはおかみさんを寄越すからそれで勘弁してくれということになった。

「何を今になって……」

黒紋付の源助がいきり立って松留へとんで行ったが、すぐしょんぼりと戻って来て、

「麹町の横山様に若様がお生れになったんだそうだ。あのお殿様には松留も呉服屋の頃からお世話になっているし、どうしてもお梅ちゃんの料理で祝いたいと言われちゃあ、こいつはどうしようもねえこった」

とわけを教えてくれた。とたんにおきのはシクシク泣き出すし、折角の晩がどうしようもないことになってしまったが、それでも源助の高砂《たかさご》やがあっておひらきになり、みんな二人を残して引きあげて行った。

源助はその足で本所へ帰って、浜吉ひとりが安兵衛へ寄った。

「妹の嫁入りの晩だってのに、そんな浮かねえ顔をしなさんな」

おやじは浜吉にたしなめるように言った。

「でもさ、お梅ちゃんのいない祝言なんて、まったく気が抜けすぎらあ」

「役にたつ人はそういうもんさ。お梅さんだってきっと残念がっているだろうに」

「そうだなあ」

と飲みはじめ、つい三本ばかり空けたところへ、いつもの仕事の服装《なり》で、ちょっと息を切らせてお梅が現われた。

「ああよかった。やっぱりいたのね」

お梅はそう言うと浜吉のそばへ腰をおろし、がっくりと肩を落した。

「飲《や》るかい」

浜吉が言うと、

「ええ、お屋敷でもだいぶ飲まされちゃったの」

とあっさり猪口を持った。

「おかげで無事に済んだよ」

「そうね」

お梅は頭をのけぞらせて一気に飲むと、また注げと浜吉に猪口を差し出した。

「変だな。どうしたんだい」

「どうもしやしないわ。お酒が飲みたいだけよ」

お梅は憤《おこ》ったように言い、三杯目は自分で注いだ。おやじがその向う側に立って、浜吉に目顔で合図すると、さっさと奥へ引っ込んでしまった。

「泣いてるのか」

浜吉はびっくりして言った。お梅の目から涙が流れ落ちていた。

「父ちゃんが死んだ晩、あたしは麦湯を売ってた。勝手に稼ぎに出てたから、どこにいるか誰も知らなかったのよ。母ちゃんが死んだときはお屋敷にあがってて間に合わなかった」

「そうだっけな」

「あたしなんて、駄目よ。何の役にもたちゃしない。今晩だってごらんの通りじゃないの。おきのちゃんの祝言だってのに」

「役にたちすぎるんだよ」

「違う。あたしなんて役たたずなの」

「どうしてそんな風に言うんだい。今夜はどうかしてるぜ」

するとお梅は頬《ほお》をびしょびしょにして、それを拭こうともせずにまた酒を呷《あお》った。

「役にたつ……ヘン、だ。人さまの役にたってどうだってのよ。自分の役には何ひとつたってないじゃない」

浜吉はその言葉の深さにギョッとした。

「おきのちゃんはしあわせよ。ちゃんと自分で自分の役にたったんですものね。あたし、癪《しゃく》にさわるから、さっき南塗師町へ寄って顔を出して来たの。そうよ、はじめての晩にそんなことするなんていけないのはちゃんと知ってるわ。でもやって来たの。二人とももう床に入ってたみたいで、迷惑そうな顔で出て来たわ。いけない……そんなことをしちゃ」

「いけなかない。お梅ちゃんだもの」

「あたしにだって好きな人いたのよ。呉服屋の番頭さんで。でも、今あたしが松留をどいたらどうなると思う。そうでしょう。あたしは駄目なの、役たたずよ。……いやっ。あたしなんか大ッ嫌いよ」

お梅は酔っていた。酔ってオイオイ泣き始めていた。

安兵衛のおやじは、足音を忍ばせてその背中を通り、障子に心張りを支《か》って店をしまいにした。お梅に気の済むまで泣かしてやるつもりに違いなかった。

くろうと

夏がおわり、秋風がたち、それがどうかするとぞくっとするように肌にしみたりしはじめた頃、六間堀《ろっけんぼり》の北ノ橋のたもとに、二人の夜鷹蕎麦《よたかそば》屋が出て、深川界隈《かいわい》のちょっとした評判になっていた。

「どっちも、はじめのうちは普通の夜鷹蕎麦屋のように、夜になると出て来てあちこち売り歩いてたんだ。俺はその頃、あいつらの蕎麦を食ったことあるもの」

評判になると、それ以前から二人の蕎麦屋を知っていたという者が、得意そうな顔で言ったりした。

「考えてみな。北ノ橋ってのはいい場所なんだ。俺だっておめえ、あの辺で何か食い物を売ったらいいだろうなあとは思ってたんだ。だってそうだろう、近道だもの。この辺の奴らはみんなあそこを通るんだ」

したり顔でそんな風に言う者もいた。

たしかに、六間堀の北ノ橋は、古くて小さくて何の変哲もない橋だが、深川から本《ほん》所《じょ》……ことに本所を抜けて両国あたりへ出入りする者が、なんということなしに選んでしまう道筋に当っている。

高橋《たかばし》を渡ってまっすぐ行けば五間堀の弥勒寺《みろくじ》橋だがその道を選ぶと二ツ目へ出ることになる。だがその手前の北森下で左へ折れ、北ノ橋を渡れば一ツ目橋から本所相生《あいおい》町へ出て、すぐ両国の橋へ行ける。

まあ、距離から言えば二ツ目へ出て両国橋へ向うのと同じことだが、その方角へ行く場合、少しでも手前から大川端へ近寄ってしまうのがその辺りの人間の習性なのである。

「たしかに評判どおり旨《うめ》えさ。もう何度も食ったが、いつだって唇《くち》が火傷《やけど》をするくれえ熱い奴を食わせやがる。俺みてえに夜歩きの多い男には有難え話さ。冬が楽しみだぜ」

旨いと言っても高が夜鷹蕎麦の味である。だが、値が安くて、こしらえて出すものに商《あきな》いの情がこもっていれば、それは実際の味以上に旨いということになる。

「で、おめえの考えじゃ、どっちが旨いと思う」

評判をしているうちに、話は結局そこへ落着くのだった。

「俺はやはり年寄りのほうが旨えと思うな」

「いや、若え奴のほうが旨えよ」

大川に向って手前、つまり北ノ橋の東のたもとに店を出す夜鷹蕎麦屋は、反対側のたもとの男よりずっと年若である。二人ともはじめは流して歩いていたのだが、そのとき六間堀を境に、自然と縄張りのようなものが出来上ったようで、老人のほうは東側へ来なかったし、若いほうも決して堀の向うへは渡らなかった。老人はもうかなりの年で、だからそんな狭い土地を流して歩くだけで充分だったらしい。

二人の夜鷹蕎麦屋は、六間堀をはさんで流して歩き、ひと休みする場所に北ノ橋のたもとを選んだようだ。橋と言っても小さな橋で、自然どちらともなく声をかけ合ったのだろう。

「あれは商売仇《がたき》というようなものではない。言うなれば二人で一足《いっそく》……下駄のようなものだな」

物識《ものし》り顔をしたどこかの隠居が、そんなように言ったそうだが、たしかにそのとおりかも知れない。

　声よりは　つゆの香で呼ぶ　夜鷹蕎麦
そんな川柳がある。蕎麦つゆの匂いが夜風に乗って漂って来ると、ついそのほうへ顔が向いてしまう。

だが、夜道は急ぐのがならいで、勢いのついた足はそのまま通りすぎるのが普通だ。ところが、短い橋をはさんでまた同じ匂いにとっつかまると、二度目にはついその足もとまろうというわけである。

　いつの間にか、二人の蕎麦屋はその辺のことを呑み込んで流し歩くことをやめ、橋の両側に荷を据《す》えっ放しにするようになったのである。そうなれば、火の面倒見もよくなるし、おのずと味にも気をつかえる。そこへ旨いという評判が立って、もとより小銭で足りることだから、まるで急に深川の名物が増えたように言われていた。

「なんでえ、なんでえ」

　両国橋を渡って来たらしい若い二人連れが、北ノ橋に近付くと前のほうをすかすように見ながら言った。

「見ろよ、橋の向うで三人も蕎麦を食ってやがる。こっちの爺《じい》さんのほうへ一人ぐらい来てやったっていいじゃねえか……そうだろう」

「まったくだ。どっちが旨えと甲乙はつけられねえんだ。若えほうにかたよることはねえさ。かたよるんなら年寄りのほうにしてやるのが当りめえだ」

「畜生め、どこの野郎どもか知らねえが、腹の立つ……おい、一人は女だぜ。女連れだよ」

「てッ……こんな夜更けに出歩く女なんざ、ろくな奴じゃあるもんか。大方あの若えのに色目でも使いやがるんだろうぜ」

「おい、蕎麦を食って行こう。年寄りが若えのに敗けてるのを黙って見すごすわけには行かねえぜ」

「当りめえよ」

二人は橋のたもとの爺さんのところへ近寄って行く。

「爺さん、蕎麦をたのむぜ」

「へい、いらっしゃいまし」

「向うはやけに繁昌してるようじゃねえか」

「いえ……おかげさまで両方かわりばんこに寄っていただいております」

「さすがは年寄りだ。言うことが穏やかでいいじゃねえか。でもよ、両方かわりばんこと言ったって、向うは三人も客がついてるじゃねえか。俺たちが通りがからなきゃ、こっちは敗けっぱなしになるところだぜ」

「有難うございます。でも、夜は長うございます」

「おい、聞いたかい。夜は長うございますとよ。蕎麦の味は同じようなものでも、人間の味はちっとばかりこっちのほうが上らしいぜ」

「でもよ、あん畜生、なぜあそこに店を張りやがるのかな。こっちには爺さんがいるんだから、ちっとは遠慮したらよさそうなもんだのに。橋ならこの先に、中橋でも猿《さる》子《こ》橋でも、いくらもあるじゃねえか」

爺さんはうれしそうに笑った。

「何さまのご利益《りやく》か存じませんが、こうやって皆さんにごひいきしていただいて、まったく有難いことだと思っております」

へい、お待ち遠さまと湯気の立つどんぶりが出て、若い二人の客が箸《はし》を取る。橋の向うでは客が食べおわったと見え、下駄の音がして影が動きはじめた。

「あれ……」

熱い蕎麦を吹いていた男が目を丸くした。

「爺さん。お前さん、今お辞儀をしたようだね」

「へ……ええ……」

爺さんはバツが悪そうに笑って誤魔化《ごまか》そうとした。

「お辞儀」

気づかなかったもう一人のほうが尋ねる。

「そうなのさ。向うの客が銭を払って帰るのを見て、この爺さん、向うを向いてお辞儀をしたんだよ」

「なんで」

「さあ……爺さん、なぜお辞儀なんかしたんだね」

「そりゃ……お客さまですから」

「だってよ、お前さんの客じゃねえじゃねえか」

「でも、向うも蕎麦屋でございますし。今度はこちらで食《あ》がっていただけるお客さまかも知れませんから」

「ふうん」

二人は蕎麦を食うのも忘れたように、爺さんの顔をまじまじと見つめた。

「ええもんだ。商人《あきんど》はこうじゃなくちゃいけねえよ。なあおい」

「そうだとも」

二人は顔を見合せ、音をたてて蕎麦を食い始めた。

「俺はな、今のことを世間の奴らに言って聞かしてやろうと思う。商売仇の客にまで頭をさげるなんざ、よほど練れてなきゃ出来る芸当じゃねえもの」

「それも、向うの客は見てねえってえのによ」

「いいもんだなあ。爺さん、おかげでこの蕎麦の味がまたひとしおだぜ」

「有難うございます。どうぞこの次にお通りがかりの折は、向うの味をおためしになっていただきとうございます」

「ああ、俺は先《せん》だって向うのを食《や》ったよ。正直言って、向うもなかなか乙な味を出してやがった」

「ばか言いやがれ。あんな若いのにこんな味が出せるかい」

「でも、本当だぜ」

「てめえ、この爺さんにケチをつけようってのか」

「そんなんじゃねえけどさ」

「こっちのが旨え。きまってらあ」

そんな肩入れのしかたをしても、そこは深川である。蕎麦の代はきまりどおりちょっきりに払って気持よさそうに北ノ橋を渡って行く。

「どうも有難うございました」

その二人に橋の向うにいる若いほうの蕎麦屋が声をかけ、腰をかがめた。

「あれ、あん畜生」

憎まれ口のひとつも残して行こうかと思っていた男は、毒気を抜かれたような顔をした。

「な、兄貴は年寄りだからって、あの爺さんの肩ばかり持つけど、若いほうだっていい奴なんだぜ」

「向うの爺さんの真似をしてやがるんだ」

「真似にしたっていいじゃねえか。年寄りを見習って悪いわけはねえだろうさ」

「まあいいさ。でも、なんだか妙な気分だな」

「どうして」

「餓鬼《がき》の頃から通ってた北ノ橋が、変に乙な場所みてえに思えるぜ。あの二人、寄ってたかって俺たちをいい気分にさせやがる」

二・八の十六夜鷹蕎麦。安くてあったまって腹の足しにもなる上に、商う二人がそんな調子だから、口から口へ伝わって、わざわざ蕎麦を食いに北ノ橋へ出かける粋《すい》狂《きょう》も出始めていた。

あの爺さんは、昔いいとこの旦那だった……。

風がぐんと冷たくなり、夜更けの下駄の音が、やけに遠くから聞えて来るようになった頃、北ノ橋の夜鷹蕎麦屋について、そんな噂が流れ始めた。

「そうかも知れねえな。わけがあってあそこまで落ちなすったんだろうが、道理で品のいい爺さんだと思ったよ」

たいていの者はそんな風に言ったが、それを聞いた小間物屋の源助だけは、妙にひっからまった笑い方をした。

「お前、例の小六さんの話を憶《おぼ》えているか」

源助は北ノ橋からそう遠くない本所元町の家へ戻ると、小間物の荷を唐草の風呂敷に包んだまま押入れへしまい、着物の裾《すそ》をおろして火鉢の前へあぐらをかきながら女房に言った。

「小六さん……」

女房は台所でそう言い、濡れた両手を胸のあたりへ中ぶらりんな感じでたらしながら、障子の間から源助のほうを見た。

「小六さんて、あの小六さんのことかい」

「そうさ。あの小六さんよ」

「女狂いで商売を駄目にしちゃった……」

「ああそうだ」

「会ったのかい、小六さんと」

「近ごろ北ノ橋の夜鷹蕎麦が旨いとか何とか言われているのを知らねえか」

「聞いてるよ。橋の両側に夜鷹蕎麦が二人いて、どっちもなかなかおいしいのを食べさせるって。……あらやだ。まさかそれが」

「そのまさかさ。橋のこっち側にいつも店出してる爺さんが小六さんよ」

源助は莨《たばこ》を吸い始めている。

「ほんとかね……火鉢のお湯はまだぬるいから」

女房は台所から大きな湯呑みに茶をいれて来て源助の前の猫板の上へ置いた。

「で、あの時吉原から落籍《ひか》せた人は……」

源助はうふふ、と笑った。

「あれからどのくらいたったと思ってる。小六さんの年を考えてみろ」

女房は目を天井に向けていたが、やがてがっかりしたようなため息と一緒に、

「そうだねえ」

と言った。

「御隠居は妾の咳にはみ出され、ってのを知ってるか」

源助が言うと、女房はとたんにひょいと腰をあげて台所へ戻った。

「いやらしいねえ」

源助はポンと煙管《きせる》をはたき、新しいのを詰めながら、

「まったく、どうしようもねえや」

とつぶやいた。

小六の噂が世間の口にのぼったのは、もう十年も前のことである。小六は小伝馬町で小間物の卸《おろし》商を営《いとな》んでいたが、本来はその「叶屋《かのうや》」の婿《むこ》養子で、商売に似ず物堅い旦那として通っていたが、どうやらそれは婿養子という弱い立場から来た慎みであったらしい。

姑《しゅうとめ》たちがあいついで死に、おまけに女房も風邪をこじらせて死んでしまうと、一気にその慎みが消えてなくなり、いい年をして廓《くるわ》がよいに精を出すようになった。

若い頃の遊びをし損なった叶屋小六は、四十のおわり、五十近くなってから、それこそ火がついたように遊び出し、ほんの二、三年のうちにかなりの身代《しんだい》を北の廓に埋めてしまった。

その大遊びの最後に登場したのが、延川《のぶかわ》という花魁《おいらん》で、小六は一世一代の男の仕事

だとでも言うように、気張りに気張って延川を落籍せてしまったのであった。

「あの頃の小六さんには、もう世間など見えなくなっていたのさ」

源助は晩飯のあとでしみじみとそう言った。

「ああいう場所に入りびたれば、ああいう場所なりの世間というものが別にできてしまうのさ。小六さんはその小さくて特別な世間だけに顔を向けて生きて行ったんだ。ああいうところでは、金さえあれば立派な旦那だ。その金がどういう出かたをした金かなんてことは、だあれも、これっぽっちも気にしやしねえのさ。遊びの味を覚えてうれしがってたばかりじゃあるまいな。小六さんはあそこではじめて、自分をひとり立ちの男として見てもらえたんだ。叶屋の旦那と言ったところで、よそから持って来られて、叶屋あっての旦那だったのさ。だから、もうどうでもいいと思ったんじゃないのかな。叶屋の本筋の人間はどういうわけかみんな死んじまって、多分小六さんはそういう店の商いをちゃんとやって行く自信もなかったし、やって行かなければならないとも思っていなかったんだろう。でなければ、いくら何でもあんな出鱈目《でたらめ》ができるわけがないさ」

延川を落籍せると、叶屋の親類はみんなそっぽを向いてしまった。すると小六はその親類に対して、奇妙な申し出をしたのだ。

……自分は叶屋を滅茶滅茶にしてしまった。それは重々承知しているし、詫《わ》びもする。だが、自分がこの先叶屋に居据《いす》わっていれば、必ず今まで以上に駄目にして、跡形もなくしてしまうに違いない。親類の中で、叶屋をそうしたくないと考える者がいたら、適当な処置を考えて欲しい。自分は叶屋に何の未練もないから、この先必要な生活の資をもらって出て行くつもりだ。

小六が食い潰《つぶ》すものときめていた親類たちは、その申し出に飛びついて来た。この時の小六はなかなかの役者で、意表を衝《つ》いた申し出をしておいて、自分は残った財産の中からかなりのものを勝手に取って、さっさと延川と新世帯を持ってしまった。

それでも、店といくらかのものが残っただけ儲《もう》けもので、その後叶屋は親類寄り合って後見する中で、なんとか商売を続けて今日に至っている。

「あの小六さんが夜鷹蕎麦屋をねえ……」

女房はしきりに感心していた。

「持って出たものも、大方つかい果しちまったんだろうね」

「大方なんてお前」

源助は笑った。

「でも、俺はいっそ気分がいいぜ」

「どうしてさ。なんだか気の毒じゃないか」

「気の毒なもんか。俺は小六さんに同情する気はまるでないんだ。そうじゃねえか。あの人は延川という花魁を落籍せたとき、ちゃんと今日のことまで気がついていたはずさ」

「そうだろうか」

「小六さんて人を、俺はよく知ってる。頭の切れる人なんだ。それが前後のわきまえもねえみてえに遊び狂うについちゃ、それなりの覚悟があったろうさ」

「覚悟だなんて、お前さん、遊びの熱に浮かされたんじゃないか」

「いや違う。いくら小六さんでも、年が年だ。熱に浮かされてついついというのは、もっと若え頃のことさ。俺も近頃あの当時の小六さんの年になってみて、なるほどそうかと頷《うなず》いてるのさ。小六さんは遊びに徹して死ぬつもりだったんだろう」

「判んないねえ……男ってのは」

女房は首を振ってため息をついた。

「堅くやってればいいとこの旦那で一生をおえられるってのにさ」

「男はな、どうかするととんでもねえ夢を見る生きもんなんだよ」

仲のいい夫婦でも、そこらあたりはまるで通じないようであった。

北ノ橋の東詰《づめ》にいつも店を出す若い男は、名を宇三郎といい、住いは石島町の藤兵衛長屋にあった。

その宇三郎が明けかけた空の下を石島町へ向って帰る頃、彼の住いの戸口からひとつの影が湧きだして、素早くどこかへ消えて行った。

家の中に残っているのは、もう三十四、五だが垢《あか》抜けのしたひどくいい女である。寝乱れた姿で枕許《まくらもと》に散らばっている淫らな紙屑《かみくず》を拾い集め、裏のはばかりへ捨てて戻って来た。

床の上へしどけなく横坐りになって、ふと妖艶《ようえん》な微笑を泛《うか》べている。

「いいねえ、若い子は……」

そうつぶやき、思い直したように横になると、満ち足りた表情で睡《ねむ》りにつこうとしている。

宇三郎の留守に、ひとまわり以上も年下の若い男を引きいれて、宵の口からついさっきまで痴《し》れ狂っていたのである。

若い男は、その女から見るとまるでまだねんねだった。だが、そのかわりとほうもなくしたたかに湧き出す泉を、その細っこい体の裡《うち》に秘めていた。

はじめは裸に剝《む》いて、そのしなやかな体を、まるで男と女が逆になったような具合に責めたてて見た。若い男の体はどこに触れてやっても、ひくひくと敏感に震えるのだった。

「色っぽいよ、あんた」

ついロに出してそう言うと、

「よせやい、女じゃあるめえし」

と男っぽい台詞《せりふ》で答えるものの、吸われたり啌《くわ》えられたりすると、こらえ性《しょう》もなくすぐに甘い呻《うめ》きを洩《も》らしてくれるのが、その女にはこの上もなくうれしいのだった。

その次は体を重ね、ゆっくりと楽しみ合うのだ。若い男の体の変化はすぐ読みとれた。だから意地悪く間を持たせたり、かと思うと静かに体を動かさずに置いて、その実体の芯《しん》をうごめかせて、それだけでおわらせてしまったり……。宇三郎に買わせたたやわやわ紙が目に見えて減って行き、気がかりなほどであったが、それほど何度も自分の濡れを拭《ぬぐ》ったわけだから、宇三郎に気づかれて少々揉めたりしてもトントンだと思っていた。

それでも僅《わず》かの間は二人とも睡ったようで、そのあとがまたひと合せだ。

「三度や四度なら同じことさ」

若い男は天井を向いて手足を伸ばし、当り前のように言った。その頃にはもう女のほうの体にすっかりはずみがついてしまっていて、

「たのもしいねえ。可愛くって嚙《か》んじまいたいほどだよ」

と髪ふり乱して頬ずりをする。

するとと若い男は生意気に亭主めいた顔になり、

「お前、ふりをつけたりしやがっても無駄なことだぜ」

と、急に居丈高《いたけだか》にのしかかって来て、女の二の腕あたりを両方ともしっかりとおさえつけ、動けぬようにしておいて大腰をつかい始めた。

「ふりなんか、おまえ……」

最後はやっぱり男の力に圧《お》されるのがいい。そう思いながら、矯態《ふり》ではない本音の啼声《なきごえ》を聞かせて肢《あし》をからめるのであった。

とろとろと、まだその火が燃え残っているのを、女は反芻《はんすう》するように楽しみながらまどろんでいると、宇三郎が外へ蕎麦の荷を置く音が聞えた。

「おかえり」

女は寝たまま言う。

「いいよ、寝てな」

「うん」

その宇三郎も年下である。だがもうさっきの男ほどは若くなく、さかんでもない。

宇三郎は黙々と体を拭いて、すぐ女の隣りへもぐり込んで来る。

「まだ近所が起き出すには間があるぜ」

女は夜具の中で宇三郎の右脚をはさみつけ、

「冷えてるねえ」

と言う。

「どうせ朝寝坊のお前だ。あらためてぐっすり睡れるようにしてやろう」

宇三郎の手が女の体を這《は》いはじめる。

「あらやだ、お前さんたら」

女はたちまち嬌声《きょうせい》をあげた。

「誰におそわって来るのさ。このごろあたしの勘どころをずばずば突いて来るじゃないか」

「誰におそわりもしねえ。こういうことは惚《ほ》れてれば自然に判ること った」

「ねえお前さん、そこは困るんだよ。堪忍しておくれ」

「何を言ってやがる。今さらはずすのおちるのと気にする体じゃあるめえに」

「だって、疲れるんだもの」

「疲れたらいつまでも寝ていねえ。煮炊《にた》き掃除を当てにして一緒になったわけじゃねえんだ。そのむかし、廓一番の床上手と言われた延川花魁を、この体で底抜け芯抜けによろこばすことができれば満足なのさ。さあどうだい、ちっとは気がいいか」

「ああ、またそんな。お前さんがそんなに急に上手になるなんて……」

「思わなかったって言うのか」

「ねえ」

「む……」

「ちっと黙っていておくれ。あたしはもう……」

女はそう言うと、若い男との残り火をまた煽《あお》りたてられ、歯を噛み鳴らして耐えている。

「こらえることはねえんだ。ひと思いに気を……」

「やだよ。あ、あたしはこれでも、玄人《くろうと》だよ。何をこれくらいのことで」

「うるせえ、落ちちまえ」

宇三郎は今夜教えられてきた、その女の別な勘どころを一気に責めたてる。

「くやしい……」

女は絶頂の愉悦をそんなように告げて体を反《そ》りかえらせた。

「……いいかい」

次の日の夜更けも、北ノ橋のたもとでボソボソとそんな声が聞える。もう人通りもすっかり途絶《とだ》え、二人の蕎麦屋も引きあげるばかりの刻限である。

「うなじのここんとこから肩」

「肩……」

「そう、肩先だよ。でも、そいつをやるときにはしばらくしんみりとしたときじゃなきゃいけない。ドタバタやってる最中にそんなとこを責めたって、とうてい効くもんじゃないからな」

「肩先ってのは気がつかなかったなあ。でも小六さん、本当にそんなとこが感じるんですかい」

「感じるともさ。だいたいあの延川という奴は、気をやるときのさまがはっきりしないほうのたちなんだ。そういうテの女はえてして乳なんかが感じにくくできてる。乳先の感じ易《やす》い女というのは、気をやるときもはっきりとしているんだ。ところが延川はそうじゃない。乳先はあんまり感じないほうなのさ。で、そういうたちの女は、耳とか喉《のど》とか肩とか、そっちのほうが鋭くできているわけさ」

「へえ……さすがは小六さんですね」

「今夜はひとつ、延川の奴を甘ったるい気分にさせといて……」

「どうやるんです」

「言葉でだよ。女なんてものは、いつだって甘いことを言われると悪くない気になるもんさ。それで甘い気にさせるんだ」

「俺にできますかね」

「そのくらい自分で考えなさい。とにかく静かにさせといて、そっと、やわらかく、息を吹きかけるつもりで、口の先で撫《な》でてやるんだな。舌を使ってもいいが、それなら思い切り堅く先をとがらせたほうがいい」

「それで耳だの首筋だの……」

「そうさ。そしておしまいに肩先だ。肩先は歯を当ててもかまわない」

「噛むんで」

「違うよ。いつか教えたろう」

「ああ、あの要領でね」

二人はニタニタ笑ってなどいなかった。真面目に、真剣に教え、教わっている。

それを六間堀の向うで見かけた者が、やはり爺さんのほうが若いのに蕎麦の秘伝を教えてやっていたと言いふらした。

だが、そういう噂は小六と宇三郎の耳には届かなかったようである。

「俺はいまだにあの延川という女をいとしいと思っているんだ」

のちに小間物屋の源助にめぐり会って、昔ばなしを交わしたとき、小六爺さんは源助にそう言ったという。

「延川というような花魁に惚れ込んだら、どうなるかよく判っていたよ。でも俺はしゃにむに延川を落籍せた。そうしなければ生れた甲斐がないと思ったからさ。そして、思ったとおり一文《いちもん》なしになり、あの女に逃げられてしまった。年も取って体も言うことをきかなかったから、ああいう玄人女には逃げだすよりほかにしようがなかったんだろうさ。でも俺は満足だった。少なくとも一人の女を苦界の外へ連れ出したんだしな。延川だって、そのことについては、この俺をお人好しの助平爺《じじい》だと思ったにせよ、幾分かは有難いと思ってくれているはずさ。まあ、とにかく俺にはそれまで遊びというものがなさすぎたんだ。貧乏で食うに追われてたのならともかく、金はあったのだし……俺は遊びということの意味を、俺なりにつかまえたんだ。命がけの遊びだってあろうし、折角の安楽な暮しを棄ててしまうような遊びだってあるわけだ。面白いじゃないか。一文なしになって、食うために夜鷹蕎麦屋をはじめたら、なんと源さん、あの延川の今の男にめぐり会っちまったんだからね。神様だって遊んでなさるんだよ。先の男と今の男を、堀ひとつへだてて夜な夜な並べておもしろがっていなさるんだ。俺はこの先も遊び半分で老いさらばえるつもりだから、どこかで行き倒れたと聞いても、決して憐れんだりはしないでおくれ」

源助はあとでその話を人にして、小六さんは玄人になりなすったと言ったそうである。

ぐず

その日、安兵衛の店へ一番先に入って来た客は、ちょっと苦味ばしったいい男だった。年は二十六か七。それが薄汚ない障子を開けて左の肩先からぬっと入って来て、

「よう、爺《とっ》つぁん」

と安兵衛に言った。

安兵衛はちょうど奥で煮魚を器に盛り分けていたところで、鍋を左手に菜箸《さいばし》を右手に持って、湯気を顔に当てながら、店を覗いて気むずかしそうな眉の寄せかたをした。

「伊三《いさ》じゃねえか、珍しいな。どういう風の吹きまわしだい」

「とんとごぶさたしちまって」

「ぶさたはお互《たげ》えさ。それにしても、噂に聞いたが結構な羽ぶりだそうじゃねえか」

「よせやい。爺つぁんにそう言われると、何だかこう、急にてめえがみじめに思えちまうよ」

男はとっつきの床几《しょうぎ》に腰をおろすと、右手でさっと唐桟《とうざん》の上前《うわまえ》をはね、膝をむき出しにして飯台《はんだい》に左の肱《ひじ》をついた。

「熱いのを一本もらいてえな」

「あいよ。商売だからな」

安兵衛は妙にひっからまった答えかたをした。

「随分会わなかったなあ」

安兵衛は鍋を置いて酒の燗《かん》にとりかかった。

「二年になるかな」

「まさか」

男は苦笑し、ちょっと考えてから、

「まだ一年と少しじゃねえか」

と言う。

「ほう。そんなになるかい」

安兵衛は自分で二年と言って置きながら、そんないいかげんな返事をした。さすがに男も気付いたと見え、

「なんだよ、冷てえじゃねえか。久しぶりだってえのに」

と文句をつけた。安兵衛は応ぜず、燗がつくまで黙っていたが、酒を運んで来て男の前へそれを置くと、ひどく厳しい顔つきで見おろしながら言った。

「久しぶりに顔を見せてくれたんだから言いたくはねえが、左内坂はよくねえぜ」

男は猪口《ちょこ》にゆっくりと酒を満たしながら、

「判ってるよ」

と低い声で答えた。

「ここへ来れば叱言《こごと》を聞くことになるのは判り切ってるさ。でも会いに来たんだ。勘弁してくんねえ」

安兵衛は男のま向いの床几に坐り、背を丸めて相手の顔を覗き込むようにした。

「もう昔の伊三郎じゃねえ。お前《めえ》はとうに一人前の男だ。だから今更叱言を言う気はねえよ。それに、悪事を教えたのはこの俺だし、足を洗えと言ったのもこの俺だ。そして、たしかにお前は足を洗ったよ。でもな、洗い方がよくねえ。そうじゃねえか。今評判の……」

「言ってくれるなよ」

伊三郎は左手で徳利の胴をおさえ、右手に猪口を持ったまま、うつむいて首を左右に振った。

「爺つぁんみてえに、こういう店を出して食って行ければそれに越したことはねえさ。でもよ、俺にそんな器用なことはできねえもんなあ。ほかに何ができるってえんだ」

「何をしたって、座頭の用心棒よりはましだぜ。どうせ今日だって、大方《おおかた》きつい取立ての帰《けえ》りなんだろう」

伊三郎は黙って二杯ほど呷《あお》り、

「まったく、嫌んなったよ」

と吐きすてるように言った。

「一両の証文を入れて手に入《へえ》るのが三分二朱《ぶ》……そんな烏金《からすがね》でも借りちまう奴がいるんだから、まったく世の中はどうしようもねえや」

「そういう金の取立てに使われる奴はどうなんだ。みじめだとかみすぼらしいと言う前に、素寒貧《すかんぴん》のてめえが鬼の仲間入りをしちまってるじゃねえか。押借り強請《ゆすり》よりまだタチが悪いとは思わねえかい。証文を楯《たて》にするだけな……盗《ぬす》っ人《と》はてめえが縛られるのを質にしてるが、お前《めえ》らがやってることは、証文を楯にお上《かみ》のご威光をキラキラさせて、貧乏人にもうひとつ痛え棒をくらわせてるんじゃねえか」

「借りなきゃいいんだよ、借りなきゃ」

伊三郎はいかにもやり切れないと言った風に高い声を出した。

「いくらまっとうに働いたって、食えなくなるときは食えなくなるんだ。ええ、爺つぁん。夫婦の間に餓鬼が三人、それが毎日カツカツの暮しをしている。そこへ仮に亭主と餓鬼の一人が一度に患《わずら》ったとして見ねえな。そりゃ、十日二十日《はつか》の内は嬶《かかあ》だって何とかしのいで行くだろうさ。でもよ、これがひと月、ふた月となって見ねえ。薬代もとどこおれば、店《たな》賃だって払いかねるだろう。俺たちみてえ奴ならそんなものは屁《へ》の河童《かっぱ》かも知れねえ。一家五人が生きるか死ぬかの瀬戸際だ、そこへなおさら不人情なことを言って来やがるんなら、てめえんとこの軒先へ一家五人揃ってぶらさがってやるからそう思え、かなんか言ってきり抜けちまうだろうさ。だが、律儀な奴はそうは行かねえ。律儀な奴ほどそういうときはあきらめが悪いんだ。無理は承知で烏金へ走っちまうのさ。一両借りてまず二朱がとこ天引き、残りは四十日の日催促だ。いや、こいつは烏金に限ったこっちゃない。質だって同じこった。一両の質物を置いて月に百文……どっこい貧乏世帯で一両にも置ける品のある道理がねえや。一分になる物があればいいとこさ。一分で幾らだ……月二十五文。いよいよせっぱつまって鍋釜《なべかま》持込んで百文借りて三文の利息がつく。しかも鍋釜となれば質屋だってたっぷりと足もとを見やがる。毎日の煮炊《にた》きに要《い》る物だからそう長くはお預かりできねえ、かなんか体裁のいいことを言いやがって、三日後に請《う》け出さねえと流すと抜かしやがる。ええ、爺つぁんよ、三日で三文の利息だ。でもな、鍋釜持って百文の銭を借りに行くような奴は、どれほどせっぱつまっていることか……その銭を手にして帰りに買うものはきまってらあ。食い物だぜ、食い物。そいつを持ってうちへ帰《けえ》れば、おとついからろくに食わせてもらっていねえ餓鬼どもが、目の色変えてとびつこうって寸法さ。ところがどうだ、お上はそんなこたあこれっぱかりも知っちゃいなさらねえ。知らねえのか判らねえのか、それとも斟酌《しんしゃく》しねえのか、とにかくそういう銭も大商《あきな》いの金算段も同じ扱いで、鍋釜を置く質屋の利息も烏金の利息も、お布令《ふれ》通りで天下御免と来やがった」

安兵衛は伊三郎の顔をじっと見つめながら言った。

「今更お前《めえ》に烏金の講釈をされようとは思わなかったよ」

「いや、させてくれ」

伊三郎はまた首を左右に振った。

「誰かに言いたくてたまらなかったんだ。だから爺つぁんのとこへ言いに来たんだよ。

なあ爺つぁん、どうしてこうどいつもこいつも食って行けねえんだ。俺たちはなんて頼りねえとこに暮してるんだい。船頭は板子一枚下が地獄と言うけれど、陸《おか》にいるこの俺たちだって同じことじゃねえか。達者で働いている分には何とか食っても行ける。だが雨は十日も降り続くことだってある。一生懸命働いたせいで病《やまい》にとりつかれちまうことだってある。そういうときのためのたくわえが、金輪際できねえ仕掛けになっているってえのが情けねえじゃねえか。それで質屋通いの、烏金のだ。ええ、貸して儲《もう》けるほうは決して働いちゃいねえよ。坐って日が来るのを待ってるだけだ。その上、いくらきつい催促をしようと高い利息を取ろうと、理屈はあちらさまにあって貧乏人は這《は》いつくばるばかりさ」

「そこまで判ってるくせに、なんで座頭の用心棒なんかになっちまったんだ」

「だからよ、はじめに言ったじゃねえか。ほかにどうしようもねえんだ。爺つぁんがこうやって綺麗《きれい》に足を洗って見せてくれた。言われねえだって、俺も以前のような暮しが長続きしねえことはとうに承知さ。あのまんま悪の道を突っ走ってれば、末は三尺高《たけ》え木の上と判ってりゃこそ爺つぁんを見習ったんだ。だが見ねえ、生れてこのかた一度もグレず曲らずまっとうに暮していた連中だって満足には食いかねる世の中だ。途中から堅気《かたぎ》の暮しにひょいと乗り替《け》えて、それで人並みにやって行ければ誰も苦労なんかしはすめえ。俺はこれで精一杯なんだ。爺つぁんはさっきから左内坂のことを座頭座頭と呼んでるが、桐山はあれで検校《けんぎょう》さまだぜ。いま世間で評判の因業金貸し、市ケ谷左内坂の桐山検校は、ちゃんとお上のお許しをいただいてやってるんだ。貧乏人を痛めつけるのは俺だって嫌でたまらねえが、御法に触れねえんだからしょうがねえじゃねえか」

安兵衛は伊三郎が喋っているあいだ、ずっとその顔をみつめ続けていた。

「酒が冷《さ》めちまったようだな。つけかえてやろう」

その昔、親分とか頭領《かしら》とか呼ばれた安兵衛のきつい目がふっと和《なご》んで、薄汚ない一杯飲屋の亭主の目に戻っている。

「いいよ。それよりそこの大きなのを取ってくれねえか」

伊三郎が湯呑みをせがみ、安兵衛が取って渡すと、トクトクと音をさせて注ぎ、喉を鳴らして一気に呷った。

「銭の使いじゃそう遅くなるわけにも行くめえ」

安兵衛は暮れはじめた外を見て言った。伊三郎は徳利を傾けて湯呑みに二杯目を注いでいる。酒はそれでちょうどおしまいになったようだ。

「無茶をするんじゃねえぞ。それにな、行き場に困ったらすぐここへ来い。次の目鼻がつくまで、いつまで居たっていいんだぜ。飯と酒だけは不自由させやしねえ」

伊三郎は頷《うなず》いた。

「判ってるよ。俺は今でも爺つぁんを当てにしてる。餓鬼の頃から頼りにして来て、そいつは今でもおんなじさ。だが、妙なもんで……」

伊三郎は残りの酒も一気に呷った。

「この足が、いくらかいいときはちっともこっちへ向きやがらねえ。今日みてえに、つくづくてめえが嫌んなったりしたときじゃなきゃ、ここへやって来ねえってのは何とも勝手なもんじゃねえか」

伊三郎は立ちあがった。

「爺つぁん、また来るからよ」

「待ってるぜ」

二人は一瞬みつめ合い、伊三郎のほうが照れたようにふっと目をそらすと、入って来たときと同じような恰好で、左の肩先から障子の外へ出て行った。酒代を置かずに去ったのが、きちんと払って帰るよりいっそう律儀な感じであった。

「あれで、僅《わず》かずつだがまともになって行きやがる」

安兵衛は満足そうにつぶやいていた。

市ケ谷左内坂にある桐山検校の、家と言うよりこれはもうたしかに屋敷と呼んだほうが正しいほどの広さの、どっしりとした造りの建物の中へ伊三郎が入って行った。桐山のやりかたは、たしかに世評どおりえげつないものであったが、仕組みとしてはなかなか考えたものであった。自分はご大層な家に坐ったまま、弟子の勾当《こうとう》二人を使って数多くの座頭たちを動かし、高利の金貸しで稼《かせ》ぎまくっているのだ。盲人の金貸しが公許されている以上、考えて見ればそういうことを思い付く人間は、おそかれ早かれ出て来る道理だろう。人々はそれを桐山組とか単に左内坂とか言い、陰では蛇《だ》蝎《かつ》のように嫌っているが、やはりどうにもならないときにはその盲人たちの金を使うより仕方がなかった。

　貧をして　渡る世間に　杖の音

その杖の主はいっときの金を用立ててくれたのち、ころりと鬼に変ってしまう。
伊三郎は安兵衛が言ったとおり、桐山検校のじかの用心棒格だから、烏金のような日催促のこまかい銭を取立てに行ったのではなかった。

　貸金は百両。その証文切れがあと十日に迫っていて、いわば催促の先触れの使者に立たされたわけである。二十五両以上の貸金については、証文切れの二十日前から念を押しはじめる、というのが桐山の考えだしたきまりであった。

伊三郎は勾当の一人に会って報告したあと、長く薄暗い廊下を伝って自分たちの部屋へ戻った。同じような役目の男たちがまだ七、八人はいて、そのうち左内坂へ寝泊りしているのが、伊三郎のほかに二人いる。

「ご苦労」

背の高い浪人者が飯を食い始めていて、伊三郎が入って行くと目刺しを嚙《か》みながらそう言った。薄暗い中に膳が三つ並んでいる。一人はまだ戻っていないと見えた。

伊三郎は黙って頭をさげ、膳の前に坐った。

「ほう、一杯引っかけて来たな」

浪人者がからかうように言う。

「へえ……」

伊三郎は驚いて相手を見た。

「榎さんの鼻はよすぎるんだよ。ほんの一杯だけなのに」

榎洋市郎という名のその男はニヤリとした。ついこのあいだまでどこかで蝦蟇《がま》の油売りをしていたそうで、体はごついし声はでかいし、おまけに剣術《やっとう》が達者で肌の奥まで日焼けが届いているような逞《たくま》しさだから、こういう役にはうってつけの人物なのだ。

が、見かけよりはずっと気の優しいところがあって、きつい催促がいまだにできないでいるらしい。

「どうだった」

「何がです」

「あのお内儀だよ。北槇町《きたまきちょう》の油屋へ行かされたんだろう」

伊三郎は飯を盛りながら黙って頷く。

「お前も馬鹿だ。検校たちの前であのお内儀と幼な馴染《なじみ》だなんて言ってしまうんだからな。知ってる仲じゃ催促どころか、念押しも辛かろう」

「まったくで」

伊三郎はまずそうに飯を食い始めた。盲人が主《あるじ》の家だけに、灯火の量がひどく乏しい。だから余計飯がまずくなる。

「酒の一杯もひっかけなけりゃ、帰《けえ》る気にもなれやしねえ」

「判るよ、その気持は」

「これじゃ世の中はまるであべこべだ。普通ならば目の不自由な者に俺たち目あきが手を貸してやるところでしょう。ところが逆に目あきが金を貸してもらってる。いったいどこでこんなことになりやがったのかねえ」

榎は大ぶりの土瓶《どびん》を取って冷えた茶を……それも生《なま》の木の葉を煮出したような味のする奴を茶碗に注いでグビリと飲んだ。

「それはお前、盲人だって人には変りない。生きなければならないのさ。目が不自由なだけ俺たちより余程きついことだ。琴三絃の師匠になるには、持って生れた才が要る。とすれば、鍼《はり》や按摩《あんま》で食って行くよりなかろう。盗み殺しの悪事もままならぬ身だぞ。しかも見知らぬ土地へ遠出できるわけでもない。人の多い、狭い町場で暮すしかないんだ。ちまちまと貯めた金を他人に用立てて、その利息で食えればこれに越したことはない」

「いやに肩を持つんですね」

伊三郎は不機嫌な声で言った。

「何も俺はここの検校たちの肩を持つわけじゃない。だが、大もとを辿《たど》れば、盲人にも生活《たつき》の道は要るわけだと言いたいのさ。目あきがいきなり盲人を蹴《け》とばすようなことはしていいもんじゃない。お前が言ったとおり、手を貸してやるのが五体満足な者のつとめだ」

「だがその先がよくない」

「そうだ。先がよくない。盲人に官位を売る公家《くげ》にしたって、その金がそっくりそのまま懐《ふところ》に入るわけじゃなかろう。その金は京の公家がたの所へまわって行くんだろうし、そういう仕組みを考えれば、自分の支配の下にある盲人たちから銭を取って、座頭に仕立て勾当に仕立てする検校だって、同じことじゃないか。上のすることを下がならったまでのことだ。しかも、官を買った盲人たちが今金貸しの元手にしているのは、そもそも官を売った金の配当その他の共有金だ。官金だぞ。官金を借りたら取り立てがきついのも少しは覚悟しなければな」

「ここで烏金の講釈を聞こうとは思わなかった」

伊三郎はそう言い、同じ台詞《せりふ》をついさっき安兵衛から言われたのを思い出して笑った。

「何がおかしい」

榎は鼻白んだようだった。

「いえね、みんなおんなじだと思って……」

「何が同じなのだ」

「何はともあれ、貧乏人いじめをしているのが辛いんですよ。だからいろいろ理屈を言ってまぎらそうとしているんでしょう。俺もそうだもの。榎さんも所詮《しょせん》この稼業が長く勤まる人間じゃねえと思ったら……」

榎は苦笑した。

「気が弱いのかな」

「どうもそうらしい。こっち側へまわって見てると、何とか助けてやりてえ奴が多すぎるんで困るんですよ」

「まったくだな。いつから金、金、金のこんな世の中になってしまったのかなあ。さしあたりお前はあの油屋のお内儀を助けてやりたいんだろうな」

「幼な馴染ですからね。それに、実を言うと俺はあの女に惚れてたんですよ」

「ほう……」

「惚れたって言ったって、まだほんの餓鬼の頃でね。榎さんだって憶《おぼ》えがあるでしょう。会うと何だか知らねえが胸がドキドキするって奴ですよ。相手が女なんだって、はじめてそう思った女ですよ。同じ貧乏長屋に住んでたんだけど、俺はそこを離れちまって、随分たってから噂に聞いたら、玉の輿《こし》に乗ったって言うじゃないですか。その頃はとうに女郎の味も覚えて、好いたらしいも何も、あの女にはなくなってた。ただ、よかったなあって、ほんとに心の底からそう思ったもんでしたよ」

「それがいきなりここで会ったわけか」

「北槇町の油問屋で大坪屋てえ名だけは憶えてたんだけど、夢のような玉の輿に乗ったはずのあの女が、まさか亭主のかわりに座頭の金を借りまわるような苦労をしてるとはねえ……」

「亭主に死なれでもしたのか」

「とんでもねえ」

伊三郎は吐き出すように言い、箸をおいて土瓶を引き寄せる。

「その亭主というのが、とんでもねえぐず野郎なんで……大坪屋をうまくやってたのは先代の力で、今の野郎は人が好いばっかりで糞《くそ》の役にも立ちゃしねえ。ええ、調べましたとも。何でそんな悪い銭を算段しなきゃならねえか、ふしぎでしょうがなかったからね」

「判るな。生れてはじめてほんのりと惚れた女が相手じゃ、そうならないほうがおかしい」

「俺や榎さんはまだいいほうだ。嫌でも貸しの取立てができるから……。ところがあの亭主と来たら、掛取りさえろくにできやしねえらしい。貸しを取るのは嫌だわ取らなきゃ店が潰《つぶ》れるわで、家を一歩も出ねえくせに板ばさみになって、金を集めてまわる時期になるってえと、そのたんび病気になっちまう。いくじなしと言うかぐずと言うか、気鬱《きうつ》の病だってえから笑わせやがる。あれじゃはじめから、身代《しんだい》はおろか女房だって持つ柄じゃない。ぐずもいいところさ。で、いい得意先はみんな人に取られて、残ってるのはどれもこれも払いの悪い、大坪屋じゃなければ仕入れもできねえような奴ばっかり」

「それはちょっとひどいな」

「ひどすぎますよ。あんなぐずの所へ嫁に行って、何が玉の輿なもんか。おそのの奴が一人で金の苦労をさせられてる」

「おその、というのか」

「ええ」

「綺麗な人だったな」

「そりゃ、今どきあんだけの女はそうざらにいるもんじゃない」

「お前、今になって惚れ返してるな」

榎に言われ、伊三郎は膳をわきへどけて低い声になった。

「きまりどおり念押しには行ってるけど、その実は相談に乗りに行ってるようなもんでね。先方は、こっちに顔見知りがいるってんで、いくらかはどうにかなりそうに思ってるらしいんで……それで俺は余計辛くなってるんですよ」

「力になりたいなあ」

榎洋市郎は、人ごとでないように、しみじみとそう言った。

そういう仲の伊三郎と油屋のお内儀……つまり幼な馴染のおそのが、おかしな仲になるのは手間ひま要らなかった。

大坪屋は結局その月の証文切れには支払えなくて、躍《おど》り……つまり当月の支払い利息を倍にされてともかくひと息ついていた。

「すまねえ」

と伊三郎が逆に詫《わ》びるのへ、

「伊三さんのせいじゃないもの」

と答えながら、ほかにこれといって頼れる男もないおそのは、ぐずな亭主への愛想づかしを聞いてもらいたいようだった。

「お金のことで出掛けますよ」

おそのがそう言えば、亭主も店の者もただただ伏し拝むようにするばかりで、帰りの刻限がいってなろうとかまわない。といって、おそのだとて世間知らずの口だし、嵩《かさ》み続ける借金に助け舟を出してくれそうな相手があるわけではない。

「それは、店を潰す気になってやれば、今の借金くらいはどうにでもなるのよ。奉公人を減らし、卸《おろし》をやめて小売りだけにでもする覚悟ならね。でも駄目」

「どうして駄目なんだい」

「ひと思いに出るだけの膿《うみ》を出せば……ということもあるけど、あの人のぐずは底なしなの。小売りになったってまた借金よ。それはきまっている」

女房のあたしが一番よく知っているんだと強調し、揚句には気のきいた仲居がいる料理屋の奥座敷で二人きりということになった。

「苦労したんでしょうね、伊三さんも」

潤んだ目で見つめてそう言い、もっと芯のある男と一緒になりたかったと膝を崩《くず》した。

「伊三さんのおっ母さんさえ亡くならなければ、二人はあの長屋にずっと一緒に暮して、ひょっとするとあたしたち、夫婦になっていたかも知れないわね」

そのきっかけで伊三郎が昔の淡い恋心を告げ、あたしも……ということで、二人は抱き合ってしまった。

おそのは本気で大坪屋から、いや、ぐずな亭主から逃げ出したがっていた。

「連れて逃げて……」

おそのに繰り返し言われ、いっそ江戸を棄てたらやり直せるのではないかと、伊三郎も本気で考え始めるのだった。

「あたし、左内坂へ返すのだと言って、もう一度うちの人に判をつかせるわ」

「どうするんだ」

「別なところからそれで百両……それで伊三さんとどこか遠い所で暮したいの。ねえ、そうして。連れて逃げて」

おそのの決心さえ堅ければ、一度は悪の道を歩いた伊三郎に否やはなかった。おそのは金をこしらえ、伊三郎は旅の仕度をした。

蛇《じゃ》の道は蛇《へび》で、そうなれば昔の伝手《つて》を辿って関所手形の都合もつきそうだった。

「そうだな、お前なら大工で通るだろう。腕のいい大工が女房連れで上方見物か。羨《うらや》ましいような話だぜ」

抜け屋の藤次というその男は、お上《かみ》の書付《かきつけ》を偽造するのが得意で、道中師や江戸から逃げる盗賊たちに、これまで何千枚もの手形や切手を都合してやったというのが自慢だった。

「でも俺は、話を聞いて納得してからじゃなきゃ、作ってやらねえことにしてるんだ」

世間の裏道を歩く者の中にはよくそういう男がいるのだ。他人の悪事をできるだけ多く知っていたいらしい。いわゆる地獄耳という奴だ。伊三郎もその辺のことはよく承知していて、すんなり本当のことを教えてしまった。

「なんだ、お前《めえ》は……」

藤次は伊三郎の話を聞くと、げんなりしたように言った。

「安兵衛爺《とっ》つぁんに一番目をかけられてたっていうから、どんな奴だと会うのを楽しみにしてたが、こいつはがっかりもいいところだ。嫌になったぜ」

「どうして」

「どうしてだと……お前ぐれえどうしようもねえ奴はいねえぞ。身代は傾いても問屋は問屋だ。なみの油屋じゃねえだろう。それをお前はたった百両ばかりで逃げ出す気かよ。ばか、どじ。もう女房がその気になってるんじゃねえかよ。しゃぶれるだけしゃぶってから逃《ふ》けるのが悪党のやりかただ。それに、やり直してその女と堅気になりてえというんなら、そのぐうたら亭主に一服盛るとか何とかしねえかい。どうせいつも病気がちなんだろうが。こんな楽な稼ぎ場はねえじゃねえか。堅気になれて、それも油問屋の旦那さまだ。知らねえ土地で苦労するより、どれほど早えか知れたもんじゃねえ」

藤次は心底焦《しんそこじ》れったそうだった。

「俺はやめた。この話はなかったことにするぜ。畜生め、当節悪党もだんだん小粒になりやがる。ぐずだよ、てめえは。ぐずもいいとこだ。よくそんなぐずで生きて行けるもんだな。へっ、笑わせるねえ、女と逃げるが聞いて呆《あき》れらあ。そんなぐずにくっついて行く女が可哀そうだ。先の苦労が目に見えてるよ。よしなよしな、烏金の催促にでも使われてるのが分相応ってもんだ。てめえみてえなぐずはそれでたくさんなんだよ」

関所手形の算段がつかなくて、おそのと伊三郎の旅立ちは延期するよりなかった。

「ぐずでもいい。これがぐずだってんなら、俺はこのまんまでたくさんだ」

伊三郎は安兵衛のところへ行ってそう言ったそうだ。

おそのはその後も伊三郎と逢瀬《おうせ》を重ねていたが、ぐずな亭主や傾きかけた大坪屋からはいっこうに抜け出せないでいた。

おこもさん

いつもは人通りが少ない道を、この幾日かぞろぞろとよく人が歩く。

もう萩《はぎ》の季節なのだ。三囲稲荷《みめぐりいなり》から請地《うけじ》の秋葉権現へのその道は、毎年今頃になると急ににぎわい、萩見物の人あしの半分以上は、そのまま亀戸《かめいど》天神や本所《ほんじょ》の萩寺へまわって行く。

「こうして見ると、楽な人も多いんですねえ」

源助は、縁先《えんさき》に商売ものをひろげたまま、さっきから膝もとに出されていた茶に目をおとし、とりあげてひと口飲んだ。小さいが手入れの行き届いた庭の外の道を、今も萩見物の人影が通りすぎて行ったところである。

「お天気もいいし……」

小間物の荷をはさんで、源助と向き合うように坐っているのはこの家の女あるじで、色白のいい女だった。年は三十二、三。

「ほんとに、ことしはいいお天気続きで、武蔵屋《むさしや》や大七さんもかきいれだねえ」

萩見の道すじにあるその二軒の料理屋は、たしかに今頃はてんてこまいをしているはずであった。

「こちらはもうおすみで……」

「何が」

「萩見ですよ」

「ああ」

女あるじは笑った。

「二、三日前に蓮華寺《れんげ》へは行って来たけれど、近すぎると有難味がなくてねえ」

「なるほど、そういうものでしょうね」

源助が頷《うなず》いて茶碗を置いたとき、女が庭のほうを向いて急に高い声をだした。

「これ、浩吉。どこへ行くの」

植込みの向うを、小さな男の子がさっと走りすぎて行った。

「下の坊ちゃんで」

「ええ」

「この辺《あた》りは遊び場にことかきませんからね」

源助は男の子が去ったほうを、微笑しながら見送った。

「毎日泥んこで……丈夫ならそれでいいようなもんだけど」

女あるじはあきらめたような顔をした。

「上の坊ちゃんは……」

「手習いのお師匠さんと一緒に、萩寺へ行ったようですよ。お師匠さんに可愛がられてるの」

「あの坊ちゃんは頭がいいから……手習いの先生だって張り合いがあるんでしょう」

「でも、それだけに先のことを考えると、なんだか不憫《ふびん》で……」

「そんなことはありませんよ」

源助はあわてて右手を横に振った。

「井筒屋さんの息子さんなら、先の心配などあるはずがないでしょう」

「でも、井筒屋はもうないんですよ」

「それにしたって、福田屋さんがちゃんとついてるじゃありませんか。その日暮しのわたしどもと違って、お宅さまあたりでそんなご心配は……」

　源助は笑って見せ、

「じゃ、今日はこの辺で……」

　と荷をしまい始めた。

「大した商《あきな》いになりもしないのに、こんなところまで寄ってくれて、ほんとに源さんは義理堅い人だわねえ」

「とんでもありません。大伝馬町の頃からずっとごひいきをいただいてるんですし……それに今日はわたしも、ちょっと萩見がてらなんでしてして」

「まあ」

　女あるじは軽く睨《にら》むようにした。

「源さんこそいいご身分じゃないの」

「いいえ、お天気のせいですよ。こうお日和《ひより》がいいんじゃ、つい人なみの気分になります」

　源助はそう言って荷を背負った。

「それじゃ、またうかがいますので……」

「また来てくださいね」

「有難うございます」

源助は二、三度お辞儀をくり返してから、その縁先を離れた。庭から数寄屋《すきや》風の家の横へまわって、裏木戸から外へ出ると、また萩見の一団がぞろぞろとやって来るところだった。とんびが頭の上で細い啼声《なきごえ》を聞かせていた。

萩見がてらだと言ったくせに、源助はその家を出るとすぐ、いそぎ足で竹屋の渡しのほうへ戻って行き、隅田堤へ出ると、人を探してキョロキョロと辺りを見まわした。

「源さん」

物堅い風体《ふうてい》の男が川のほうから声をかけた。源助はそのほうへおりて行く。

「どうだった」

男は近づいて来る源助を見つめながらそう言った。

「元気だよ。坊ちゃんたちもおかみさんも……」

「そうかい。いそがしいところをすまなかったねえ」

「どうってことはないさ。こっちもちゃんと商売になった」

源助はひょいと荷をおろし、乾いた草の上へ腰をおろした。

「上の子はなんと言ったっけな」

「浩太郎」

男もその隣りへ腰をおろした。

「そうだったな。浩太郎さんは手習いの先生と一緒に萩寺あたりへ出掛けたらしい。目をかけられてるんだな。利口な子だから……」

「そうかね」

「下の子は悪戯《いたずら》ざかりだ。一度ちらっと姿を見かけたが、垣根《かきね》をくぐってどこかへ行っちまったよ。平穏無事さ。そう心配することはない」

源助は腰から莨入《たばこい》れを外し、ポンと音をさせて煙管《きせる》を出した。

「平穏無事か」

男は小石を拾い、川へ軽く投げた。

「病気もいけないが、そいつもあんまりよくはない……」

「どうして」

源助は横目で男をちらりと見た。火がついて、うすい煙が横に流れる。

「平穏無事が続いてるうちに、あのうちはなし崩《くず》しにダメになって行くのさ。今のうち大揉《も》めに揉めたほうがいいくらいだよ」

「そうだなあ」

源助はぼんやりとした声で言った。

「もと井筒屋の番頭としては、そういう気持になるのが当り前だな」

男は川を見たまま、つぶやくように言う。

「旦那と一緒に、夢中になって井筒屋をこしらえた。作りあげたって言っても大げさじゃない。木綿《もめん》問屋と言えば、そりゃあきつい商売だ。商売仇《がたき》がひしめいていることでは、どの商売よりすごいもんさ。そのどまん中へとびこんで、俺は旦那と夢中で働いた」

「喜平さんはいい人だったよ」

「ああ。あんな旦那はいやしねえ。この先も、あんな旦那にめぐり会えるなんて、思ってもいないくらいさ。旦那というが、俺にとっては兄貴みたいなもんだった。ツーと言えばカー……ほんとだよ。親兄弟とだって、あんなに気持が通じ合うものじゃない。なんとかよそにまけない店にしよう。大伝馬町の店をかぞえるとき、どうしてもおとせない名前の店にしよう……そうさ。銭儲《ぜにもう》けじゃなかったんだ。二人とも、おんなじ夢を見てたんだよ。商人《あきんど》の夢さ」

「まったく、あの頃は周さんは夢中だったからなあ」

「辛かったが、今思うと楽しい毎日だった。よく旦那と話合ったもんさ。もし縮尻《しくじ》って無一文になったら、また二十両ためようってね。旦那の元手は二十両だったのさ。

今度はお前と一緒だから、二十両ためるのはわけないって……。言って見れば主従かも知れないが、そこまでの仲だったんだ。だんだん店が大きくなって来ても、旦那はちっともかわらなかった。働いてくれる人間には銭を惜しんじゃいけないと言って、給金だってどの店よりよくしたんだ。それで店の者をはげまそうとかというケチな考えはこれっぽっちもなかったのさ。働いたら銭になるのが当り前。みんなおんなじ人間なんだってね……」

「評判のいい人だったよ」

「でも、死んじゃしょうがない。人間、生きてなきゃどうしようもない」

「いい人はどうして早くに死になさるのかねえ」

「旦那と一緒にやってた頃は、やっとここまで持って来た、もうひと安心だって、そう思っていたけど、大きな間違いだった。まだ井筒屋の土台はかたまっちゃいなかったんだな」

「木綿店《だな》なんてのは、あたらしい者には寄ってたかって潰《つぶ》しにかかるものだそうだからなあ」

「旦那が死になすったら、あくる日からそれが始まっちまった。俺ひとりじゃ、どうしようもなかった。この井筒屋は旦那と番頭が兄弟みたいにしてやって参りましたから、と言ったって、誰も判っちゃくれない。ほかの古くからある問屋から見れば、旦那と番頭は主人と家来だ。それに違いはないが、よそさまではうんとひらきがある。旦那はそっくりかえって、番頭は這《は》いつくばってなければけじめがつかないと思ってるのさ。そういう連中が井筒屋を見れば、俺という番頭ひとりが、わけもなくりきみかえっている……おかしくってしょうがなかったんだろう。俺は旦那に死なれてはじめて、使う身と使われる身の違いをしみじみ知らされたよ。どこへ行ったって、俺の話なんかまともに聞いてくれる奴はひとりもいないんだものな」

「そうじゃないんだよ。まわりの連中は、わざとそうしたんだ。あるじとでなければ話にならない。用があるならあるじを出せ、とね」

「でも、旦那は死んじまってる」

「だからさ。喜平さんが死んでいないなら、かわりになるちゃんとした筋目の人間を出せ……そういうことだろう。で、そうなれば、おかみさんか跡とりが出て行くよりしょうがない。ところがおかみさんは、あのとおり綺麗なばっかりで店のことはおろか、世間のこともよく判らない。二人の子供はまだとしはも行かない。つまりは弱い者いじめさ」

「土砂崩れさ。とめようがなかった」

「でも、お前は福田屋の世話で、ちゃんと店が持てたし、井筒屋ののれんもなくさずにすんだ」

「押し流されただけさ。土砂崩れにね」

「そうだとしても、井筒屋はあのままではやって行けなかった。みんな悪者のように言うが、福田屋はよくやったよ。おかみさんたちだって、あのとおり何不自由なく暮していなさるじゃないか」

「たしかに、福田屋は井筒屋をかばってくれたさ。そのかわり、井筒屋の商売はそっくり福田屋にのみこまれちまって、名前はのれんわけのようにして出来た俺のちっぽけな店へ押しつけられた。それもこれも、旦那が死んではしょうがないことなのだろうけど、そのあとがいけねえよ」

男は吐きすてるように言い、少し大きめの石を拾って力いっぱいに川へ抛《ほう》った。

「女と男……。いやだなあ」

「それもしかたのないことさ」

「それてしたって、くやしいじゃないか」

「お前が考えたってしかたのないことさ」

「よりによって、福田屋とおかみさんが……。はじめはどうでも、こうなって見れば福田屋が乗っ取ったも同じじゃないか。おかみさんは福田屋の囲い者だぜ」

「ひどいことを言うな」

源助が強い声でたしなめた。

「囲い者というのは、男からお手当をもらって……」

「たしかに、福田屋は払うわけのある銭を、おかみさんたちに払っている。母子三人が暮すには、もて余すほどの銭だ。あのすまいだって、福田屋とはなんのかかわりもない」

「二人の人間が……男と女が、互いに惚れ合ったってことさ。よせよ、もう。お前が気にしたってどうなるもんじゃない」

「でもよ、俺でさえこうして遠慮して近づかないんだぜ。ご亭主をなくした人のそばをうろついて、つまらない噂が立ったんじゃ悪いと思ってな。それが、福田屋の爺いなんかと……」

源助は荷を担《かつ》いだ。

「お前、ひょっとして、あのおかみさんに惚れてたんじゃないのか」

冗談めかして言った。

「ああ」

男も立ちあがる。

「いい人だ。優しくって、女らしい人だよ」

「ちぇっ。それじゃ、焼きもちだ」

「かもしれねえ。でもよ、なんとかならないもんかなあ。悲しいよ。おかみさんと子供たちが、こう、もっと威張って暮して行けるやりかたがさ……」

「むずかしいぜ、そいつは。まだあのおかみさんは若いしな。そばにいたら俺でさえドキリとするような色っぽさだ。熟《う》れ切ったいい女が、この先ずっと一人で通せるもんかな。くだらない男に引っかかるんだったら、福田屋のほうがまだしも、ってところじゃないかな。さっきなんとなくそんな気がしたんだが、上の子……浩太郎さんに目をかけてる手習いの師匠だって、会って見れば案外おかみさんが目あてなのかも知れない。つまり、あの家へ寄りつく男は、みんなそんな目で見られちまうということだ。福田屋とのことをいやがるお前の気持はよく判るが、所詮《しょせん》どうしようもないことだろうぜ」

「判ってもらえないんだな」

男は源助と一緒に渡しのほうへ歩きだしながらつぶやいた。

「俺が言ってるのは、悲しいってことなんだけどなあ。生きてくってことは、悲しいことなんだってことさ。とりわけ悲しいのが、男と女の仲だ。福田屋が忍んで来るあのうちで、子供たちはどうやって暮してるのかねえ」

「それがさだめなら仕方ないさ。子供のことだ。案外ケロリと遊び呆《ほう》けてるさ。それよりも、気にするんなら商売に身を入れたほうがいい。喜平さんの生きていなすった頃のように、でかくすればいいじゃないか」

「そいつは判っているけど……」

二人の男はトボトボと隅田堤を歩いて行った。


「浩太郎……」

井筒屋の後家のおけいが、いらいらした様子で名を呼んだ。

「はあい」

萩寺から帰って来て、玄関のあたりを掃除させられていた浩太郎が気のない返事をした。もう夕暮れであった。

「浩吉はどこ……」

「知らないよ」

おけいは唇《くちびる》を噛《か》んだ。

「あの子はこの頃、なんだか知らないけど、土手のおこもさんなんかと遊ぶらしいんだよ。汚ないじゃないか」

「へえ……そうなの」

「そうなのじゃないよ。あんたお兄ちゃんじゃないの。少しは面倒を見てやったらどうなの」

「だってあいつ、すぐどこかへ行っちゃうんだもの」

「何言ってるのよ。うちはね、父親のいないうちなんですよ。おこもさんなんかと遊んだりして、あたしがうしろ指さされるんだから」

「どうしておこもさんなんかと遊ぶのかな」

「土手へ行って見ておいで」

「うん。掃除がすんだら行くけど、でももう夕方だし、帰ってくるよ」

「そんなこと言ってないで……」

「ほっといたって帰ってくるさ」

「どうしてあたしの言うことがきけないの。お前は長男じゃないの。一家の柱にならなきゃいけないんだよ。みんなで力を合わせなきゃ、井筒屋はダメになっちゃったって、人に笑われるんだからね」

「井筒屋なんて、もうなくなったよ。周さんの小さいお店だけさ」

「浩太郎ッ」

おけいの声がひときわ甲高《かんだか》くなった。

「なんてことを言うの。井筒屋はあるんです。今はお前たちが小さいから、福田屋さんに預かってもらってるだけなんだよ」

浩太郎はおけいの顔色をうかがうように、うす笑いした。

「大きくなったら井筒屋をやるの……」

「そうだよ。だからそれまでは、人さまに笑われないように……」

「誰も笑わないよ」

浩太郎は少し機嫌のなおりかけたおけいへ、すて台詞《ぜりふ》のように言って去った。おけいはため息をつき、長火鉢へ首をおとした。

「みんな、人の気も知らないで……」

表のほうで浩太郎の声がした。

「浩吉が帰って来たよ」

おけいは首をたれたままそれを聞いていた。

玄関のところで、顔に泥をつけた浩吉に、浩太郎が小声で言った。

「お前、乞食と遊んでるんだって……」

「違うよ」

浩吉は首を横に振った。手に竹とんぼを持っていた。

「かあさんがそう言ってたぞ」

「嘘だい。おこもさんなんかと遊ばないや」

「早くその顔をしげさんに拭《ふ》いてもらえ。かあさん、これだぞ」

浩太郎は両手を頭に置いて、人差指をたてて見せた。

「おじさんが来ないから……」

浩吉が目を丸くして言う。

「ばか、でかい声で言うなよ」

浩太郎はひどくませた笑い方をした。

「しげさぁん」

浩吉は飯炊《めした》きの婆さんの名を呼びながら、台所のほうへ走って行った。

やがて夕餉《ゆうげ》の膳をかこんだ母子は、とりたてて語り合うこともなく、食事がすむとすぐ別々の座敷へ別れた。

「お前、おじさんがきらいか」

浩太郎が浩吉にそっと尋ねた。

「どうして……」

浩吉は睡そうに言う。

「きらいかって聞いてるんだよ」

「わかんない」

浩吉ははなをすすりあげた。

「ふうん……」

浩太郎はあきらめて畳の上にころがった。あおむけになり、両手を頭の下にあてて脚を組んだ。浩吉がすぐそのまねをする。

「昼間、萩寺へ行ってきたんだ」

「萩を見に……」

「うん」

「きれいだった」

「うん」

「人がいっぱいいた」

「うん」

「お店なんかも出てた。売り屋の……」

「少しな」

「何か買ってもらったの」

「ばか。お師匠さんと行ったんだ」

「お師匠さんと」

浩吉はくるりと体をまわして起きあがった。

「えらいんだね」

「そうさ。俺だけだったよ」

「凄いなあ」

「そうだろう。でも、みんなにヒイキされてるって言われちゃう」

「ヒイキ」

「そうさ。かあさんがさ、いろんなことをお師匠さんにするからなんだ」

「いろんなことって……」

「いろんなことさ。お菓子だの手拭《てぬぐい》だの、何かっていうとお師匠さんのとこへ持ってくだろ。みんなそれを知ってるんだ」

「よせばいいのにね」

浩太郎は鼻を鳴らした。

「お前、どうして乞食と遊ぶの」

「おこもさんとかい」

「そうだよ」

「遊ばないよ」

「俺、知ってるんだぞ」

「遊ばないよ。だって、あのおこもさん、おじさんだもの」

「そうか、おとなか」

「うん」

「でも、どうしてだい」

「そばにいるだけだよ。面白いもの」

「どうしてさ」

「判んない」

「そばで何してる」

「じっと見てるの。しゃがんで……」

「見てるだけか」

「そうすると、おこもさんが喋るの」

「それを聞いてるのか」

「うん、それだけだよ。でも、きょうは竹とんぼくれた」

浩吉は竹とんぼを浩太郎に差し出した。

「汚ねえな、よせよ」

「汚なくないよ」

浩吉はおこったように竹とんぼを引っこめた。

「浩太郎……」

子供たちはビクッとしたようだった。おけいの声はピリピリととがっていた。

「呼んでるよ」

浩吉が言った。

「判ってる」

浩太郎は小声で叱りつけるように言い、はあいと答えて立ちあがった。

「かあさん、きらいだ」

浩吉は竹とんぼをまわしながらつぶやいた。

「あのね」

おけいはいらいらした様子で長火鉢を前にしていた。

「なあに」

「三囲《みめぐり》さまのとこまで行っといで」

「どうして」

「どうしてでもいいからさ」

「用がなきゃ、行ったってしょうがないもの」

「浩吉を連れて行きなさい」

「だから、どうしてさ」

「福田屋のおじさんに会うかもしれないからだよ」

「来るの」

「判らない子だねえ。行って来ておくれよ」

「ちぇっ」

浩太郎は舌打ちをして見せた。するとおけいは声を荒くし、

「行けと言ったら行きなさいッ」

と言った。

「どうしてお前たちはそんなにかあさんに苦労ばっかりかけるの。お前たちがいなか

ったら、あたしはこんな苦労をしなくたってよかったんだよ。お父さんなんか、さっさと死んじゃって何も知りはしないんだ。勝手なもんだよ。あたしはね、お前たちをなんとか一人前にするまでは、人にどう言われようがじっと我慢してなきゃならないんだよ」

浩太郎は泣声になったおけいの顔を、立ったまままじっと見おろしていた。ひどく冷たい顔だった。

「おじさんを迎えに行ってくるんだね」

早口でそう言うと、くるりと背を向けた。

「行こう、浩吉」

「え、どこ行くの」

「知らないよ。ついといで……」

兄弟のやりとりを、おけいはうつむいて聞いている。

下駄を突っかけた二人は、小走りに外へ出た。

「どうしたの。どこへ行くのさ」

「知らねえよ」

浩太郎は怒りをこめた声で答えた。

「なんでえ、かあさんなんか」

「どうしたのさ」

小走りに兄の横で浩吉が言う。

「渡しのとこまで見に行ってこいって言うんだよ。俺たちが見に行ったって、来ないもんは来ないよ。来るならほっといても来るんだ」

「誰が来るの」

「おじさんだよ」

「ふうん」

「誰が来たって俺は平気だい。どこの奴だって、かあさんがよければそれでいいんだよ。でも、今みたいに変な具合におこるのは嫌だ。そうだろう、浩吉」

「うん。みつ坊んちのかあちゃんのがいいや」

「そうだろ。みろ、浩吉だってそう思ってんだ。かあさんのばかやろ。見に行ったって来ないものは来ないんだ。おじさんのことになると、わけのわかんないことばっかり言うんだ。どうしてお師匠さんに気に入られないと世間の人に笑われるんだい。それもおかしいや。わけがわかんないよ。俺たちがいないと、本当はしあわせなんだってさ」

「かあさんがそう言ったの」

「ああ、たった今さ」

「俺も言われたよ」

兄弟はそれっきり黙って歩いた。もうあたりは暗く、まだ少しどこか暮れ残した空が、なんとなく物がなしかった。

「いつも遊ぶ乞食はどっちだい」

土手へ出てから浩太郎が言った。

「あっち」

「行って見ようか」

兄弟は手をつないだ。

「あそこだよ」

青っぽい河原の闇に、こんもりとした小屋が見えた。

「お、じ、さん」

浩吉はよほど親しいと見えて、浩太郎よりひと足さきにそばへ行くと、そう声をかけた。

「坊やかい」

中でくぐもった声がすると、むしろの間から汚れた顔が覗いた。

「どうした、こんな遅くに」

「遊びに来たの」

「遊びに……」

乞食は顔をあげて浩太郎を見た。

「兄ちゃんだよ」

乞食は怯《おび》えたように黙りこんだ。

「よしな。あっちへ行きな」

聞きとれぬほどの声で言う。

「どうしてさ。こないだ話したろ。あのおじさんが来るかも知れないんで、かあさんに言われて迎えに来たんだけど、来るか来ないか判んないものね」

「遅いよ、坊や。またあしたにしな」

「行こう」

浩太郎は浩吉の手を引っぱった。

「だって……」

「行こう」

浩太郎が少し大きな声で言うと、うつむいていた乞食がぱっと首をあげた。

「行け。行っちまえ……」

低いが鋭い声だった。

「俺なんぞにかまうなって、その坊やによく言っとけ。いい気なもんだよ。武蔵屋のうら手のうちの子だろ。いいうちに住んで、いいもの着て……揉《も》めたって患《わずら》ったたって、たかが知れてらあ。噂は俺の耳にだって入《へえ》って来るさ。帰《けえ》ったらおっかあに言ってやれ。ダメにするな、ってな」

浩太郎は足をとめ、振り向いた。

「ダメに……」

「その暮しをだよ。人間、堕《お》ちはじめたら早えぞ。子供のうちによく憶《おぼ》えとけ。こんな風になったらおしめえだってな」

乞食は立ちあがり、両手をひろげた。

「こんな風にだ。このざまを見て憶えとけ」

浩太郎はこわくなって、浩吉の手を摑《つか》んでかけだした。

「帰《けえ》れ。おっかあのとこへ帰れ。誰が何しようと、これよりはましだ……」

二人の小さなうしろ姿へ、その乞食は精一杯の大声で喚《わめ》いていた。

「畜生め……贅沢《ぜいたく》言いやがって」

道へあがった二人は夢中でわが家のほうへ走った。

「泣いてたよ」

浩吉が息を切らしながら言った。

「あのおこもさん、泣いてたよ」

浩太郎はやっと足どりをゆるめた。

「びっくりしたなあ」

おかしそうに笑った。

「おこもさんにどやされたね」

浩吉も笑った。

「いいか、かあさんには内緒だぞ」

「うん、言うもんか。おこられちゃう」

「でも、凄かったなあ。ボロボロでさ」

兄弟は手をつなぎ合って家へ駆け込んだ。

「かあさぁん……」

おけいは福田屋が来たのかと思って、いそいそと出て来た。

おまんま

路地のほうから女の子たちの声が聞えてくる。

「やぁまぁ越えて、川越えて、お山のお山のおこんさんは」

「いぃま、お湯へ行きました……」

井戸から水を運んで家の中へ入った女が、桶《おけ》を置くとうす暗い台所で、その声に合わせて低く唄《うた》っている。

「やぁまぁ越えて、川越えて、お山のお山のおこんさんは……」

唄っている本人も、名をおこんと言う。

年の頃は二十六か七。浅黒い肌で、顔つきはちょっと四角ばった感じだ。しかし決して男っぽくはない。身なりはこのあたりの貧乏長屋のことだから贅沢をしているはずもないが、襟《えり》もとも裾《すそ》も小ざっぱりとしていて、髪を掩《おお》った手拭《てぬぐい》も洗いざらしだが汚れてはいない。

「いぃま、お湯へ行きました……」

戸口に人影が立って、その声を聞いたようであった。

おこんは気配を感じてそのほうに目をやり、

「あら……」

と、笑顔になった。

「お山のお山のおこんさんか。……うまく行ってるらしいね」

小間物屋の源助であった。四十がらみの陽焼けした顔をほころばせ、肩をゆすって背中の荷を包んだ唐草の風呂敷の結び目を、胸もとで握りなおした。

「どうぞ」

おこんは急いで部屋へあがると、薄い座蒲団をあがり框《がまち》へ置いた。

「そこまで来たんでね。すぐ帰るよ」

そう言いながらも、源助は腰をおろした。

「清《せい》さんは元気かね」

「ええ」

おこんは莨盆《たばこぼん》を取ろうとする。

「いいんだ。本当にすぐ帰るんだから」

「いそがしいんですね」

「そうでもないんだが、今日はちょっと廻るところがあってね」

「その後ご挨拶にも伺いませんで」

おこんは茶色くなった畳に軽く左手を突いて頭をさげた。

「お互いに貧乏ひまなしだ。そんなことはかまいはしない。それより、どうだい」

源助はおこんを見つめた。

「おかげさまで、なんとか落着いています」

「そりゃよかった」

荷を背負ったまま、源助は声を低くした。

「おこんちゃんのことだから、うまくやってくれるとは思っていたが、気にしてたんだぜ」

「いろいろご心配かけまして」

「あっちの話は聞いてるかね」

「あっちの……」

おこんは首をかしげ、あいまいな表情になった。

「伊勢屋じゃお目出ただそうだ」

「まあ、そうですか」

おこんは気のない返事をする。

「そうですかって……気にならないかい」

おこんは笑った。

「もうすんだことじゃありませんか。気にするもしないも、人さまのことどころじゃありませんよ。番頭と言ったって、うちの人はいちばん下っ端ですからね。そりゃもうやりくりが大変で。そのうち源助さんのところへも泣きつきに行くかも知れませんよ」

「おう、来ておくれ。と言ったって、こっちもご同様だが、貧乏人は貧乏人同士だ」

おこんは腰を浮かせた。

「あいにく、火がこれからなんで、まだお湯も沸《わ》かないんですよ。お茶ぐらい出しますから、その包みをおろしてゆっくりしてらしてくださいな」

「それには及ばないよ」

源助も立ちあがった。

「どれ、もうひと仕事して来なくては」

おこんはあわてて下駄を突っかけ、外へ送って出た。

「今度ゆっくり来るよ」

「そうですか。それじゃ……」

源助は一度振り返って笑顔を見せ、足ばやに去って行った。


堀留の莨問屋宮川屋。

日はもう暮れようとしていて、店先にはもう客の姿もなく、若い者があたりを片付け始めている。

「番頭さん」

丁稚《でっち》の一人が四十くらいの痩《や》せて陰気な男に声をかけた。

「ん……」

男は帳面から目をあげて丁稚を見た。

「奥で旦那さんがお呼びです」

すると、その男は困ったように隣りの若い男に視線を移した。

「いいですよ。あとはあたしがやっとくから」

それを二人のうしろで、もう一人の年嵩《としかさ》の男が見ていた。

「愚図愚図してないで早く行きなさい」

その男が呼ばれた男へ叱るように言う。

「へい、それじゃ……」

男はそろりと立ちあがると店先から裏へまわり、呼びに来た丁稚に、

「何のご用か知らないか」

と小声で尋ねた。

「ただ、清吉さんを呼びなさいって……。お目玉かも知れませんよ」

と生意気な笑い方をした。

清吉は襟もとをつくろい、奥を睨《にら》んで息を一度深く吸うと、静かに廊下を歩きだした。

「へい。清吉でございます」

旦那の部屋の前の廊下に膝を突いて、障子の外から言うと、

「お開け……」

と、案外穏やかな声がした。両手をかけて障子を半分ほど開ける。

旦那は書きものの途中で一服していたらしく、煙管《きせる》に莨をつめながら言った。

「どうかね。うまく行っているかい」

こちこちに堅くなった清吉は、ヘッ、と言ってうつむいているばかりである。宮川屋の今の旦那というのは、伊勢の本家の次男に当り、十何年か前、江戸のこの店へ飾り物のように送り込まれた人物であった。商売上のことはもちろん、世間付合いもほとんどは番頭たちが取りしきり、清吉などが接するのは、精々が二番番頭に当る重造までであった。

「お前はよく勤めておくれだからね。それで嫁の世話をしてあげようということになったのだが、どうも気になってね」

「おかげさまで、家内円満にやっております」

「それはよかった」

旦那は頷《うなず》いた。

「宮川屋が世話をした嫁だからね。不都合があっては世間様にも恥ずかしい。精々仲良くやっておくれよ」

「有難うございます」

「今日はもう店もしまいだろう。早く帰っておやり」

清吉は黙って廊下に這《は》いつくばった。

「ほかに何かご用は」

「ないよ」

「では……」

清吉はまた両手を障子にかけて静かに引き、音をたてずに立ちあがった。

店の裏へ戻ると、手代の千吉が待っていて、

「何があったんだね」

と寄って来た。清吉は子供の頃からこの店へ奉公してもう四十に手が届く年になり、やっと番頭ということにしてもらったが、千吉は二十代の半ばですでに手代。実質的にはびりっかすの番頭である清吉などよりずっと上の仕事をあてがわれている。

その千吉にしても、仲間が奥へ呼びつけられると、すわ、と色めきたつのである。

「びっくりしたよ」

清吉は胸を撫でおろして見せた。

「女房とうまく行ってるかというおたずねさ」

「なあんだ」

千吉はとたんに人を莫迦《ばか》にしたような顔になった。

「そんなことかい」

千吉が、何か仕事上のことだと思っていたのは明らかであった。それも、なみの叱言《こごと》なら裏で番頭の誰かが言い渡すにきまっていて、清吉のような男は奥で旦那から直接叱られなければならないような仕事は、まかされてもいないのである。とすれば、何か好い事で……そこは年の功で千吉がそういうように考えたのは清吉にもよく判っていた。

「そんなことさ」

多少皮肉まじりに清吉は答え、前掛けを外して帰り仕度をした。

「たまには早く帰れと言われたよ」

小声で言う。

「お前も早く出世して、さっさと嫁をとるんだね。俺みたいになった日には、出戻りをおしつけられた上に、撲《なぐ》るも棄てるも封じられちまうんだからどうしようもない」

千吉は首をすくめた。

「若いのをもらっといて、何言ってるんだい」

からかわれても、清吉は陰気な顔を続けていた。

「折角の仰《おお》せだから帰るよ。番頭さんたちにはそう言っておいておくれ」

「はいよ」

それでも千吉は、清吉のうしろ姿に精いっぱい好意的なまなざしを送っていた。


「帰ったよ」

清吉は低い声で言い、うしろ手で障子を閉めた。

「おかえりなさい」

おこんの声が聞えた。

「清さんは、ばかに早帰りだな」

向いの家で、大工の善助がそれを見ていた。

「ほんとだねえ」

女房のおきみが相槌《あいづち》をうつ。

「でもよ、ああいうのを見てると、つくづく職人でよかったと思うぜ」

「そうかい」

晩飯の膳が出ていて、おきみはまだ食べていた。

「だってよ、三十何年も奉公したあげくが、俺たちと同じ長屋ずまいだ。それも通いになれたのはついこのあいだ……。俺たちは夫婦になって、もう十年もたったてのによ」

「でも、宮川屋あたりになれば、清さんみたいな番頭さんばかりじゃないよ」

「そりゃそうだろうさ。でも職人のほうがいいや。俺なんぞが宮川屋へ行ってみろ。清さんほども行きやしねえ。それにしても、三十何年であれじゃあ気の毒だな」

「人さまのことを見て気休めかい」

「そうじゃねえけどさ」

「それより、あたしはおこんさんのほうが気の毒だよ」

「どうして」

「だってさあ、ご亭主とひとまわりも違うんだよ」

「いいじゃないか。出戻りだものよ」

「知らないのかい」

「おこんさんのことか」

「そうだよ。先のご亭主と、それは惚《ほ》れ合ってたっていうじゃないか」

「へえ。そうかい。じゃあ、なぜ別れちまったんだ」

「よく知らないけど、お姑《しゅうと》というのが大変な人らしくてね。知ってるかい、深川の質屋で……」

「ああ、思い出した。伊勢屋というんだろう。おこんさんのせんの嫁ぎ先だ」

「いびりだされたんだよ」

「亭主と惚れ合ってたのにか。そうだとしたら、その男もだらしねえじゃねえか」

「だろう。ひとごとながら、歯がゆいねえ。質屋のおかみさんで、亭主と惚れ合っていれば言うことないのに、とんだ鬼ばばがいたばっかりに、うだつのあがらない人のところへ押しつけられちゃってさ」

「でも、おこんさんはえれえ。そんな素ぶりも見せやしねえものな」

「あれはいい人だよ。世話好きだし、行儀はいいし」

「ま、お前もお節介《せっかい》じゃ相当なもんだが、行儀となるとおこんさんの足もとへも寄れねえな」

「あれ、出て来たよ」

「湯へ行くんだ」

「お前さんも行っといで」

「いやだ。今日はもう行きはぐった」

手拭をぶらさげて、清吉はその路地を出て行った。

おこんは清吉を風呂へ送り出したあと、手早く清吉の店着《みせぎ》を畳んで食事の仕度を始めていた。

顔が暗い。

清吉が帰るそうそう告げた、宮川屋の旦那の言葉が、おこんの胸にいらだちのようなものを起させている。

おこんは、なんとか清吉とうちとけようと努力していた。四十すぎて妻を得た清吉は、おこんに対しても、手がつけられないほど自分というものをかたくなにとざしているのだ。

無理もない……おこんは夫のそういう気持を、精いっぱい察してやっている。

これと言って取り柄《え》のないことの責めは清吉自身で背負わねばならぬとしても、十になる前に奉公に出されて、以来三十何年間かを、ずっと宮川屋で過して来たのだ。いわば、一生他人の飯を食い続けて、肚《はら》を割って話すということも、普通の人間にくらべたらずっとすくなかったわけである。きっと自分の本心も、あるのだかないのだか判らないくらいになっているに違いないと、おこんはそういうように理解してやっている。

そこへ持って来て、清吉は朋輩《ほうばい》に追い抜かれどおしだった。若い頃にはそれなりの野心もあっただろうし、たとえば丁稚から手代になるのでも、今度は俺の番、今度は俺の番と、何度も期待したに違いない。

宮川屋があの人をあんな風にしてしまったのだ……おこんはそれをたしかなことだと思っている。本人が無能だったにせよ、夢や希望というものを、持つたびに地面へ叩《たた》きおとして見せ、期待すればがっかりするだけ損という感じ方にさせてしまったのだ。

おこんと世帯を持って、晴れて通いの番頭になれたと言っても、三十何年もの奉公人を使いずてにしては世間体が悪いという、大店《おおだな》特有の配慮から、犬に餌をやるようにしたまでのことである。

それがよく判っているから、清吉はおこんに対して、はじめから期待など持っていなかった。自分のところへまわってくるのは、せいぜい出戻りの、不器量のときめてかかり、通いの番頭になれたことも、これで一生はおしまいという風に、心からよろこべはしないのだ。

でも、おこんはそういう夫の心を、なんとかしてひらいてやろうとしていた。夫婦が、いや、男と女が、しみじみと心を通い合せたとき、世の中はまた別な景色に見えてくることを、おこんは知っていたのである。

貧乏でも、うだつがあがらなくても、それが持って生れた分《ぶん》と言うものならば、その分相応のよろこびというものがあるではないか。おこんはそう思い、夏には朝顔を育てて、花の咲くたのしみを夫に教えようとしたし、祭りだ御開帳だというたびに、行きたくもないのをわざと甘えて、連れて行かせたりもした。

そうやって、やっと少しずつ清吉の心をもみほぐしている最中に、お前の女房はうちのお仕着せなのだと言わんばかりの旦那の言葉なのである。少しは持ちあがりかけた荷物が、またどさりと地面へついてしまった感じだった。


……俺は宮川屋でおまんまを食わせてもらった男だ。

そういうのが清吉の口ぐせになっていた。はじめのうち、おこんはそれを宮川屋に対する忠誠のことばかと思っていた。

「そうですねえ、これからはあたしも足を向けて寝ないようにしますよ」

相槌《あいづち》のつもりでそう言っていたが、あるとき酒を飲んで帰った清吉が言うのを聞いて、おこんは自分の間違いに気付いた。

「俺は宮川屋でおまんまを食わせてもらった人間さ。時分どきになったら、裏の板の間へ坐って、いただきます、ごちそうさまと、来る日も来る日も飯を食っていたんだ。俺は一度だって、おまんまをことわったことはなかった。ことわったことはなかったんだ」

べろべろに酔っておこんに介抱されながら、清吉は目に涙をうかべていた。

「いいさ。死ぬまで宮川屋のおまんまを食ってやる……」

清吉はおこんに着物を脱がされながらそう言い、蒲団へ連れて行かれると、あらあらしくおこんを求めた。

おこんはそのとき、じっと目をあけて夫のするがままに体をまかせていた。

この人は、飼い犬になり切ってしまった自分をうらんでいるのだ……。そう思った。いつも、むっつりと下を向いていて、自分からうちとけた話など仕かけたこともない清吉の心が、はじめて読めたようであった。

この人にとって、自分もまた宮川屋のおまんまであるらしい。

そう感じたとき、おこんはひとりで泣いたものであった。無性に前の夫が恋しかった。伊勢屋の定吉は、心に思ったことを洗いざらいおこんに聞かせてくれたものであった。おこんの几帳面《きちょうめん》な性格を高く買ってくれて、質屋の女房はそうでなければいけないと目を細めたし、綺麗《きれい》好きで手まめな性分を愛してもくれた。

自分が大切な人によく判ってもらえていた日々の、なんと充実していたことか。甘えたりべたついたりということがなくても、それは女として、この上もないしあわせな日々であった。

それにひきかえ、清吉はおこんがどんな性格で、どれほど手まめな女かということなど、まるで念頭になかった。

帰ったよ。行って来るよ。……それだけであった。宮川屋の裏二階に三十何年も住みついて、その寝起きする場所がかわったという程度にしか感じていないのだ。おこんを見る時、そのうしろに宮川ののれんを感じてしまうのだ。

おこんは晩飯の膳を出して器を並べながらため息をついた。姑の理不尽な嫁いびりに耐えて暮していたときのほうが、余程救いがあったような気がした。耐えることで、夫をたすけていたのだから。

「板前の長さんのところに、えらい別嬪《べっぴん》がいるっていうじゃないか」

風呂から帰って夕餉《ゆうげ》の膳についた清吉が、珍しくそんな世間ばなしを始めた。どうやら風呂屋で聞いて来たらしい。

「ええ。名前は知らないんですけど、随分綺麗な人ですよ」

「素人じゃなかろう」

「ここらの人から見たら、そりゃもう垢抜けてて」

おこんはほのかなよろこびを感じた。

「なんで長さんのところへころがり込んでいるのかな」

清吉は関心を抱いたらしかった。いつもならふたことみことでおわってしまうはずなのに、飯を食いながらいつまでもその話から離れない。

「前のおきみさんの話だと、好きな人がいるんだそうですよ」

「ほう」

清吉は箸をとめておこんを見た。

「まず芸者だろうという噂だが、すると惚れた相手が出来て、旦那か何かから逃げまわっているのかな」

「あんな綺麗に生れたら、さぞ世の中が楽しいでしょうねえ」

清吉は、ふん、と鼻を鳴らしてまた飯を食う。

「俺たちには縁の遠い話だ」

「本当に」

おこんはそう言って笑った。

しばらく沈黙が続き、清吉が食事をおえておこんのいれた茶を飲み始めたとき、その湯呑みに口をつけたまま、

「でも、お前は二度目だしなあ」

と、籠《こも》った声で言った。

「いやだお前さん、そんなこと言って」

すると清吉はうっそりと顔をあげ、

「だって、二度目だもの二度目だ。しょうがねえじゃねえか」

と言った。

「あたしは忘れちまいましたよ」

おこんはうつむいて言った。

「生き別れだ。生き別れは忘れねえって、世間じゃそう言うぜ」

おこんは顔を蒼《あお》くした。

「忘れました。昔はどうでも、今はお前さんの女房です」

「ありがてえと思ってるさ」

清吉は抑揚のない声で、無表情に言った。

おこんは唇を噛み、しばらく黙っていたが、やがて目に涙をためた。

「あたしはお前さんの女房です。宮川屋のおまんまじゃありません」

「え……」

清吉はギョッとしたようにおこんの顔を見た。

「ごめんなさい。生意気な口をきいちゃって」

おこんは立ちあがり、袖《そで》もとで涙を拭《ぬぐ》いながら台所へ去った。

「おい、それはどういうこった」

清吉は怒る風ではなかった。しかし、冷たい、他人に言うような口ぶりであった。

「いいんです、もう」

「よくはない。聞かせてくれ」

おこんは台所で何か物音をさせながら、静かな声で答える。

「あたしは宮川屋さんなんて、よく知らないんですよ。深川から出戻って間もなく、うちへ口をきく人がやって来て、親とあちらの間で話が進んだんです。あたしの勘ぐりだったら許してください。でも、お前さんは何かあたしに遠慮なさっている気がして……」

「遠慮……」

「気にさわったらごめんなさい」

おこんはもう涙の見えぬ顔で部屋へ戻った。

「宮川屋さんに言われたから、お前さんの女房になったわけじゃないんです。縁があって一緒になったんだと思っているんです」

「うん」

清吉はなぜかおこんを怯《おび》えたような目で見ていた。

「もし仮に、お前さんが宮川屋さんに謀叛《むほん》を起すって言えば、あたしは今すぐにでもお前さんの言うとおりする女なんですよ。それをこのあいだっから判ってもらいたくて……」

「謀叛かい」

清吉は呆《あき》れたようにおこんを見つめた。

「たとえにしても大それたことじゃねえか。俺にそんなことが出来るわけがない」

「ごめんなさい」

おこんは微笑して頭をさげた。

「あたしは綺麗じゃないから、板前の長さんのとこへ逃げて来た人みたいに、男に惚れられたり追われたりできゃしません。でも、亭主のお前さんにだけは、可愛いと思ってもらいたいんです」

「この俺にかい」

清吉は意表をつかれたように、そう言って茶をすすった。

「へえ……そういうことだったのかい」
二、三日して、小間物屋の源助は、おこんに訪ねて来られて腕を組んだ。
「そりゃもどかしいよなあ」

同情するように言った。

「しかし、清さんに向って、宮川屋に謀叛とはよく言ったもんだよ」

源助は笑いかけ、ギョロリと目玉を剝《む》いた。

「つまり、清さんて男は、今まで生涯一度も生きる張りってものを持ったことがないんだな。人間そういう具合になれば、一事が万事ひがみっぽくもなるというもんさ」

「どうしたらあの人に、毎日働くのは人の為じゃなくて、自分の為なんだってことを判らせてあげられるんでしょう」

「そりゃ、張り合いを持たせるこったな。子供でも作れば……」

「それを心配してるんです。もし、子供まで宮川屋の……」

「おまんまかい」

源助は声をあげて笑った。

笑いおわると、何か決心したように、

「よし、そいつは俺にまかしてくれ」

ときっぱり言った。

「大船とは行かねえが、なんとか為になるようにやってみるから」

そう言われて、おこんはうれしそうに帰って行った。源助は深川の伊勢屋との縁をまとめた男で、おこんにとってはいちばん頼りにしている人物だった。

しかし、清吉はその後も相かわらず、おこんとは何かへだたりのある暮しを続けていた。

年があけ、春になった。

「どうしたんです。お前さん、この頃浮かない顔をしてるじゃないの」

帰ってきた清吉に茶を入れてやりながら、おこんがさりげなく尋ねた。

「以前、お前は俺に、謀叛を起してもどうとか言ったな」

「ああ、あれ。ええ言いましたよ」

「どうも妙ちきりんな話になってきてなあ」

「妙って……」

「お前は知るまいが、向島のほうに小さな莨屋があってな。あっちじゃ古い莨屋なんだが、あとつぎがなくって養子を入れたところ、そいつが道楽者で、年寄り夫婦をすっかり食いものにしたあげく、とび出しちまったそうなんだ」

「へえ、ひどい人もいるもんですねえ」

「養子の作った借財だらけで、その莨屋は明日にでも人手に渡っちまおうというんだが、その年寄り夫婦をかばう人が出て、誰かその莨屋を続けるなら、自分が買い取ってもいいということになってる」

おこんは清吉をじっと見つめていた。

「莨屋へ入った者が、少しずつ払いながら、行く行くはその店を買いとることになるそうなんだが」

「耳よりな話じゃありませんか。お前さんが乗りだしたらどうなんです」

「そいつをこのあいだから考え抜いてるのさ。なあおこん。俺にでもやれるだろうか」

おこんは陽気に笑いだした。

「いやですねえ、お前さんは痩《や》せても枯れても、莨問屋の番頭さんじゃありませんか。莨のことなら江戸でも何人という中へ入るはずですよ。そこらの人とは年季が違います」

「そう思うかい」

「ええ」

「でも、こいつはお店にどう切り出していいもんか」

「いいじゃありませんか。お前さん、一国一城のあるじになるんですよ。たしかに宮川屋さんは莨問屋の大どころだけど、だからといって問屋は宮川屋さんばかりじゃないでしょう」

「それはそうだが」

「どうしても手ばなせないと言うのなら、喧嘩《けんか》をしたって飛び出しちまえばいいんです。あたしたちがたくさん莨を売れば、宮川屋さんだって商売でしょう、放っちゃおけませんよ」

清吉は珍しくうれしそうに、ヘッ、と笑った。

「強気な女だぜ。だから追ん出されちまうんだ」

「ねえ、その莨屋をやりましょうよ」

おこんは甘えてせがんだ。これも珍しく横ずわりになって、清吉にしなだれかかりそうであった。

バタバタと話が進んだらしく、日ならずして二人は向島へ引っ越して行った。宮川屋は、清吉の幸運を大して祝うでもなく、さりとて引きとめたり文句をつけたりするでもなく、鷹揚《おうよう》に送り出してくれた。

源助はときどきそっちへも顔を出して、しだいに打ちとけてくる夫婦の様子に満足しているようであった。

「おかげさんで、どうやらうまく行っております」

清吉は見違えるように元気な男になり、元そこにいた老夫婦の面倒を、何くれとなく見てやっていた。

「ねえ清さん。あんたの今のおまんまは何だね」

源助がそう言うと、清吉は大笑いをはじめ、

「あん畜生、源さんにそんなことまで喋っちまいやがるのか」

と頭を掻《か》いた。

その源助は、清吉夫婦がそんな風になったことで、少しばかり仲にひびの入った夫婦をひと組知っていたが、深川の質屋で伊勢屋といえば、まあそう金に困る家でもなし、大した騒ぎにもなるまいと思っている。

「それにしても、銭は持ちたいものだぜ」

源助は或る夜自分の女房にそう言った。

「別れた女房の亭主に活《かつ》をいれてやるために、莨屋一軒買っちまうなんざ、やっぱり銭がなければできない相談だものなあ……」

うらなりめいた清吉が、みるみる花の咲く顔にかわったのを見ている源助の感慨は、本当にしみじみとしていた。

どぶどろ

一

秋晴れや……。

平吉は歩きながら、頭の中でそんなことを考えていた。空がやけに青くて、苦も涙も、世間のどこにあるかといった感じだった。

綺麗《きれい》な風が吹いている。

平吉が今感じているのはそういうことだ。眩《まぶ》しいような秋晴れの中を、ときどき爽《さわ》やかな風が通りすぎて行くのだ。肌が洗われるような気分だった。その風に松葉の匂いがまじっている。

秋晴れの空と肌を洗うような爽やかな風と松葉の匂い。平吉はそれを十七字にまとめて見たいのだ。

松の影……。

こいつは悪くない。今度は下の句が泛《うか》び、平吉はそれが気に入った。道にくっきりと松の木の影が落ちている。

でも、真ん中が出て来ない。秋晴れや、がよくないらしい。平吉は上の句を考え直す。下り坂で、足に弾みがついている。歩くたび踵《かかと》に草履《ぞうり》が当って、ピタピタと艶《つや》消しな音がしていた。平吉はその音を消そうと、足の拇指《おやゆび》を蝮《まむし》にする。

きのうの昼も、平吉はその道を通った。ゆうべはお月見の晩で、文箱《ふばこ》を尾州さまへ届けに行ったのだ。それを持って行く途中、平吉は中が見たくて仕方がなかった。狂歌か俳句か、そのどちらかが文箱の中の色紙にしたためてあったのだろう。

平吉はふと微笑を泛べた。山盛りの白い団子に柿、栗、枝豆、衣《きぬ》かつぎ。お大名でもそんなものを飾ってお月見をするのかと思ったら、世の中がひどく他愛のないものだったように感じたのだ。

月に供うる団子かな……。

また気に入ってしまった。松の影、などより余程俺らしいと思ったのだ。

玉砂利が……。

平吉は上の句を思い付き、またニヤリとした。粋狂《すいきょう》なお菰《こも》さんだよ。でもふざけ過ぎている。

「作りすぎてはいけないよ」

以前、京伝がそんな風に教えてくれた。たしかに、玉砂利が、では面白がらせようと作りすぎているようだ。

やめだやめだ。平吉は頭を振って十七字を追い払った。柄じゃない。俺がいつも狂歌や俳句をひねっていると知ったら、誰だって笑い出すに違いない。平吉はそう思い、またピタピタと草履の音を立てて坂をおりて行った。

その紀の国坂の下に町屋の屋根が見えている。松葉の匂いも薄らいで、そのかわり子供たちの声が聞えて来た。玉川稲荷のほうから、二十人ほどの男の子がひとかたまりになってこちらへ駆けて来る。

その先頭に立った四、五人が、急に足をとめて平吉のほうを眺めた。

「この字だ」

「この字だ」

指をさして大声で叫ぶ。

「やあい、この字の平吉」

年嵩《としかさ》のが一人、両手で口を囲うようにして呼びかけて来た。平吉は尾州さまから受取って来た空の文箱と、お返しの折箱を入れた風呂敷包みを高く差しあげてそれに答える。いったん立止った子供たちが、あらためて平吉のほうへ走り出した。平吉のほうが足をとめ、相好《そうごう》を崩《くず》してそれを迎える。

「やあい、この字の平吉」

とりまいてしばらくはやし立てたが、からかっているのでないことを平吉は承知していた。

「何して遊んでるんだ」

「今ね、田町《たちょう》の奴らをやっつけたの」

一人が喧嘩したことをぺろりと喋ってしまう。

「勝ったのか」

うん、と半分ほどが得意そうに頷《うなず》いた。

「やっぱり、御門の前の子たちは強いんだな」

ずっと向うの坂の上に赤坂門が見えていた。

「どこ行って来たの」

小さいのが訊《き》く。平吉は振り返り、

「尾州さまさ」

と答えた。

「京伝《きょうでん》のお使い……」

「呼びつけにするなよ」

平吉はその子の頭に手を置いて言った。どの子も特に知り合いではない。でも平吉は子供好きだし、世間ではみな平吉を京伝の乾分《こぶん》か何かのように思っている。

「ねえ、遊ぼうよ」

「駄目さ、お使いの帰りだもの」

「ちぇっ、つまんねえの」

京伝の七光りだ。子供たちは平吉と言葉を交わすのもうれしいし、一緒に遊んだりすればあとで自慢できると思っているのだ。

「強くても、あんまり喧嘩するなよ」

子供たちは素直に頷いた。有名な山東京伝《さんとうきょうでん》の従者であると同時に、銀座の町屋敷《ちょうやしき》の人間であることも知っているのだ。

「この字をしてよ」

「嫌《いや》だよ」

平吉は子供たちの輪から抜け、道へ戻ったが、急に肩をすぼめて両手を袖《そで》へ引っこめると、袖口をつまんで横へ引っ張りながら歩き始めた。

「やあい、この字だ」

子供たちは大よろこびではやした。

ほの字。

平吉は生れつき、ひどい蟹股《がにまた》だった。まだ子供だった頃、両手を今のように袖の中へ入れ、北風に追われるようにして京橋を渡って来る平吉を見て、京伝がほの字という綽名《あだな》をつけてしまったのである。

それからもう十年。どこへ行っても、ほの字平吉で通っていて、誰もそれが悪口だなどとは思っていない。勿論平吉自身もその名が気に入っていて、ひそかに弧人などという乙《おつ》な名を俳句に使っているくらいなのだ。

二

平吉は町屋の間を抜けて赤坂門の正面から、溜池ぞいに歩いて行った。十五日で八幡さまのお祭りだから、どこへ行っても子供たちが騒いでいた。

そう急ぐ使いでもなく、のんびりと歩いて行くと、一ツ木の通りから出て来た男に、

「やあ、平吉さん」

と声を掛けられた。四角い大風呂敷を背負った四十すぎの商人《あきんど》だった。

「こんにちは」

平吉は先に頭をさげた。

「ご祭礼でも働くんですね」

「書きいれですよ」

二人は並んで歩いた。男の名は源助。担《かつ》ぎの小間物屋なのだ。

「それにしても、こんな所まで来るとは驚いたな。商売熱心なんですね」

「三分坂のほうに頼まれ物がありましてね。なに、商《あきな》いなんかになりはしないんで」

源助はそう言い、平吉が持っている包みを覗《のぞ》き込むようにした。

「あ、これ……」

平吉は気付いて言った。

「尾州さまの帰りです。ゆうべは十五夜でしょう」

平吉は包みを目の前へぶらさげて見せた。源助は怪訝《けげん》そうに見ている。

「きのう、文箱をお届けにあがったんです」

「あ、なるほど」

源助は合点が行ったようであった。

「そうですか、尾州さまですか」

源助はそう言い、

「大したものだ」

とつぶやいた。

「尾州さまあたりの観月宴などというのは、どんなあんばいなんですかねえ」

平吉はウフフ……と笑った。

「さぞお団子が沢山要《い》りましょうね」

すると源助は弾けたように笑った。

「京屋の旦那のお仕込みだけあって、平吉さんも捌《さば》けていらっしゃる」

平吉もそれに合せてちょっと笑った。

「そうそう」

源助は笑いを納めると言った。

「松留《まつとめ》は繁昌してるそうですね」

「ああ」

平吉は頷いた。

「お梅さんが頑張ってるから」

「女板前で客を呼ぶなんて手は、今まで誰も考えつかなかったことですよ」

松留というのは、京伝の家から京橋を渡ってすぐの、柳町にある料理屋のことだった。お梅という女の板前が評判になって、さして大きな店ではないが、近頃大層はやっているのだ。

「京屋の旦那もよくあの店へいらっしゃるんでしょう」

「いえ、うちの先生は行かないようですよ」

「ほう」

源助は意外そうだった。

「でも、お梅さんはよく京屋へ顔を出してます。近いですからね」

「そうそう。そうなんですってね。あのお梅って人は、以前尾張さまへ奉公にあがってたんだそうですね」

「ええ」

「岩瀬の旦那がお世話をなすったって聞きましたけど」

「そうらしいです」

源助は京伝を京屋の旦那と呼び、京伝の父親のほうを岩瀬の旦那という風に使いわけていた。

岩瀬一家とかかわりのない者はさっきの子供たちのように、有名になりすぎた京伝を、ただ京伝と呼びすてにするが、源助は小間物屋だから、京伝がやっている京屋という店の商売とつながりがあるのだ。

「松留はもと、松本屋という呉服屋さんでしょう」

「そうですよ。古くから岩瀬の家へ出入りしてたんです。それが商売につまずいて店をなくしたとき、うちの先生が料理屋でも始めたらどうだと知恵を出したんです」

「するとお梅さんの板前姿も旦那の知恵なんですか」

「いや、あれはそうじゃないでしょう。松留のうしろだては山東京伝だ、なんて知ったかぶりを言う連中もいるようですが、ただ事がそういう風に運んだだけで」

「それにしても、あの姿は粋《いき》なもんですよ。唐桟《とうざん》の胸もとをきっちり合せて派手めの角帯。髪をひっつめて白粉《おしろい》っ気はまるでないけど、女っぽくて活《い》きがよくてね。なんかこう、女の色気てえものを逆手《さかて》に取った具合で」

「わたしには女の色気なんて判りませんけど」

それでも源助の言うことは理解できる、というように平吉は微笑して見せた。

「ま、とにかく銀座の岩瀬さんご一家は、皆さん人に抜きん出る星を持ってお生れのようで、京屋の旦那は言うに及ばず、ご舎弟の京山先生や伝左衛門さんにしたって、わたしらなんぞとは頭の出来が違うんだからね。あの飯田町の下駄屋さん、何と言いましたっけね」

「曲亭馬琴《きょくていばきん》」

「そうそう。旦那のお弟子なんだそうですね」

「ええ」

「わたしは読本《よみほん》なんぞには余り縁がなくて」

源助は詫《わ》びるように言い、

「その人だって近頃だいぶいい目が出てるそうじゃありませんか。松留と言い、旦那の身近にいると、みんないい目が出るんですよ」

と頷いて見せた。

「でも、わたしみたいのもいる」

平吉は笑った。

「いえいえ」

源助は首の下の大風呂敷の結び目から片手を離して左右に振った。

「平吉さんだって、江戸中知らぬ者はない」

「この字だからね」

「そんな……違いますよ。八丁堀にも顔が利《き》くし、町の親分衆だってみな一目《いちもく》置いてなさる」

たしかに一部は源助の言う通りだが、それは銀座役所が背景にあるからだし、町《ちょう》役人として有名な岩瀬伝左衛門や、その息子の山東京伝の力のおかげなのだ。

三

榎《えのき》坂、葵《あおい》坂と溜池ぞいに行って虎の門前を過ぎ、土橋を渡ったところで平吉は小間物屋の源助と別れた。

「寄って行きなよ」

その辺《あた》りはもう平吉の縄張《なわば》りとも言える所で、勝手を知り抜いた家並みの間を曲り曲り大通りへ抜けようと進んで行くと、甘酒屋のお兼《かね》婆さんに呼びとめられた。

「いい天気だね」

名は知らぬが、お兼婆さんのところへよく出入りしている甘酒売りの老人が、平吉の顔を見てペコリと頭をさげた。

「朝晩めっきり寒くなったから、いよいよお兼婆さんの出場《でば》だね」

平吉はそう言いながら、お兼婆さんのほうへ行った。

「はばかりさま。暑ければ麦湯に桜湯、売り物には事欠かないよ」

婆さんが言うと、

「甘酒屋だけに甘く見られちまう」

そばにいた老人が半畳《はんじょう》をいれ、イッヒッヒ、と黄色い歯を出して笑った。

「ちょうどいいや、疲れたからお茶を一杯おくれ」

平吉はあがり框《がまち》に腰をおろし、その老人が荷を担ぎあげるのを見ていた。

「深川だよ」

婆さんが念を押すように言う。

「へいへい」

老人は冗談のように答え、荷を担いで歩き出した。

「由造さんに言ってから場所につくんだよ。判ってるね」

婆さんがそのうしろ姿へ甲高《かんだか》い声を浴びせた。

「由造って、門前仲町のかい」

「そう。去年から十五夜八幡は仲町の由造が仕切っているのさ。風邪を引いたとか言い訳してたけど、あの爺《じい》さんもすっかり呆《ぼ》けちゃって、場所割りに行きそびれちゃったらしいのさ。だから由造に言って割り込ませてもらったんだよ。由造だって今は大きな面《つら》をしてるけど、以前はうちの厄介《やっかい》になった男だからね」

婆さんはそう言いながら、薄くてぬるい茶を出してくれた。

「まったく、いろんな奴がお兼さんの世話になってるもんな」

平吉は茶を飲みながら感心したように言う。

「あたしゃ一文《いちもん》だってみんなからもらってやしないよ」

婆さんは鼻をうごめかす。

「でも、根性のいい奴は何年あとでも、お兼さんお兼さんって、寄って来てくれる。そうそう、お梅ちゃんがさ、これ持って来てくれたんだよ。両国の虎屋で売ってる痛風の薬だって」

「へえ、お梅さんがねえ」

「角帯締めて、男みたいな服装《なり》してさ。あたしゃ鼻が高かったね。今評判の女板前が、いくら近いからって、わざわざあたしん家《ち》へ来てくれたんだもの。近所の連中がみんな覗いて見てた」

「そうだろうね」

「あの子だってあたしゃ面倒見たよ。麦湯売らせてくれって言って来てさ」

お兼婆さんは急にしんみりと声を落す。

「まだあの子が十《とお》かそこらのことだよ。父親ってのが病気がちでね。あの子もそりゃ苦労したんだよ。父親が死んだとき……暑いさかりのことでね。あの子、麦湯を売りに出てて家《うち》にいなかったんだ。妹たちがそれを探しに、泣きながら走り廻ったもんさ。姉ちゃん、父ちゃんが死んだよおって」

「へえ……そんなことがあったの」

「でも今はちゃんとやってる。立派なもんさ」

「その妹たち、今どうしてるの。ちっとも話を聞かないな」

「下のは死んじゃった」

「もう一人は」

「父親が死んでから、もらわれて行ったよ。柳島のほうだけどね、どうもその家も貧乏しちまったらしくて、今は薬研堀《やげんぼり》にいるっていう噂さ」

「薬研堀にねえ」

平吉は力のない声で言った。

「蓮華《れんげ》の花はひいらいた。ひいらいたと思ったら、やっとこさと、つうぼんだ……」

すぐ近くで、女の子たちが黄色い声を揃《そろ》えて遊んでいた。

「さて、行かなきゃ」

平吉は腰をあげた。

「あんたとこの先生はいいご身分だね。お月見の歌なんかをちょこちょこっと書いて、あっちこっちの殿さまのとこへ届けると、それで結構な暮しが立って行くんだから」

婆さんは平吉の包みを見てそう言った。毎年のことだし、何しろ地獄耳だから訊かなくても判っているらしい。

四

町屋敷の平吉。近所ではみなそう呼んでいるし、ただムの字、でも通る。平吉は綽名のもとであるひどい蟹股でひょこひょことその町屋敷へ入って行った。

「この町屋敷に江戸開府以来のもので、お前などもここへ出入りするだけで、世間に鼻を高くしていられようというもんだ」

岩瀬伝左衛門は平吉によくそう言った。

もっとも、江戸開府の正式な年は慶長の八年で、

「親父《おやじ》さまはあんな風に威張りなさるが、本当は慶長の十七年に、それまで駿府に置かれていた銀座が江戸に移され、後藤家が町割りをして今の場所に納まったのだ」

と、京伝の弟子の滝沢清右衛門などはしきりに難癖をつけている。

いずれにせよ、慶長年間の町割りで、京橋の南四町が銀座衆に下賜され、銀座衆の長であった淀屋次郎右衛門と平野孫左衛門が仲間にそれを割り振ったのだそうだ。

とにかく滝沢清右衛門という男は、びっくりするくらい博識な男だった。自分でも、

「森羅万象《しんらばんしょう》、神社仏閣、鍋釜《なべかま》の作り方から物もらいの治し方まで、判らないことがあったら何でもわたしに訊きなさい」

と豪語するくらいだが、京伝にはやたらペコペコするくせに、平吉などに対する時はひどく尊大な態度を示し、しかもその割には貧乏たらしくて陰気な男だから、平吉は余り好いていなかった。

それが飯田町の下駄屋へ婿《むこ》に入って、近頃では以前のように清右衛門さん、と呼ぶといい顔をしない。

「わたしは馬琴だよ」

と、書いたものが少し売れ出したのを鼻にかける。どうやら平吉などには馬琴先生

とか何とか呼ばせたいらしい。

銀座の町役人を長いことやっている岩瀬伝左衛門はさすがに練れていて、からかうような笑顔を泛べてのことではあるが、馬琴先生、と呼び始めている。

大公儀から拝領した京橋の南四町は、はじめのうちこそ割当てを受けた銀座衆の屋敷が並んでいたが、もともと銀座衆は上方《かみがた》の人間で、空地のまま放置していたり、入費が掛りすぎるのでお上《かみ》に返還してしまったり、或いは御咎《おとが》めを受けて没収される者が出たりで、今では慶長以来の俤《おもかげ》を残しているのは、俗に銀座町屋敷と呼ばれて、日夜平吉が出入りしている場所と、その南隣りの常是《じょうぜ》屋敷だけであった。

常是屋敷というのは、大黒長左衛門の屋敷のことで、銀貨に極印《ごくいん》を打つ役を代々受けついでいた。だから世間の者はたいてい銀座衆の一員だと思っているようだが、実は銀座衆とは隔絶した存在で、銀貨の極印と包封を家職としているのだ。

銀座町屋敷は本来江戸の銀座役所であって、同様の役所は京、大坂、それに長崎にもあった。

「銀座はそもそも天下に一つのもの。銀を扱う座人の集まりだ。京、大坂、長崎、それにこの江戸の銀座は、その役所の所在地に他ならない」

清右衛門改め馬琴は、いつか平吉にそう説明してくれた。

常是屋敷とその銀座役所は、だいたい似たような広さだ。間口十九間、奥行三十五間余。常是屋敷のほうが間口が四間ほどつまっているが、これはその辺りの地形の差だ。

両方合せて千二百坪ほどだが、京橋南詰・新両替町二丁目東側を占拠している。北の角が銀座役所の門、南の角が常是屋敷の入口である。

大した広さだが、平吉はそこに八歳の時から暮していてもう慣れっこになっている。といっても、銀座役所の下僕に入ったわけではなく、銀座の町役人である岩瀬家の下僕になったのだ。

ただ、銀座という特殊な土地柄から、俗に玄関と呼ばれる町《ちょう》名主の執務所が、広い銀座役所の一部に併置されたから、自然に銀座役所へ出入りすることになり、世間に接触することが少ない銀座役所よりは、町役人の執務所として馴染《なじ》まれて、銀座町屋敷の平吉と、ごく大ざっぱにそう見られているわけである。

「お帰り」

ちょっと小ぶりの土蔵とつながった建物の裏手へ入って行くと、夕食の仕度に取りかかっていたおのぶさんが言った。

「旦那は……」

平吉にとって本来の主人は町役人の岩瀬伝左衛門である。

「とうに青山さまへおいでだよ」

「好きだなあ」

平吉とおのぶさんは、顔を見合せて笑った。伝左衛門のお祭り好きは有名なのだ。十五夜八幡とあってはじっとしていられず、西久保へ出掛けたのだ。西久保八幡の近くには青山下野守《しもつけのかみ》の中屋敷があった。

「尾州さまのご首尾はどうだった……」

おのぶさんが訊く。

「上々さ」

平吉はそう言い、反《そ》り身になって勿体《もったい》をつけた。

「いつもながら見事である」

おのぶさんは目を剝《む》いた。

「お殿さまにお目通りしたのかい」

「まさか」

平吉は噴き出した。

「御用人さ」

「なあんだ」

おのぶさんはまた当り鉢《ばち》に音を立て始めた。

五

「あら、なに……」

おのぶさんが当り鉢から顔をあげて言った。座敷のほうから台所へ若い男がやって来て、のそっと無器用《ぶきっちょ》な感じで突っ立っていた。左手に湯呑みを持っている。

「お湯をいただこうと思って」

おのぶさんは急いで立ちあがり、

「ごめんなさい」

とその男のそばへ近寄って行った。

「お昼っから放っといたんですものね。そこへお坐んなさいよ。今お茶をいれてあげるから」

若い男は居心地悪そうに、台所の戸棚《とだな》を背に坐った。

「白湯《さゆ》でいいんです」

「いいじゃないのさ。お茶をいれるから……平さんもそこへ掛けてさ。すぐ京屋へ行かなくたっていいんだろ」

「うん」

平吉は言われた通りにあがり框へ腰をおろしたが、ちらりと男のほうを見たとき、相手と目が合ってしまった。

「こんちは」

平吉は先に頭をさげた。男もばつが悪そうに黙ってお辞儀を返す。

「あら嫌だ、二人はまだ初対面だったの……」

おのぶさんが頓狂《とんきょう》な声で言った。

「うん」

平吉はおのぶさんのほうへ顔を向けて答える。

「はじめまして。繁吉と申します、どうぞよろしく」

若い男は案外すらすらと言った。

「平吉です。こちらこそ──」

すると繁吉の顔に安心したような微笑が泛んだ。

「ああ、この字の……」

繁吉は、ほの字平吉の名の由来を知らないらしい。

「ええそう」

平吉は愛想よく笑って答えた。

「繁吉さんはね、今日からここの人になったの」

おのぶさんはまず平吉のそばへ湯呑みを置き、それから板敷きへあがって繁吉の前へも置いた。

「すみません」

「そういちいち遠慮しないでね。やりにくいから」

おのぶさんはそう言い、平吉を見て笑いかけた。

「へえ、ちっとも知らなかった。そうですか、それはそれは」

平吉には意外なことだった。伝左衛門や京伝は、何もそのことについて言っていなかった。

「急なお話だったもんですから」

色白でちょっとひよわな感じだった。一見してお店者《たなもの》らしく、だとすれば伝左衛門の下で書役《かきやく》を勤めるのだろう。京伝の父親だけあってひどく筆まめな伝左衛門は、今まで書類を決して人まかせにはしなかったが、何せもう老齢《とし》だから、書役を置いても不思議はなかった。

「繁吉さんは宮川屋にいなすったんだよ」

おのぶさんは自分のことのように誇らしげに教えた。平吉はびっくりして口へ運びかけた湯呑みを下へ置いた。

「宮川屋って、あの堀留の……」

「ええ」

繁吉が答える。

「そいつはどうも」

勿体ないじゃないかという顔で平吉は繁吉を見つめた。

「堀留の宮川屋って言えば、莨問屋《たばこどいや》でも三本指のひとつじゃないか」

呆《あき》れ顔になっておのぶさんに言った。

「まだ十八だっていうのに、芝まわりを半分まかされてたんだよ」

「へえ……」

平吉は二十《はたち》。

「辛抱が奉公、ってことはよく知ってたんですけど、わたしは本所《ほんじょ》の生れで、その……先のことなんかも考えると、向きを変えるんなら今の内だと思って」

繁吉は弁解するように言う。

「そうなんですかい」

平吉はますます感心したように頷いた。

「そう言えば宮川屋は伊勢の……」

「そう、伊勢者の店でしてね。本所生れのわたしなんぞ、どう足掻《あが》いたって」

「伊勢店《だな》の番頭さんというのは、たいてい伊勢の人なんだそうですね」

「みんなですよ」

繁吉は吐き出すように言った。

「伊勢者じゃない奴が番頭になるには、四十過ぎるまで待たなきゃならない。いくら働きがよくたって、ですよ。だったら苦労が多くても早いとこ小商《あきな》いを始めるとかしたほうが得でしょう」

繁吉の言い方は激しくて、平吉に有無を言わせなかった。

「で、ここへはどういう……」

「八丁堀の清野《せいの》さまにちょっとつながりがあって、それで」

「ああ」

平吉は笑顔になった。

「堪忍《かんにん》旦那ね」

「よくご存知……」

「そりゃもう。しょっ中お目に掛ってますよ」

「へえ……」

繁吉は短く答えて黙り込み、お茶を啜《すす》る音を立てた。

「まあひとつ、仲良くやりましょうや。判らないことがあったら何でも聞いてください。と言ったところで、わたしは外廻りのことばっかりで、書き物のことはどうも」

平吉は首を搔《か》いて見せた。

六

「あの……」

そのとき、台所の入口にひからびた感じの婆さんが顔を覗かせ、

「ちょっと」

と、おのぶさんへ手招きをした。おのぶさんは無表情で土間へおりると、ちびた下駄をはいて出て行った。

「いい人ですね」

繁吉がポツリと言った。

「おのぶさん……」

「ええ」

「おととしの大火事でご亭主を亡くしちゃったんです。金坊っていう男の子が一人と、ご亭主のおふくろさん」

「あ、今の人……」

「ええ。女の細腕……でもない、結構堅肥《かたぶと》りみたいだけど、とにかくおのぶさんはその二人を背負《しょ》い込んじまってる」

「おととしの火事って、あの芝居小屋が焼けちゃった奴……」

「そう。市村座も中村座もやられちゃった。ご亭主は腕のいい大工だった。平吉といって、わたしと同じ名前」

繁吉が軽く笑った。

「おのぶさんは三十四。大工の後家さんだけど、あれでちゃんと読み書きができるんだ。うちの旦那も先生の親父さまだけあって」

「先生って、山東京伝のこと……」

「そう」

「早く会いたいな」

「おや、まだだったの」

「うん」

「先生はいい人だ。立派で粋《いき》で、何て言うかな、こういうのが江戸っ子だって、居やしないけどそう頭で考えるのがあるだろ。先生はそういう人なんだよ」

繁吉は平吉を見つめて熱っぽく頷いた。

「それでさ、旦那もやるんだ。こっちのほうをね」

平吉は筆で文字を書くふりをして見せた。

「ほう」

「身近に先生みたいな人がいると照れるんだろうな。内緒でこそこそやるのさ。先生の留守に仲間を集めて」

「何をやるの」

「連俳」

「れんぱい……」

「そう。連歌ってあるだろ」

繁吉があいまいに頷く。

「みんなで俳句を続けてやる奴だよ。連歌みたいに」

「お店者《たなもん》はそういうこと、苦手でね。洒落本《しゃれぼん》読んでてぶん撲《なぐ》られた奴がいる」

「そいつはひでえや」

平吉は笑った。

「実は俺もやるの」

平吉はことさら小声で言った。

「生意気に弧人なんて号をつけちゃって」

「こじん……」

繁吉は解しかねている。

「こう書くのさ」

平吉は体を乗り出し、台所の板敷きに人差指で弧の字を書いて見せた。

「ああ、その字か。弓形のことだね」

さすがに繁吉は文字に明るかった。

「この字平吉だから弧人さ。この字って、どういうことか知ってる……」

「いや」

「これさ」

平吉は腰をあげると、両手を袖の内へ引っこめて、袖口をピンとつまみあげ、横に突っ張ってひょこひょこと土間を歩いて見せた。

「嫌《や》だ」

戻って来たおのぶさんと、台所の入口で鉢《はち》合せしそうになった。

「ばかねえ。もうやって見せてるの」

おのぶさんと繁吉が、顔を見合せて笑っていた。

「だって、やらなきゃ判らないもの」

「平さんはちょっとおっちょこちょいなの」

おのぶさんが言った。繁吉は生真面目な顔になり、両手を膝に置いて、

「すいません、のっけからこの字だなんて言っちまって。知らなかったもんですから」

「いいのさ。餓鬼《がき》の頃からそう呼ばれてるし、それに綽名を付けてくれたのが、十八大通《だいつう》の一人山東京伝先生ときちゃ、嫌がるどころか自慢してるのさ」

「あ、京伝さんが付けちゃったの」

「あのね、繁さん。……繁さんでいいだろ」

「うん」

「有名になり過ぎちゃったくらいだから、世間じゃ山東京伝とか京伝とかって呼びすてだけどさ、ここの者になったら先生って言わなきゃおかしいぜ」

「そうか」

繁吉は首に手を当てて二度ほど頷いた。

「改めます」

平吉はおのぶさんを見た。

「どうもまだやりにくいや。改めますだなんて改まられちゃ」

「そりゃ、平さんとは違うもの。相手は大店《おおだな》の手代さんだよ」

「そうそうおのぶさん、ちょっと耳をかして」

平吉はそう言っておのぶさんに近寄ると、掌を扇《おうぎ》にしてささやいた。

「繁さんを仲間にしちゃおう」

「何の……」

「俳句のさ。椿寿斎《ちんじゅさい》がうれしがるよ」

おのぶさんは繁吉のほうを見た。椿寿斎というのは旦那の伝左衛門の俳号であった。

うふ……と、おのぶさんが笑う。

「何です、嫌《や》だなあ」

繁吉が照れたように笑う。

「繁さんを俳句の仲間にしちゃおうという相談よ」

おのぶさんが答えた。

「俺なんかやれないよ」

「やれるさ。文字を十七、順に並べればそれでいい。音さんでさえ近頃じゃ夢中だもの」

「音さん……」

「ここへ来る炭屋さ。こないだのなんか、おかしかったね」

平吉がおのぶさんに言う。

「かぶと虫、蟻《あり》に引かるる最期かな」

そう言っておのぶさんが笑った。釣られて繁吉も笑い出す。若いだけにもう垣《かき》が取れて、いつの間にかあぐらをかき、のけぞって笑っている。

七

「いいなあ、ここは」

繁吉が急にしんみりした表情で言った。

「気楽だろ」

平吉は自慢げだった。

「それもある」

「まだほかに……」

「うん。ここなら苦労できそうだ」

「苦労できるって、どういうことだい」

「宮川屋に、清吉って人がいた。行徳《ぎょうとく》生れだから、四十でまだ小番頭だった。その人が言ったのさ。俺は三十何年、宮川屋でただおまんまを食ってただけだって」

二人は台所の外に積んだ薪《まき》の山に腰をおろしていた。秋の日が暮れ始めていた。

「どういう意味かなあ」

「俺にはよく判った。大店というものは、自分から何かしようとする人間はお呼びじゃないんだ。呶鳴《どな》られ叩かれは三十何年やったって苦労じゃない。奉公人にはつきもののことだからね。本当の苦労ってのは、自分が何かやろうとして、それではじめてぶつかるもんだ、ってね。清吉って人は自分のことを、三十何年板の間へ坐っておまんまを食ってただけで、苦労さえさせてもらえなかったって言ったよ。苦労ってのは上等なもんだってさ。大店へ奉公したら、そんな上等なものの味は一生味わえないとさ」

「ここなら苦労できそうかい」

「そんな気がする。ひょっとしたら俺、俳句の仲間へ入れてもらうかも知れない。宮川屋でできなかったことは、全部やって見たい。清吉さんみたいな連中に羨《うらや》まれるようにならなきゃ、宮川屋をおん出た意味がないもんね」

「そりゃそうだ。望みを大きく持って精々頑張りなよ」

「うん、出直す」

「出直すって言ったって、俺より若いじゃないか。おかしいよ、年寄りじみてて」

繁吉はちょっときつい目で平吉を見つめた。

「八丁堀の清野さまをよく知ってるって言ったね」

「うん、知ってるよ」

「それなら早いとこ、平吉さんにだけは言っとかなくちゃ」

「何を」

「俺、本所の生れでさ、家は餝職《かざり》だった。末っ子で、早いとこ奉公に出されちゃったんだけど、子供の頃の遊び仲間ってのは、いつになっても忘れないもんだよね」

「そうだねえ」

平吉は軽く答えた。

「宮川屋へ奉公して、丁稚《でっち》から手代にあがってさ……そうしたら、十年振りぐらいで昔の遊び仲間に会っちゃったんだ」

平吉は眉を寄せて繁吉の横顔を見た。

「懐かしいなあって、すぐ昔ばなしに花が咲いて」

「そうだろうな」

「そういうとき、平吉さんだったらどうする。相手が困ってたら」

「助けてやるさ」

「そうだろ。ところがそいつ、追われてた」

「追われる……」

「うん。ぐれちゃって、岡っ引に追われてたんだ」

「何をやったんだい」

「盗《ぬす》っ人《と》になっちまってたのさ。ちっとも知らなかった。でも、助けてやった」

「それで」

「そいつ、うまく隠れるとか、江戸から出ちゃうとかすりゃあいいのに、俺と別れたあと、馴染《なじみ》の女のところへ行って縛られちゃった」

「繁さんに助けられたことを喋っちまったのか、その野郎」

「うん。宮川屋なんて、世間体《てい》ばっかりだからね。出て行けとまでは言わなかったけど、急に冷たくなっちゃってね」

「そういうわけだったのか。道理でねえ」

「宮川屋みたいなところへ一度足を突っ込んじゃうと、何かきっかけでもないと、なかなか出られやしないんだ。自分から宮川屋の看板を取っちゃったら、もう何もできやしないような気がしちゃってね」

「そうだろうな」

「そういうわけがあるんだけど、おん出た者をよく言う人間はいないからね。あれこれ尾鰭《おひれ》つけて噂にしてるだろうと思うよ」

「そうかな」

「そうだよ。そうにきまってる。だから、早いとこ平吉さんには喋っちまったほうがいいと思ってね」

「そんなの、どうってことない。それより、今日は仕事なんかありはしないよ。十五夜八幡だからね。先生もいるわけないし」

「どこかへお出掛け……」

「あっちのほう」

平吉は北を指さして笑った。

秋の夕陽が空を染め、その同じ夕焼けを、粋人京伝は遊里の窓から眺めている頃合いであった。

八

伝左衛門が繁吉を書役がわりに雇い入れた理由のひとつには、長年町屋敷で寝泊りしていた平吉が、二十歳になったのを機に、京伝のすすめで町屋敷を出、近くの大富町に住むようになったからであった。

「相応の年になったら、男子は一戸を構えるものだ」

京伝はそんな大げさな言い方をして笑ったが、平吉をそれだけ可愛がっていたようだ。

一戸を構えると言ったって、九尺二間の棟《むね》割りだが、それでも平吉には夢のような処遇であった。

不作不漁が打ち続き、洪水に大地震と天変地異が重なった天明初年に両親を失い、行く当てもないままうろついていたのが四ツ木の在の百姓に拾われ、縁あって旬日《しゅんじつ》のうちに銀座町屋敷の下僕に入り込んだのが平吉の身の上である。腰につけた粗末な守り袋に、ただ南無阿弥陀仏の六字が金釘《かなくぎ》流で書いて納められていたことが、阿弥陀仏の信者であった伝左衛門の心にかかり、生来の蟹股も憐れであったから、世に満ち溢れる孤児、棄て児らの代表を一人引取るつもりでしたことのようである。

それが自分一人で気儘《きまま》にできるすまいを持つ身になれた。平吉は引っ越した晩、うれしくて眠れなかったものだ。おまけに伝左衛門は、外で暮すようになると給金まで上げてくれた。

そのかわりに繁吉がやって来たらしい。もう十八だから、下手をするとすぐにでも平吉同様外で暮したがるかも知れないが、まあ当分は住込んでいることになるだろうから、平吉としてもひと安心はひと安心であった。

「世間には、大富町の平吉と名乗ってもさしつかえないよ」

京伝はそうも言ってくれた。町屋敷、実は銀座役所という二重の背景を持って、どちらの用にも飛び歩く平吉を、世間は岡っ引のように思う者が近頃では増えている。八丁堀の同心清野勘右衛門などとよく歩くから無理もないが、同心清野勘右衛門の上には与力の細川浪次郎がいて、それが京伝の門人の一人で戯作《げさく》の時の名が鼻山人《はなさんじん》。世に名高い京伝の京伝鼻に引っかけた名なのだが、同心清野とはそういうつながりがあったのだ。

その日、町屋敷ではじめて夕食をする繁吉に、平吉はこう教えてやった。

「人からの請《う》け売りで気がさすけど、この新両替町というのはよその町とちょっと違ってて、多分江戸でも一番にややこしくてうるさい町だろうよ」

繁吉も薄々は知っているようで、

「そうだってね」

と答えた。

「何しろ金持が多いからなあ」

「そうなんだ。家持《いえもち》ばかり並んでいる。もともと銀座衆に賜わった場所だから無理はないが、それだけに町屋敷の書役は大変さ。毎年の人別改めはどこでも同じだが、住んでるのが銀座にかかわっている連中だから、質入れそのほかの証文仕事がやけに多いわけだ」

「銀座衆ってのは、大きな声じゃ言えないけど、お上《かみ》から引受けた銀で二朱判なんかを作るとき半年も時間を稼《かせ》いで、お納めするまでにそいつの浮貸しで荒稼ぎをするんだってね」

　繁吉は声をひそめた。

「銀を吹くのは隣りの常是《じょうぜ》屋敷さ。あそこで灰吹銀を融《と》かして鋳型《いがた》にいれて銀貨を作っている。それの量目をたしかめてから極印を打って切り餅《もち》に包んで封印をするまでが常是屋敷の仕事で、こっちは銀の手当……買い集めとか京との為替《かわせ》のやりとりやなんか、銀に関することまごまとしたことを全部引受けている。銀座役所はそういう銀座衆の、いわば会所ってとこだな」

「こいつは人に聞いたんだけど、ここで古銀《こぎん》を作ってるって本当かい」

「ああ。別に内緒でやってるわけじゃない。対馬《つしま》とか薩摩とかはどうしても古銀が要るらしいんだ。古銀でないと琉球《りゅうきゅう》、朝鮮、それにオランダなどという所はいい顔をしないそうなのさ」

「今の銀貨より昔の銀貨のほうが質がいいからさ。混ぜ物が少ない」

　さすがに繁吉はよく判っていた。

「そう。だから世間には出さないけど、琉球貿易用往古銀なんて奴を作って薩州さまに渡したりしてる」

「そのもとの銀はどこから……大公儀からかい」

「違うよ。薩州なら薩州が今の銀貨を集めて持って来て、これを古銀にしてくださいとお上に願うわけさ。そいつを銀座で引受ける」

「ピンをはねるんだろう」

「そういちいち銀座衆を悪く言うもんじゃない。そりゃ商売だもの、みんな少しずつの得はあるもんだよ。ま、そういうわけで、ここは銀が何百貫と動く町だからね。質を取ったり証文を交わしたり、むずかしいことが沢山あるんだ。でも、金持連中だから、町のことなんかは自分でやりたがらない。そこで旦那みたいな出来た人が家主《いえぬし》の株を買って入って来て、万事取りしきると、こういうわけさ。よその町の家主と違って、ここでは五人組だの月行事だのっていう役は名ばかりさ。うちの旦那が町名主同然の役についてて、あとはその手伝いばっかり。旦那がずっと書役を置きなさらなかったのは、そういうわけで、銀座衆の内輪を外へ持ち出しちゃいけないからなんだ」

平吉は繁吉の役目の重要さを教えて、励ましてやるつもりだった。しかし繁吉は、

「ボロい儲《もう》けがあるんだろうな」

と、変に生臭《なまぐさ》いことを言っていた。

九

いつものように町屋敷で晩飯をすませてから、例の文箱とお返しの折を京屋へ渡して、平吉は大富町の家へ戻った。

灯《あか》りをつけるとすぐ、それを待っていたかのように声もかけずに戸を開けた者がいる。

「誰、松ちゃんかい」

平吉が障子《しょうじ》を開けながら言った。

「そう、俺」

すらりとした体つきの、いい男が立っていた。平吉の家を出て角を曲った二軒目が、高井容庵という町医者で、その一人息子の松之助であった。年は平吉より一つ下だが、平吉にとっては銀座へ来て一番最初に出来た友達だった。

「あがんなよ」

「深川へ行こう」

それで平吉の帰りを待っていたらしい。

「よし来た」

平吉はすぐ灯りを消すと草履を突っかけて表へ出た。

「名月や、だぜ」

松之助は無表情で言った。下手な俳句もとうにからかい尽して、冗談でも何でもなくなっている仲だ。

「名月や高井の松と富ケ岡」

「あ、それなんとなく意味ありげだぞ」

「高井の松が人の名だってバレるまではね」

気の合うことは無類だった。どういう女をいい女だと感じるか、誰を男らしい男と思うか、何を旨《うま》いと思うか、すべて同じように感じた。だが、天涯《てんがい》孤独で蟹股の平吉に、貧乏医者でもれっきとした医者の息子で、しかも人が振り返るような美男の松之助が、損得抜きの友達づきあいをしてくれるのは、この上もなく有難いことであった。

「そうそう、今日町屋敷へ新入りがあったよ」

「新入り……」

「うん。それが、堀留の宮川屋の手代をしてた男なんだ」

「莨問屋の宮川屋かい」

「そうなんだ」

「なんでまた、そんな勿体ない」

「ね、松ちゃんもそう思うだろ」

平吉は歩きながら繁吉の話を始めた。誰にも喋る気はなかったが、松之助は特別だった。仮に平吉がどこかの娘に恋心を感じたとしたら、松之助にはすぐに打明けてしまうに違いなかった。

「そいつは変だよ」

松之助は聞きおえると腕組みをして丸い月を睨《にら》んだ。

「やっぱり……」

「そうさ。ひょっとすると、平さんだけはこっそり調べて知っといたほうがいいかも知れないな。幼な馴染と十年ぶりでバッタリというのは、お店者ならそう珍しくもないさ。会えば、話し込みもするだろう。でも、出て行けと言わんばかりにされたってのは少し変だ。助けた、ってそいつが……」

「繁吉」

「そう、繁吉は言ってるが、どう助けたんだい。ちょいとかくまった程度なら、十年ぶりなんだし、どうにでも言いようがあろうじゃないか」

「嘘ついてるかな」

「ついてるね。幼な馴染は恐らく本当だろうが、よからぬことがあったに違いないよ。何しろ銀座役所の中だからね。帳面にも明るい筈だし、平さんは注意してなきゃならないな」

「嫌だなあ」

「そりゃ嫌さ。でも、嘘つく奴が悪いんだ」

「清野の旦那が中へ入ってるんだよ」

「堪忍旦那じゃないか。甘いんだよ、あの人は」

清野勘右衛門は有能な八丁堀同心だが、いざというときにとかく人情にほだされがちで、堪忍旦那の別称がある。

「弥一郎さまもそろそろ見習いをおえなさる頃だな」

平吉はひとりごとのように言った。松留の前から橋を渡って八丁堀。道筋通りに話が移って行く。霊岸島を通って永代《えいたい》を渡るつもりなのだ。

「しあわせだな」

松之助が言った。

「誰……」

「堪忍旦那の息子さんのことさ」

「ああ。でも、どうして……」

「侍の子が侍になれている」

「松ちゃんだって、お医者の子がお医者になってる」

「違うよ」

「どう違うの」

「八丁堀同心の子供がまた八丁堀同心になる。いずれ清野弥一郎も親父さんのように定《じょう》町廻りになることだろうさ」

「そうは行かないよ。定廻りになれるかなれないかは、これからの勝負じゃないか」

「俺が言ってるのはそういうことじゃない」

今夜の松之助はどこか憂鬱《ゆううつ》そうだった。

「何かあったのかい」

平吉がそれに気付いて訊いた。

「昼頃、患者を一人診《み》たのさ」

「松ちゃんが……」

「うん。親父は居合せてたんだが、俺に診ろと言った」

「へえ、それで……」

「それで嫌になったのさ。俺の見立ては間違っちゃいなかった。脚気《かっけ》だよ、あれは。だから、食い物に気をつけろと言ってやった。そしたら親父が出て来て薬を渡したんだ。葛根湯《かっこんとう》さ」

「風邪薬じゃないか」

「そうだ。葛《くず》の根だから何に服《の》んでも毒にはならない」

「毒にも薬にもならない」

平吉はわざと陽気にまぜっ返した。

十

「親父は言ったよ。患者は医者の所へ薬をもらいに来るんだ、っててね。軽い脚気だから、食い物に気を付けてればそれでいいようなものだけど、医者としちゃ、それじゃ半分しか点はやれないと言うんだよ。効く効かないは別にして、患者の気持を少しでも和《なご》ませて帰すのが医者の仕事なんだ、って、お説教しやがる」

「なるほどね」

「感心しちゃ困るんだよ」

平吉は黙ってちらりと月を見た。松之助が何かで真剣に悩んでいるのが判ったからだ。

「たしかに、親父の言い分にも理がある。昔っから、医者はそういう心懸けでやってきたんだろうさ。でもね、葛根湯で安心しちゃって、あの患者が脚気をもっと悪くしちゃうことだってあり得るんだぜ。医者の敵は病気だ。患者と一緒に病気と戦うのが医者の本来じゃないか。それを世間となれ合ってばかりいて」

「松ちゃんはどうすればいいと思うの」

松之助はそれに答えず、

「家の遠縁に、渡辺順庵という男がいる」

と言った。

「渡辺って、鳥越《とりごえ》の渡辺だろう」

鵜飼とか桂川と並んで、鳥越の渡辺は名高い医家であった。

「そうだ。順庵は総領だが家は弟のほうが継いでいる」

「なぜ」

「好きな女と一緒になる為に家を出た」

「勿体ないな」

「俺は偉いと思っている。女を捨てれば一生鳥越の渡辺で威張っていられる。だがその男はこう言って家を出た。……医者をやっていれば、人間の体はみな同じだということが判る筈だ、とね。金輪際医者の妻になれない女など、有っていいわけはない。医者から見れば人間はみな同じだ」

「ふうん……」

「たしかにそうだ。将軍も乞食も体の中は同じだ。人間は違いはしない」

「よく判らないけど、思い切りのいい人だね」

「たしかに順庵は思い切りがいい。俺はそういう男が好きだから、近頃よく会っている」

「家を出て何をしてるの」

「やっぱり医者だよ。俺の家同様、貧乏人相手さ。でも、付合ってみたら家を出たのは女のことばかりじゃないと判った」

「へえ、別にわけがあったのか」

「うん。順庵は蘭方をやり始めている」

「蘭方……」

「オランダの医術さ。大槻玄沢《おおつきげんたく》、前野良沢《まえのりょうたく》などという人たちが、近頃さかんに新しい医術をやっている」

「オランダの、ねえ」

「鳥越にいてはそれができない。昔からの医術で凝《こ》りかたまった家だからな。でも、オランダの医術のほうがたしかなら、医者はみなそれを学ぶべきじゃないのか」

松之助は月に向って言った。

「いくさに勝ちたいから、南蛮渡来《なんばんとらい》の鉄砲を採りいれたんだろう。医者も病気といくさをしている。同じことだ。いくさに勝ちたいなら蘭方をやるべきだ。それなのに」

松之助は小石を蹴《け》った。

「松ちゃんはオランダのをやりたいんだね」

「できれば、このまま家へ帰らずに渡辺順庵のところへ行ってしまいたいくらいだ」

「でも、親父さんももう老齢《とし》だよ」

平吉はたしなめるように言った。

「やめろと言うのか」

「よく判んないけどさ。親は大事にするもんだ」

松之助は沈黙した。二人は黙って汐《しお》の匂いのする夜風の中を歩いて行った。

随分長い間、二人はそうやって黙りこくって歩いたが、霊岸橋を渡りかけたとき、松之助のほうが急になじるような言い方で喋りはじめた。

「平さんだって、そろそろ町屋敷のことを考え直して見たほうがいい」

「え……」

平吉は驚いて松之助を見た。

「どういうこと、それ……」

「俺だって以前は親父のしていることを疑わなかった。親父の言うとおりにすれば間違いないと思ってた。でも、近頃は違う目で見るようになったんだ。平さんもそろそろ、岩瀬の家《うち》のことを今までとは違う目で見るようになっても遅くはないんじゃないかな」

「違う目って……」

「今の平さんは、親父のことを疑わなかった頃の俺と同じだよ。でも、町屋敷を出て一人で住むようになった。俺などに言われなくたって、いずれ新しい目はできるだろうがね」

「教えてくれないか。岩瀬の家がどうだって言うのさ」

「平さんはあの一家を信じ切ってる。それはそれでいい。平さんの立場ならそうあるべきさ。だが事実は動かせない。平さんはときどき滝沢清右衛門という奴を悪く言うが、あの男も少しは正しいことを言ってる筈だ」

「蟹の紋が……」

蟹行山人《かいこうさんじん》。清右衛門すなわち馬琴の別号だ。

「平さんはまるで岩瀬の家の守り本尊だな」

松之助は笑った。

「そうなれたらいいと思ってる」

「でも、平さんはあの家から、大切なことは何ひとつ知らされてないじゃないか」

「どうしてそんなことを言うんだよ」

平吉は珍しくとがった声を出した。

「だって本当だもの」

子供同士の昔に戻って、二人はお互いの感情をもろにぶつけ合った。

十一

「町屋敷へ来てから何年になる……」

松之助が訊いた。御船蔵が見え始めていた。

「足かけ十三年」

「そうだなあ」

松之助も自分で数えて見たらしく、感慨深げに頷いた。

「松ちゃんに蜜柑《みかん》をもらったのが最初だよ」

平吉は、北風の吹く中で、黙って蜜柑を一個差し出した男の子を思い出していた。

それがきっかけで二人は仲のいい友達になった。

「岩瀬の家はあの八年前に町屋敷へ来た。もう二十年だ。岩瀬伝左衛門はもう二十年も町役人をやっている」

「うん」

「今いくつだい」

「誰……旦那かい」

「そう」

「七十四かな」

「それでもまだ町役人を続けているのはどうしてかな」

「かわりがないからさ。旦那のかわりになれる人なんて、ちょいとあるもんじゃない」

「旦那は銀座衆の首根っ子を押えている」

「そりゃ、いろんなことがあるさ。銀座だものね。でも、銀座衆で立っている町の町役なら、銀座衆の内証を外へ洩《も》らさないようにするのが当り前だろう」

「でも、近頃妙な噂が立ってるぜ」

「どんな……」

「岩瀬は銀座の目付役なんだって」

「ばかな」

「いや、満更ただの噂とは言い切れない」

「どうして」

「岩瀬の家のことをよく考えてみろ。伝左衛門という人は、元をたどればただの質屋の番頭じゃないか。さっきの繁吉とかいう新入りの話で思い出したんだが、たしか伊勢の出だぜ。そうだろう」

「伊勢一志《いっし》」

「それが縁を頼って江戸に出て、木場の伊勢屋という質屋へ奉公して番頭になった。才が認められて養子に入り、伊勢屋の総領娘の婿《むこ》になったんだそうじゃないか」

「そうだよ。今でも伊勢屋と往き来してる」

「だったらどうして急に銀座の町役人になったんだい。伊勢屋は跡とりがいないから養子を取って、上の娘と一緒にさせたんだろう。伊勢屋を継ぐのが当り前じゃないか。それが、伊勢屋の主人から見れば孫まで出来たっていうのに、娘ともども引き連れて出て行かれてしまっている」

「折合いが悪かったんだ」

「岩瀬の家はそう言ってる。でも、平さんは言ったぜ。伊勢屋と今でも往き来があるって」

平吉はちょっと返事に詰ったが、すぐに、

「時がたてば……」

と答えた。

「たしかに時という奴は、どんないざこざもやがて水に流してくれるさ。でも、こっちへ移って来た当初から、あの家は伊勢屋と仲が良かったっていうよ。こいつはたしかなことだ。はじめのうち、何かっていうと伊勢屋から人が来て面倒見てたのを憶《おぼ》えてる人は沢山いる」

「親父さん……」

「うん、俺の親父もちゃんと憶えてるよ。火のない所に煙は立たずってね。その頃からずうっと、伝左衛門さんは内々で銀座の目付役をつとめてたっていうんだ」

「それで木場から移って来たっていうのかい」

「ああそうだよ。伝左衛門さんは伊勢の出だ。町役、家主《いえぬし》になるにはうるさいきまりがあるから、いくら金を積んだって、みんなが納得して連署した上でなければ、お奉行が認めやしない。ただの質屋の番頭じゃとても無理だよ」

「でも伊勢屋の養子になりなすってた」

「ああそうだ。でも、深川だぜ。御支配違いだ。深川は本所改めの御支配じゃないか。いくら伊勢屋が力のある質屋だからって、ことが町役人……それも名主がわりになろうって大ごとを左右できるのは、せいぜい本所深川のうちだけだろうよ。まして金座や銀座のある町へ、そう簡単に人を送り込めるかい」

平吉は言い負かされたような気分になった。

「ひょっとして、松ちゃんは青山さまのことを言おうとしてるんじゃないのかい」

「俺が言うんじゃない。平さんの耳に入りにくい世間の噂を聞かせてやってるんだ」

松之助に他意がないことは信じられた。だから平吉は黙って続きを聞いていた。

「伊勢屋の長女、つまり伝左衛門さんのおかみさんの妹に当る人は」

「お勢さまだよ」

平吉は早口で言った。

「そのお勢さまは青山さまのご側室だ。それもなんと、鵜飼幸伯の養女だそうだね」

「青山さまへご奉公にあがっていてお手がついたそうだ。養女になったのはそのあとらしい」

「つまり、男の子を生んだんだよ」

松之助は少し物識《ものし》りげな顔で言った。

「青山下野守さまのお子は、女ばかり六人もいる。一番上だけが男で、冬次郎君《ぎみ》とか言ったが子供の内に死んでしまった」

「まさか」

平吉はちょっと顔色を変えた。

「冬次郎君が重い病気にかかっている最中に生れたのがお勢さまの子供さ。その子は運のいい子で、ご正室のお子ということにされて、のちに青山のお家を継いだんだ」

「伯耆守《ほうきのかみ》さまがお勢さまの実の子供……」

「そればかりじゃない。ご舎弟もだ」

平吉には答えようがなかった。

十二

「青山家は神君《しんくん》以来の名門だ。その中屋敷が今ではお勢さまのものみたいじゃないか」

西久保の中屋敷では、今頃お祭り好きの伝左衛門が浮かれている筈だった。

「最初の江戸町奉行は誰だか知ってるかい」

「本多さま、内藤さま……青山さま」

平吉は渋々《しぶしぶ》答えた。

「しかも青山家はその頃関東総奉行も兼ねていた。そういうわけで、江戸の町奉行は代々青山家に敬意をもって接している。先年寺社奉行になられた青山下野守さまも、実はお勢さまの腹から出たお方だ」

青山家は長男の伯耆守忠講《ただつぐ》が若死して、今はその弟の下野守忠裕《ただやす》が家督を継ぎ、寺社奉行を勤めている。

「じゃ、ご三男の景山《かげたか》さまは……」

「あれはお陸《りく》さまとか言う別の腹の子だ」

「曲淵甲斐守《まがりふちかいのかみ》さまの養子に入られたお人だよ」

「そうだ。青山家は本家分家とも曲淵家とは昵懇《じっこん》の間柄だよ」

「そう言えば、曲淵甲斐守さまは天明末年に勘定奉行をなされていた。その前は北町奉行」

「当時の若年寄が分家の青山大膳亮《だいぜんのすけ》だったしな」

平吉は京伝一家が高い所に張った蜘蛛《くも》の巣の一部のように思え、ふと昼間溜池ぞいを一緒に歩いた小間物屋の源助の顔を思い泛べた。……岩瀬一族は人の上に立つ星を持っている……。たしかにそう言っていた。世間の噂に詳しい小間物屋なら、とうにそういうことを耳にしているのだろうと思った。

「つまり、お勢さまの筋だから、青山さまなり曲淵さまの力が加われば支配違いの町の町役人にだって、入り込むのは簡単だっただろうと言うことさ」

「でもなぜ……」

「青山さまが銀座へ岩瀬家をはめ込んだかと言うんだろう」

「そうだよ」

二人は永代橋を渡り始めていた。お祭りの富ケ岡八幡へ行く者帰る者で橋の上は肩が触れんばかりになっており、橋番が提灯《ちょうちん》を振って早く歩けと呶鳴っていた。渡りおえるまで黙りこくっていた二人は、深川へ入ってまた喋り始める。

「今度の下野守は寺社奉行だ。平さんだってお寺社がどんなものか知ってるだろう」

「若年寄や御老中へ一本道だ」

「そう、出世街道の振り出しだ。それに金がかかる」

松之助は売官のことを言っているのだ。たとえ青山家であろうと、奉行職につくにはそれ相応の出費がなければならない。

「伯耆守と違って、下野守はご壮健にわたられるそうだ」

松之助はそう言ってからかうような笑い方をした。

「だから今にきっと御老中におなり遊ばす」

「でも、それと旦那とどう関係がある」

平吉は憤《おこ》っていた。

「だから言ったじゃないか。人の噂だよ」

松之助は平吉をなだめた。

「そう憤るなよ。もうこの話、やめにしようか……」

「いや、知ってることは全部聞かせてもらう」

「依怙地《いこじ》になったたな」

「違うよ」

「それなら言おう。世間では、青山さまははじめから金座か銀座を押えようとしていたと言ってるよ。青山さまと曲淵さまが組んでね。お大名にはお大名の思惑《おもわく》ってもんがあるだろう。ことに、金座や銀座はもろにお宝につながってる。そこから出る余禄というものは大変なものだろうさ。奉行職につく資格のある大名が何家《なんけ》か手を組めば、できないことは何もなくなろうというもんさ」

「まさか」

「まさか、まさかと言ってばかりいないで、よく目玉を剝《む》いて世間を見ることだぜ。こそ泥《どろ》ばかりしか見えないんじゃ、この字の平吉もそのうちすたれなきゃならない」

「俺は岡っ引じゃないよ」

「それは判ってるけど」

松之助は平吉の語気に怯《おび》えたようになり、しばらく黙り込んだが、急に陽気な声で言った。

「自分の出世も考えて見たらどうだい。平さんはきっと偉くなるぜ」

「俺なんか」

平吉は吐きすてるように言った。孤児で大盤股の自分には、出世と女という言葉ほど縁遠いものはないと思っているのだ。

「いいかい平さん。平さんは今でも自分で思ってるよりは偉いんだぜ」

「冗談じゃない」

「いやそうさ。今、平さんは自分が岡っ引じゃないと言った。それなら訊くけど、だったら五郎兵衛町の甚造や滝山町の九助なんて連中は、平さんより偉いのかい」

「そりゃ、人に親分と立てられる連中だもの」

「違うね。平さんはまだ若いが、実のところはそういう岡っ引の親分と同じ格になっちまってる」

「俺が……」

「そうだよ。新両替町から尾張町一丁目一ノ橋通りまでは、もう平さんの縄張りってことになってる。あんまり広くはないけれど、そのかわりうるさい銀座衆が揃ってて、もう平さんじゃなきゃ納まりがつかないのさ」

「そうだとしても、そいつは旦那とか銀座役所の七光りだ」

「だから言うのさ。岩瀬の家のことをもっと別な目で見直したら、自分がどういう立場にいるかも判ろうし、それが判ればもっと偉くなる道はいくらでもあるってことだよ。忠義一途の平さんが俺は好きだけど、お互いにだんだん年をとる。今に忠義忠義で伝左衛門さんや京伝先生のかげに廻ってばかりはいられなくなる時がきっと来ると思うんだ。それにもうひとつ……」

「何だい」

「好かないだろうが、もう平さんはとうに岡っ引の一人なんだぜ。しかも甚造や九助などと対等のね。いつの間にかそうなっちゃってるんだ。近頃平さんの人気がいいのは、自分が岡っ引だって思わずに、その役をやっているからなんだ。まったく、御用風を吹かせて銭ばかり欲しがる奴が多いからね」

太鼓の音がだんだん近くなり、幟《のぼり》に囲まれたような一の鳥居が見えてきた。あの大太鼓を鳴らされては、近所の者は夜っぴて寝られまい。

十三

晴れた日が続く。

翌朝平吉がいつものように町屋敷へ出ようと、三十間堀を渡って裏河岸《うらがし》から木戸のほうへ行くと、反対側からまだ新しい駕籠《かご》が秋の朝日を浴びてやって来て、木戸の前でとまった。

平吉は小走りになってそれに近寄り、

「そのままでお入りくだすっていいんですよ」

と駕籠の中へ教えてやった。垂《た》れをあげて顔を覗かせたのは、色白ででっぷりと肥《ふと》った、どう見ても大店の旦那風の男であった。

「あ、そうですかい」

駕籠屋のほうがそう言って担ぎあげる。旦那風の男は平吉に目礼を送って運ばれて行った。

上方者《かみがたもの》らしい。平吉はそう思いながら木戸の中へ入った。ちょうど、繁吉は銀座役所の中間《ちゅうげん》と一緒に建物の前を掃《は》きおわった所だった。

「いいんだよ、あんなほうまで掃かなくったって」

きのうまで自分がやっていた仕事だから、平吉はすまなそうに繁吉に言った。

「お早う」

繁吉は笑顔で言う。

「今日は細谷さんか」

平吉は当番の銀座衆について来た中間の袢纏《はんてん》を見てそう言った。

「毎日違うの……」

「そう。平役が毎日交代で七ツ半までには会所へ出て来るきまりになってる」

「そうか。お奉行さまと同じか」

繁吉は頷いた。勘定奉行の出勤時間に合わせてあるのだ。あまり形どおりには動かない銀座役所だが、出の時間だけは正確に守られている。

「座人《ざにん》について、手代や小仕《こづかい》、中間までみんなついて来る」

「銀座の座人って、みんなそんなにいろいろ抱えているのか」

繁吉は目を丸くした。

「もともとはね。でも今は当番の日だけ数を揃える。借り物さ。明日は品田さんの番だ。言っとくけど、この敷地の中じゃ、座人は必ず苗字《みょうじ》で呼ばなきゃいけないよ。みんな苗字帯刀を許された連中だからね」

「判った」

「でも町人は町人さ。ここだって銀座役所とは言っても町方《まちかた》のものだから、今見たとおり誰でも駕龍で入って構わない」

「道理で」

繁吉は頷きながら平吉と一緒に裏へ廻って箒《ほうき》を置いた。

「お早う」

平吉はおのぶさんに挨拶する。

「ちょっとゆっくりだったね」

おのぶさんが、からかうように言った。

「ゆうべ富ケ岡八幡」

「松之助さんとだね」

「うん」

「およしよ、あんないい男と一緒に遊んで歩くのは。割を食うよ」

平吉は笑って膳《ぜん》の前へ坐った。

「今おつけを……」

おのぶさんが塗りのはげかけた椀《わん》を持って鍋の蓋《ふた》をあけ、

「繁さんはやっぱり堅いねえ。平さんが来るまで待ってたんだよ」

と、そう褒《ほ》めた。

十四

二人が食事を始め、それがすんでおのぶさんの入れてくれたうすい茶を啜っていると、お祭り以外のことではいつもゆったりと落着いているので有名な岩瀬伝左衛門が、珍しく気ぜわし気《げ》に廊下をふみ鳴らして台所へやって来た。

「平吉、ちょっと来ておくれ」

平吉はあわてて起《た》ち上った。伝左衛門は先に立って座敷へ引き返し、玄関を上った板の間の所で、声を低くして言った。

「これからすぐに八丁堀へ行っておくれ」

伝左衛門はそう言うと、執務所にあてている十二畳敷きの部屋へ入って次の間の襖《ふすま》を開け、すぐにまた平吉のそばへ引き返して来た。明らかに金包みと思われるものを平吉に渡す。

「清野さまですか」

平吉が念を押した。

「そうだ」

伝左衛門はなぜかすぐに口を開こうとはしなかった。

「どういう御用で……」

「まだ知るまいがゆうべおそくに、いや、今朝の暗いうちだ。本所で人殺しがあった」

平吉は目を丸くして伝左衛門を見つめた。

「ところが、下手人がどうもこっちにかかわりがあるらしいのさ」

「下手人って……」

「いやまだ名前までは割れていない」

伝左衛門は少しうろたえているようで、そこでまた言葉を切ってしまう。

「それで……」

平吉は先をうながした。

「とにかくそれを渡して、本所改めのほうへ手をまわしてもらっておくれ」

「引合《ひきあい》を抜かせるんですか」

「そうだよ」

伝左衛門は決っているじゃないかといわんばかりに平吉を睨《にら》んだ。

「判りました。すぐに行きますが、帰りは少しあとになりますよ」

出先で時間がかかりそうだという意味だった。

「いいよ。もし途中で何かあったら、きのう来た繁吉をそっちへ走らせるから」

「はい」

平吉は金包みを懐《ふとこ》ろへねじ込むと、台所へ戻ってそのまま草履を突っかけて外へ飛び出した。

が、木戸を出た平吉は右へ曲る筈を左へ折れ、大通りへ出ると大盤股を意外に素早く動かして京橋を渡った。

鍛冶《かじ》橋のそばの五郎兵衛町。一間半の間口に、「下駄歯いれ、雪駄《せった》、御履物処」という看板が出ている。

「おはようございます。町屋敷の平吉です」

大声でそう言うと、店の奥からあばたのあとがある陽焼けした顔が覗いた。

「お、平さんか。どうしたい、何か起ったかね。随分早いじゃないか」

日本橋の南、京橋までを稼ぎ場にしている岡っ引の頭株で甚造という男だった。世間では下駄屋の甚造とか五郎兵衛町の甚造とか呼ばれて、親分扱いされている。

「実はたった今うちの旦那から言いつかりまして、八丁堀へ行ってまいります。ゆうべの本所の一件で……」

平吉が言いかけると甚造はさっと表情を変えた。

「本所の一件……」

「御存知ないんで」

「知らねえよ」

「今朝がた殺しがあったそうなんです」

「本所のどこで」

「さあまだ知りません。とにかく、どうやら下手人がうちのほうへかかわっているかも知れないんで、引合を」

「抜くのか」

「ええ」

「えらく早耳だな」

甚造は感心したように言い、

「承知しました。御苦労さまですね」

と改まった様子で頭をさげた。

「急ぎますもんですから滝山町のほうへは御知らせがあとになりますけれど、よろしくお願いします」

「どうもご叮嚀《ていねい》に」

そう答える甚造へぴょこんとひとつ頭をさげると、平吉は来たほうへ走り去った。

平吉はゆうべ松之助に言われたとおり、自分を岡っ引だとは考えていない。だから五郎兵衛町の甚造と滝山町の九助に、何かあるたびきちんと話を通しているのだ。しかし事実上、京橋から尾張町一丁目まではすでに平吉の縄張りということになってしまっていて、その南北を取りしきる二人の親分は、必要以上に平吉の縄張りを尊重しているようだった。

どっちにしても、引合を抜くとなるとその二人の了解もいずれはとらねばならず、八丁堀へのつけとどけのほかに、甚造や九助にも何がしかの金が渡ることになるのだ。

さいわい清野勘右衛門は家にいた。

「おはようございます」

庭から廻って縁先《えんさき》で腰をかがめた。息子の弥一郎の姿は見えない。もうでかけたのだろう。

「おう、平吉か」

早いな、という顔で堪忍《かんにん》が平吉を見た。

「うちの旦那に言いつかってまいりました」

平吉は、懐ろの金包みをとりだし、縁側へ片手をついてそれを敷居のあたりへ置いた。堪忍旦那はじろりとそれを見た。

「なんだ」

「今朝がたの本所の一件で」

「あれか。あの殺しがどうかしたか」

「あれ」

平吉はわざと間の抜けた表情で首に手を当ててみせた。

「どうなってるんだろう」

平吉は、そういうとき自分がひどく頼りなく見えるのをよく心得ていた。

「ばか。よく聞かずに飛び出して来やがったな」

はたして堪忍旦那は柔和な顔になった。

「下手人がうちのほうにかかわってるかもしれないんだそうで」

「ほう、俺はまだ知らないぞ。椿寿斎《ちんじゅさい》がそう言っているのか」

「はい」

堪忍旦那は手を伸ばして金包みを取りあげた。掌の上に乗せて重さを当り、

「なるほど」

と唸《うな》った。これが大事《おおごと》らしいことは平吉はとうに嚥《の》み込んでいた。金包みがちょいと重すぎるのだ。堪忍旦那も同じことを感じているらしい。

「殺しだからな。放すわけにはいかねえよ」

「いえ、抜いていただければそれでいいんで」

堪忍旦那はもう一度掌をゆすって重さをたしかめ、

「何から何まで抜けということだな」

と言った。

十五

それは少しばかり厄介なやりとりであった。下手人はまだ割れてもいないのだ。それなのに町の者のほうが先廻りして、手前のほうにかかわりがございますので、と申し出るばかりか、引合を抜いてくれ、つまり、当方に関係のある事実が出てきても、調書の上では何もないことにしてくださいと、金包みを差し出しているわけである。だからいくら温厚な堪忍旦那でも、相手次第、言い方次第では八丁堀同心の誇りを傷つけられて激怒するかも知れないのだ。

だが平吉はうまく運んだ。

「まあ掛けな」

堪忍旦那はそう言いながら金包みを懐中へおさめた。煙管《きせる》を取り上げ、詰めて一服つける。

「弥一郎さまはもうおでかけで……」

「ああ、とうに行った。あれも近いうち本勤並《なみ》になれそうだ」

「それはようございました。おめでとうございます」

平吉はすかさずそう言って頭をさげた。堪忍旦那は目を細めて煙をはき出し、何かを考えているようだった。

「銀座か……」

しばらくしてそうつぶやいた。平吉は素知らぬ顔をしながら、堪忍旦那の表情の動きを見逃すまいとしていた。

「こいつはこのまんま細川さまへ届けよう」

堪忍旦那は誰に言うともなくつぶやいた。平吉はそのつぶやきに調子を合わせて、

「その殺しってのは、本所のどこで起ったんでしょうねえ」

と、つぶやいてみせた。

「六間堀《ろっけんぼり》さ。あそこに要律寺《ようりつじ》というのがあってな、その近くだ」

「へえ。殺《や》られたのは……」

堪忍旦那は急に気付いたように煙管をぽんとはたき、

「何も知らないのか」

と言った。

「すいません」

平吉は恐縮してみせた。

「毎晩その近くに店を出す、小六という爺さんだ」

そう聞いたとたん、平吉の頭に小間物屋の源助の顔が泛んだ。源助の家はたしか本所元町の筈だった。その界隈《かいわい》は殺しの噂で沸《わ》きたっているだろう。大風呂敷へ世間じゅうの噂を詰めこんで歩き廻っているような商売だから、早いとこ源助をつかまえればたいていのことは訊きだせるに違いなかった。

「おじゃまいたしました。わたしはこれから他に廻るところがございますので」

もし繁吉が追いかけて何か伝えて来てもいいように、まっすぐに銀座へ帰ったようには言わず、平吉は縁側をはなれた。

「こいつめ、使えるようになったじゃないか」

堪忍旦那はそう言って笑った。平吉から必要なことを訊き出されてしまったのに気付いているのだ。

「長年、旦那のお仕込みを受けましたもんで」

平吉はいたずらっぽく笑ってみせ、いいさいわいと身を翻《ひるがえ》して同心の家を飛び出した。

一見不自由そうな蟹股なのに、平吉は意外な速さで突っ走り、新大橋へまわる。

どうも妙な具合だった。平吉でさえ知らないあけがたの本所の殺しを、なぜそんなに早く伝左衛門が知ったのだろうか。八丁堀同心でさえまだ判らないといっている下手人のことを、なぜ伝左衛門は自分の支配地に関係のある人間だと主張するのだろう。おまけに、引合を抜くにしては事が大きすぎる。なんといっても殺しなのだ。ちょっとした盗賊がつかまったのとはわけが違う。

たしかに、支配地を無事に運営してゆくのが町役人の仕事なのだから、自分のところの者を面倒なことに巻き込まれないようにしなければならないが、それにも自《おの》ずから限度というものがある。たとえば盗みでつかまった者が、新両替町の両替屋で小判を両替しましたとか、その金を尾張町の古着屋で使いましたとか申し上げたら、最悪の場合その両替屋や古着屋は、家主、町役人同道でお調べに呼び出されなければならない。だからこそ、手を廻して引合を抜くのだし、逆にたちの悪い岡っ引や手先は、抜いてやると称して金品をゆすり取ったりすることもある。

だがしかし、殺しではそうは行かないのが常識だ。下手人が召し捕られてお調べが進んだところで、多少のかかわりはあってもその事件とは直接関係のないことが明らかなら、抜いてくださいと頼みもしようし頼まれもしよう。だが、今伝左衛門が言っているのは、自分のほうは何が何でも無関係でおし通してくれろということなのだ。

「まるで自分が殺ったみたいだ」

駆けながら平吉はそうつぶやいていた。「銀座か……」とつぶやいた堪忍旦那の声を想い出した。

「奉行職につく資格のある大名が何家か手を組めば、できないことは何もなかろうというものさ」そう言っていた松之助の顔も泛んできた。そして今朝、銀座役所の木戸の前で駕籠の中からちらりと覗いた色白ででっぷりと肥った大店の旦那風の男の顔も泛んでくる。

あれは誰だったのだろう……。

平吉は首をひねった。その男が銀座役所へ入ってすぐに、伝左衛門があわただしく台所へ駆け込んできたのではなかったか。

十六

本所、というよりもそのあたりは深川に近い。小名木川《おなぎ》から竪川《たてかわ》へ抜ける六間堀のまんなかあたりに北ノ橋があり、殺された小六という爺さんは、北ノ橋の西詰に毎晩店を出していた夜鷹蕎麦屋《よたかそば》だそうだった。

平吉は新大橋を渡ると通りがかりの者をつかまえて、まずそれだけを訊き出し、北ノ橋へ行ってみた。検死もすんで役人の姿はどこにもなかったが、六間堀ぞいに要律寺のほうへ行くと、そのあたりの岡っ引が二人、両手を腰のうしろで組み、平吉の行く手をさえぎるようにのっそりと道のまんなかへ立ちどまった。

「銀座町屋敷の平吉さんじゃないですか」

片一方がそう言った。

「やあ、林町の親分」

平吉は陽気な笑い顔を泛べて言った。

岡っ引は自分の土地の町役人につながって、その町役人の支配地を自分の縄張りときめ込んでいるが、それは、おりおりのつけとどけを受けたりすることに限っていて、そのほかのことでは、必要があればどこへ行ってもさしつかえがないことになっている。だが、それでも大川を越えて本所深川となると話は別で、聞き込みだけにしたってそう大きな顔はできない。

「このへんに殺しがあったんですってね」

平吉はたった今聞いたような顔で言った。堪忍旦那のところでしてみせたのと同じような隙《すき》だらけの態度で、ひどい蟹股の平吉がそんなふうにすると、うすのろのようにも思えてしまう。

「そうだよ」

林町の親分は、殺しがあったのを、自分の家の柿の木の熟した実かなにかのように思っているらしく、自慢そうな顔でうしろを振り返った。

「どこ……」

平吉は覗き込むようにそっちのほうを見た。本所の岡っ引二人は案内する気になったらしくて、踵《きびす》をかえすと歩き出した。

「ここさ」

林町のが立ちどまって言った。そこは要律寺の少し手前だった。そのあたりとしてはちょっと大きめの侍の家の前だった。「神谷」平吉は傾きかけた門柱にかかげてある古ぼけた表札を素早く読む。

「ここで刺されたんですかい……」

「斬られたのさ」

もう一人の岡っ引が手拍子でそう言ってしまうと、林町の親分がいやな顔をした。

「そこは北森下町でしょう」

刺すと斬るでは大違いだが、平吉は何も気付かなかったように堀へ向って斜め右手へ顎《あご》をしゃくった。

「うん」

林町のが答える。堀はそこで二手《ふたて》に分れていて左は六間堀のまんま竪川へ行き、もう一方は少し東へ行ってから小名木川へもどる恰好《かっこう》で五間堀になり、たしかどこかでどんづまりになっている筈だった。

「お祭りがすんだあとじゃあんまりおもしろくないな」

平吉がそうつぶやいてみせると二人は顔を見合せ、声をあげて笑った。

「十五夜八幡みたいなことを言うじゃないか」

「さ、帰らなくては」

平吉はそう言い、

「お世話さま。急ぎの使いだったもんで、油を売っていると旦那の雷がおちるんですよ」

と舌を出した。

「おう、早く帰んな」

林町のはいいさいわいとばかり、そう言って顎をしゃくった。

いいさいわいはどちらかと言えば平吉のほうで、土地の岡っ引が二人そこにかたまっているからには、本所元町の源助を尋ねていっても見咎《みとが》める者はいない筈だった。

帰るふりで二人とわかれた平吉はしばらく行くと新大橋を背に竪川へと向った。一ツ目橋を渡るとそこが本所相生町《あいおい》。元町の源助の家は回向院《えこう》のちょいと手前の横町を左に入ったところだった。

抽障子に「小間物」と小さく書き、大きな丸で源の字が囲ってあったからすぐ判った。

「こんちは」

もう五ツ半だからこんにちはだ。

「あいてるよ」

聞き憶えのある声が中から答えた。

障子を開ける。訪ねたのは初めてだが、心がけのいいおかみさんだとみえて、いかにも小間物屋のすまいらしくすっきりきちんと片付いていた。

「へへ……」

平吉の顔を見るとなぜか源助は妙な笑い方をした。

「なにか顔についてる……」

平吉が右手で顔をつるりと撫でた。

「きのうの今日だから、ひょっとして平吉さんがみえるんじゃないかと、たった今、嬶《かかあ》とそう言ってたとこなんです」

「そいつはたいした千里眼じゃないですか」

似たもの夫婦とよく言うが、本当に源助と顔つきのよく似たおかみさんが、

「どうぞおあてになって」

と、あがり框《がまち》にうすっぺらな座蒲団《ざぶとん》を置いた。

「じゃ、ご免なすって」

平吉はそこへ腰をおろさせてもらったが、ゆうべ松之助に言われたことが身に沁《し》みた。……やっぱり世間は俺のことを岡っ引だと思っている。

銀座から来たのは判っているのだから、当り前ならまああがんなさいとかなんとか言われる筈なのだ。それがあがり框へ座蒲団を置かれる。事件があって岡っ引が訪ねて来たら、あがれとは言わないのが当り前なのだ。

「けさは行くところがあったんですけどね」

源助はそう言って、長火鉢から鉄瓶《てつびん》をおろすおかみさんのほうを見た。

「あの騒ぎで出そびれちゃった。そのかわり、あのことなら民五郎なんかよりよほど詳しいかも知れないですよ」

源助はそう言って笑った。民五郎というのは、さっき平吉が殺しの現場で会った林町の親分のことだ。

平吉もここではとぼける必要がなかった。

十七

「残らず聞かせてくれませんか」

平吉はもろにたのみこんだ。

「もう現場へはお寄りで……」

「たった今」

「それじゃ話が早い。小六爺さんが斬られたのは寅《とら》の刻、それも七ツ頃に間違いない筈です」

「こいつは驚いた。本当に岡っ引顔まけだ」

平吉はお世辞でなくそう言った。

「からかっちゃ嫌ですよ」

源助は軽く受け流して続ける。

「小六爺さんは北ノ橋の西の、こっちから行って左っ側に夜っぴて蕎麦の店を出していたんです。引きあげは七ツ時《どき》ときめていたようです。どうしてそいつが判るかっていうと、橋を渡った向う側に、堀をはさんでもう一人夜鷹蕎麦屋が出ているんです」

「この際それは好都合だったけど、いったいなんでまたあんなちっちゃな橋をはさんで、向うとこっち二人の夜鷹蕎麦屋が睨み合っていなきゃならないんで……」

「べつにその二人、睨みあっていたんでもなければ商売仇《がたき》というんでもないんです。北ノ橋は六間堀のまんなかに架《か》かっていて、あの先の連中にとっては近道にあたるんです。深川から本所を抜けて両国あたりに出入りするには、あの橋を渡るのがいちばん都合がいいんで。もっとも、どう通ったってたいして違いはないんだけれど、誰でもなんとなく、ちっとでも早くに川端へ寄ろうという気になるでしょう」

「…………」

　平吉はだまって頷いてみせた。

「それに夜道は誰でも急ぐのがならい。どっちの側から来る者も足にはずみがついてるから、ああ蕎麦屋がいるなと思ってもつい通りすぎちゃう。ところが橋を渡るともう一人いて、蕎麦なんてのはつゆの匂いで食いたくなるもんですからね」

「あ、そうか。どっちかで足がとまるというわけなんだね」

「そうなんですよ。だから店を出す時刻も引きあげる時刻も、二人一緒だったんです。きのうの晩も宇三郎は……向う岸の奴は宇三郎って若い男なんですけど、いつも通りの時刻に引きあげようとしたんだと言っています。でもさすがに祭りの晩で客が切れない。切れないといったってそうひっきりなしに客のある商売でもなし、あいまあいまに向うの様子も見てたんだそうですが、小六爺さんが、客の切れ目にトコトコと歩き出したうしろ姿を見ているんです。そのあとすぐ宇三郎のほうも客が跡絶《とだ》えて荷を片付け始めたけれど、いくら待っても小六爺さんが戻って来ない。心配になったので橋を渡り、捜し廻ったらあそこに倒れていたというわけなんです」

「神谷という侍の家の前だったね」

「ええそうです。神谷清兵衛」

「恐れいりました」

平吉は膝に手を当てて深々と頭をさげてみせた。

「いやなに、ここまではお調べのとおりですよ。宇三郎の奴だいぶしぼりあげられたらしくてね。でも何人も蕎麦を食った奴が、小六爺さんがいなくなったあたりのことを憶えていて、どう意地悪く考えたところで、宇三郎が殺ったとは考えようがないんです。二人は仲よくやってたんですが、仮にそれが商売仇でいがみあっていたとしても、たかが夜鷹蕎麦の客の取りっこで刃傷《にんじょう》ざたに及ぶわけもなし」

「それはそうだ。そんなことでいちいち人を殺してた日には、江戸中死骸《しがい》だらけだ」

「小六爺さんがいなくなるちょいと前に、浪人者が一人、そっち側で蕎麦を食ってたと言う奴がいるんですけれど、こいつはモニャモニャの内緒話なんで、多分まだどなたのお耳にも入っていないことでしょう」

源助はそう言ってニヤリとして見せた。

「それに、小六爺さんの素性《すじょう》については、ちっとばかりきついことになるでしょうよ」

「どうして……」

「わけがあって詳しいことは誰にも言いたがらなかった筈ですから」

源助は明らかにそれを知っている様子だった。

「いったい何者なんです」

話に夢中だった平吉がそう言いながら目をおとすと、いつのまにか源助のおかみさんがお茶を出してくれていた。それを取りあげて啜りながら源助の話を聞く。

「多分平吉さんはご存知ないでしょう。まだ子供だった筈ですからね。なにしろもう十年も前のことです。その頃小伝馬町に、小間物の卸《おろし》商で叶屋《かのうや》というかなり大きな店があったんです。小六爺さんは、実を言うとその叶屋の旦那だったんです。婿養子で、とかく小間物屋などというのは柔らかめの人間が多いんですが、叶屋の旦那は堅いんで通ってました。ところが五十近くになってから急に火がついたような遊びかたで、わずかの間に身代《しんだい》を傾けてしまったんです。その大道楽の最後が延川《のぶかわ》という花魁《おいらん》で、無理に無理を重ねてそれを落籍《ひか》せてしまったんです。変った人で、したいだけのことをしてしまうと親類を集めた上で、手をついてあっさり詫びました。これ以上自分がいたら叶屋はなくなってしまう。だから身を引こうと思うので、叶屋を残したいと思う人がいたら適当な処置を考えてほしい、とそう言ったんです。誰もそんな申し出をされようとは思っていなかったから、逆に親類たちのほうがおろおろしてしまって、何とかあとの方策をまとめたときは、旦那のほうが残った財産のなかから要るだけのものを取って、さっさと出て行ったあとでした。もちろん落籍させた花魁と新世帯でね。夜鷹蕎麦の小六爺さんは叶屋の旦那の後日の姿なんですよ」

「その花魁、まさか最後までくっついてたわけではないんでしょう」

源助は失笑したようだった。

「そんなのがいたらわたしが落籍せちゃう」

するとおかみさんが横から口を出して、

「おまえさんにそれだけの甲斐性《かいしょう》があったらね」

と笑った。

「なるほどそれはちょっとやそっと聞き廻ったぐらいじゃ判る話じゃないね。すまないけど手柄をひとついただいたよ」

「どうぞどうぞ。わたしもそのつもりで平吉さんがみえやしないかと心待ちにしていたんです」

「どうもありがとう」

平吉は叮嚀に頭をさげた。

十八

平吉はすぐには尻《しり》をあげなかった。

「源助さんだから見込んでお願いかたがた話をするんだけれど、人さまに言っちゃならない話を聞かせちゃご迷惑かね」

源助は大きく右手を横に振った。

「なんの。こう見えてもわたしは京屋の旦那、じゃなかった、京伝先生の大の贔屓《ひいき》でしてね。その先生の一の乾分《こぶん》の平吉さんとあっちゃ、どこまでだってお手伝いさせてもらいますよ。俳句なんぞも教わっていなさるんですってね」

「そんなことどこで聞いたの」

「木場の伊勢屋さんで。平吉さんは伊勢屋さんでも評判がいい」

平吉はそれを認めるでもなく認めぬでもなく、なんとない微笑を泛べた。

「そういう源助さんだから言わしてもらうけれど、今朝の殺しのことについては、ちっとばかしうちの旦那の様子がおかしいんです」

「伝左衛門さんがですか……」

「そうなんで。ゆうべ青山さまのお屋敷から遅く帰った筈だから、そう早起きをなさるわけもないのに、殺しのことをわたしより早く聞いて知っているんです。が、それもいいでしょう。どっかの早耳がご注進に及んだかもしれないんだから。でも、ろくに様子もはっきりしないうちに、すぐ引合を抜く手配りをさせたのはどういうわけなんですかね。わたしがこっちへ来たのはそのためだったんです。しかも今聞けば、やられたのは十年も前に小間物屋の旦那を棒に振った人だっていう。これはいったいどうなっているんだか、わたしにはさっぱりわからない」

源助は腕組みをして唸った。

「難問ですね。いつもそばにいた宇三郎は白。殺《や》られた小六爺さんは殺ったって一文の得にもなるわけのない人。あわてて何かを取りつくろおうとする伝左衛門さんは、銀座衆というお金持が集まった町の町役人で……。こいつは古井戸へ落っこったようなもんで、つるつるしてて手掛りまったくなしだ」

「ねえ源助さん」

平吉は改めて体の向きを源助の真正面に向けた。

「あたしはこんなしがない人間だけど、岩瀬の家のためを思うことでは人にはひけを取らないつもりなんです」

源助は、判っている、というように頷いてみせた。

「だから心配で訊くんですけど、源助さんときのう一ツ木のあたりからご一緒したとき、どうもわたしは岩瀬の家の血筋かなにかのことを聞いたような気がしているんです」

平吉は明らかに表情を変えた源助の顔をじっと見つめた。

「そんなことわたしが言いましたかね」

源助は閉口したように目をそらした。

「岩瀬の家の人間はみな人に優れた星を持って生れている」

平吉は見つめたままそう言った。源助はいったんそらした目を平吉に向け直す。今度は肚《はら》を据えているようだった。

「それ、逃げようと思えばいくらでも逃げを打てますよ」

「でも聞かせてください」

「平吉さんの耳には届きにくいことでしょうが、世間のわけ知り連中なら、もうたいてい一度や二度は聞いている筈のことです」

源助のおかみさんは気をきかせたらしくて、さりげなく立ちあがると静かに台所のほうへ消えてしまった。

「西久保のお屋敷においでのお勢さまが、今の下野守さまの実の母にあたられることくらいはご存知なんでしょう」

「ええ。先の伯耆守さまも……」

「ええそうなんです」

「お恥ずかしいんだけど、そいつを知ったのはほんのちょいと前のことなんです」

源助はさもあろうというように大きく頷いた。

「それなら別のことも聞いてるでしょう」

「ええ。随分穿《うが》ったことを言う人もいるもんだとびっくりしましたよ」

「穿ってるんじゃない。それは本当のことらしいんです」

「やっぱりそうですか」

平吉は岩瀬一家が銀座へ入り込んだことを言っているつもりだった。

「あたしも最初はまさかと思ったんだけど、そう言われてから伝左衛門さんの京伝先生に対するやり方なんか見ていると、すっかり筋が通るんです」

「え……」

平吉は眉を寄せた。

「先生に対する、ですって」

「そうでしょう。早い話が弟の相四郎さんと京伝先生の扱い方を見たって、まるで違うじゃありませんか。あの先生がいくら廓《くるわ》通いをなされようと、伝左衛門さんはただニコニコと眺めておいでだった。いっぽう相四郎さんは、お勢さまが養女に入られた鵜飼家に働きかけて、またぞろその養子に入れてしまい、青山さまのご近習《きんじゅう》にされてしまった。伝左衛門さんは京伝先生に遠慮があったとしか思えない」

「ちょっと待ってくださいよ」

平吉は堪《たま》りかねて言った。

「いったい何のことを言ってるんです」

源助のほうがかえってキョトンとしていた。

「京伝先生が尾張さまのご落胤《らくいん》だってことですよ」

平吉は愕然《がくぜん》とした。

十九

翌十七日曇、十八日曇時々雨、十九日終日雨。

平吉にとって鬱陶《うっとう》しい日々になった。いまに新しい目で世間を見ることになる……高井松之助がそう言っていたが、どうやらそのとおりになって行くようだった。ひとしきり銀座辺りにも、本所で起きた人殺しの話が人々の口にのぼったが、遠い世界の出来事のようにすぐに消えてしまった。雨のせいもあるのか、堪忍旦那もさっぱり姿を見せない。

そのかわり、銀座衆がなんとなくざわついているようで、奥の会所へ出入りする人の数が増えている。伝左衛門も日に何度となく会所のほうへ行っているらしい。

「今頃の雨は嫌だねえ、陰気で」

おのぶさんがうんざりしたように言った。

「繁さんも退屈しているだろう。ちょっと覗いて来ようか」

平吉はおのぶさんにそう言うと台所から座敷のほうへ入って行った。

繁吉は玄関に面した十二畳の座敷にいたが、あてがわれた机の上にぶ厚い綴《と》じ物を積みあげて熱心に読んでいた。

「何だいそれ……」

そう言うと顔をあげ、

「銀座の仕組みが少しは嚥《の》み込めた」

と笑顔で答えた。

「勉強家だね」

「銀座の座人というのは、家数にして五十二軒、人数にして七十八人。これで見ると江戸より京の座人のほうがずっと多いらしい」

「うん、その筈だ」

「年寄から平役まで、役に応じてそれぞれの歩《ぶ》がきめてあるんだね。この勘定書で見ると、歩数は全部で三百八十六歩余りだ」

「そんなものどこにあったの」

平吉は驚いて言った。

「奥の戸棚の下のほうに」

「いいのかな、こんなもの引っぱり出して」

覗き込むと、見憶えのある伝左衛門の筆跡だった。

「銀座の利益が金千両だとすると、それを総歩数の三百八十六で割れば、一歩が二両二分ちょっとになるわけだ」

平吉は繁吉の暗算に舌をまいた。

「さすがたいしたもんだ」

「平役のいいところで五歩だから十二両二分」

繁吉は図にのったようであった。

「この年の吹立ては銀三千貫目。銀座の取り分は吹高銀百貫について七貫目だから二百十貫目、か。こいつはすげえや」

「繁さん、およし。旦那が戻って来なさるよ」

平吉にそう言われて、繁吉はさすがに綴《つづ》りを閉じた。

「そういうことは外で言っちゃいけないよ」

平吉はちょっときつい調子でそう言った。

「言いやしないさ。でも、本当にすごいね」

「そうでもないようだぜ。冥加金《みょうが》を上納しなければならない筈だし、それに銀座衆にはお扶持《ふち》がないもの」

「それでもいいや。銀座は天下にただひとつだから商売仇はないわけだし、俺にも五、六歩つけてくれないかな」

繁吉は夢のようなことを言いながら、その綴りを奥にしまいに行った。

「旦那は名主代りというわけだろう。普通なら町名主の家にある玄関が、こうして銀座役所のなかに入っているわけが判ったよ」

繁吉はそう言いながら戻ってきて、もとの場所に坐った。町名主の執務所を俗に玄関と呼ぶのだ。

「もともとここは普通の町とは違うんだ。平さんもいいところへ入り込んでたもんだねえ」

この数日の間に、繁吉は平さんと呼び方を変えてしまっていた。

「たいしていいことはないさ。ただ旦那はいい人だからね」

「それさ。世の中には因業《いんごう》な家主がいっぱいいる。でもうちの旦那はそうじゃない。どうしてかっていうと、懐ろがあったかいからさ。誰だって暮しにゆとりがあれば、因業だなんて言われたいもんか」

筋は通っているが嫌らしい言い方だった。

「繁さんは本所の生れだったね」

平吉は繁吉が宮川屋を出たいきさつを、まだ調べていなかったのに気付きながら、話を変えた。

「どのへんなの……」

「松倉町」

「ああ、寺がたくさんあるあたりね」

「そう」

「このあいだ人殺しがあったところからはちょっと離れているな」

「うん、だいぶある」

そんな話をしているとき、おのぶさんが台所から平吉を呼びに来た。

「平さん、裏へ人が来てるよ」

「へえ、誰だろう」

平吉は急いで裏へ廻った。

二十

傘《かさ》の中へ片手を突っ込んで半開きにしたまま、小間物屋の源助が台所の庇《ひさし》の下に立っていた。

「あ、源さん」

あれからこっち、源助のことばかり考えていたので、平吉は思わずなれなれしい言い方になった。

「体、あいてる……」

源助もそれに劣らず親し気な調子で言った。平吉は何だか頼もしい味方が来てくれた気分になった。

「あいてるもなにも、この雨じゃね」

「そいつはよかった。ちょっと来てもらいたいんだ」

「ほいきた」

平吉はうきうきと答え、下駄をはくと傘を取って外へ出た。

「どこへ……」

傘を開きながら訊く。

「安兵衛さ」

二人は傘を並べて歩きだした。道はぬかっているし、傘にあたる雨の昔がじゃまだしで、二人はずっと黙って歩いた。

雨の中に安兵衛が見えてきた。狭くて汚なくて大したものも食わせないが、親父が気さくで人の面倒をよく見るから、何ということなしに集まる客がいる。

源助が先に傘を閉じ、安兵衛の障子を開けた。

「連れて来たよ」

なかへ向ってそう言うのを聞きながら、平吉も傘を閉じ、逆に持って二、三度振ってから中へ入って障子を閉めた。

「平吉親分だ」

先に来ていて待っていた男に源助はそう言った。平吉は大照れに照れ、

「親分だなんて、そりゃ源さんちょっとひどいじゃないか」

と言った。

「そう照れなさんな」

源助はからかうように言い、床几《しょうぎ》に腰をおろすとその男の肩をたたいてみせた。

「これが宇三郎って人だよ」

「あ……」

平吉はその男を見つめた。

「お初に」

宇三郎は腰掛けたままペコリと頭をさげた。

「とんだ災難でしたね」

平吉がなぐさめるように言うと、宇三郎はいやに深刻な顔でゆっくりと首を左右に振った。安兵衛の親父が出て来て、

「酒でも飲むかい」

と訊いた。

「冷酒《ひや》でいいよ」

源助が言うと、

「俺も」

と宇三郎も言った。

「この字の親分は……」

親父はニヤニヤしながら平吉に訊く。

はいない。

「親分はお飲みなさらねえとさ」

平吉はひとごとのように答えた。親父はウフッ、と笑って奥へ引っ込んだ。他に客はいない。

「この宇三郎さんと小六爺さんは、はじめに思ったよりずっと深い間柄だったよ」

源助がそう言うと宇三郎はきっと顔をあげ、平吉を見つめた。

「俺、あの人の仇を討たなきゃ」

平吉はいぶかし気に源助を見た。

「人が死んだあとでおもしろいって言い草はないが、まったく世の中はおもしろい。人と人とのからみ合いなんてものは実際不思議にできてやがる。なあ宇三郎さん」

「まったくで」

宇三郎は頷く。

「平さんにこないだ話した筈だが、小六さんが落籍せた延川って花魁は、なんとその後、巡りめぐって宇三郎さんのおかみさんにおさまってなすった」

安兵衛の親父が出て来て、冷酒を入れた大きな湯呑みを配った。頼まないのに平吉の前にも置いて行く。

「そいつは奇縁ですね」

平吉は宇三郎に言った。

「俺はぜんぜん知らなかったんで。あの日、長いこと番屋へ押し込められて、出ねえ油をしぼられてるうちに、その噂が家《うち》のほうへも届いて」

「石島町の藤兵衛長屋なんだ」

源助が早口で註を入れた。

「いくらずぼらな嬶《かかあ》だって、てめえの亭主が人殺しでしょっぴかれたとあっちゃ、顔色を変えて飛び出しまさあね。宵っぱりの朝寝坊だもんだから、髪振り乱したみっともねえ恰好で番屋へやって来やがったんです。ま、その時分にはなんとか疑いも晴れてほっと一息してたんだけど、検死を終えた仏がそこに筵《むしろ》かけて置いてあって、役人がついでにうちの奴にも見ろって。小六さんの正体が判らなかったもんだから、みんな困ってたんですよ。で、見させたらキャッと言いやかった。そりゃそうさね。廓から落籍《ひい》てもらいの、捨てて逃げのと、そういうことをした相手じゃないですか。嬶も腰を抜かしてたけど、俺もびっくりした。何てまあ不思議な世の中なんだろうと、あん時は心底《しんそこ》そう思いましたよ」

「そうだろうなあ」

平吉も世の中の不思議さに驚いていた。

「今でもどうして、色っぽいおかみさんだよ」

源助がそう言ってニヤリとした。

二十一

「いろいろあとになって思いあわせると、俺はちっとも気付かなかったが、小六さんのほうはどうも嬶のことを知ってなさったらしい。それで俺になにかと親切にしてくれたらしいんで」

宇三郎が言うと、源助は、

「まったく粋な人だった」

と意味あり気に言って宇三郎と頷きあっていた。

「そういうわけで、夫婦揃って是が非でも小六さんの仇討ちをしたいということになったのさ」

源助が言った。

「何だか知らねえが、袖すり合うも他生の縁とか言う世の中で、こんだけひっかからまってたら、そういうふうに思わねえほうが不思議なくらいでしょう。それにうちの奴のことはさて置いても、俺はあの小六という人がとても好きだった。床の間に飾った花みてえに、綺麗でこそあれ、邪魔になんぞこれっぱかりもなる人じゃなかった。いや、あの人はほんとにこの世の中で、床の間に飾った花みてえな人だった。俺は以前お茶の師匠の家《うち》で、床の間に椿の花が一輪だけ、ちょんと飾ってあるのを見たことがあるんだ。赤い椿が一輪だけだから、決して金がかかっているわけじゃねえのに、とっても贅沢《ぜいたく》をしているみてえだった。小六さんはねえ、その一輪だけの椿の花みてえな人だった。あとになって噂の話を聞いてみりゃ無理もねえ。一生分の道楽を、わずかの間にまとめてし尽して、人が生きるってことはどういうことかを知ったお人だったんだ。あんな人を殺すなんて許せねえ。そんなことが世の中にあっていいもんじゃねえ。俺はそいつをきっとつかまえてやる」

宇三郎は断固とした目でそう言った。

「俺も平さんに言われたこったし、本所深川を探ってたんだ。そうしたら妙なことに気が付いた。こいつは伝左衛門さんのことを聞かなきゃ気付けなかったんだが、神谷清兵衛という侍は」

源助が言うと今度は宇三郎が註をつけた。

「その侍の家の塀の外で小六さんが殺られたんだ」

「そう、その家の主の神谷清兵衛っていう侍は御勘定所の御勝手方掛なんだよ」

源助はそう言って目を剝いてみせた。

御勝手方掛と言えば官費官米の出納《すいとう》から旗棹《はたざお》用の竹や官用瓦の買い集めまでをやってのける財務財政の中枢で、もちろん金銀座および通貨鋳造《ちゅうぞう》のこともとり扱っている。

「やっぱりそっちのほうが匂ってくるか」

平吉は腕を組んで冷酒の入った湯呑みを睨んだ。まだ全然手はつけていない。

「俺のほうにもひとつ」

宇三郎はそう言うとひと口ぐいと飲《や》った。

「俺の家は深川の石島町だが、嬶の知り合いが向島の小梅村にいてちょくちょくそっちのほうへ顔を出しに行くんだけど、こないだのことでその家が俺のことを心配しているといけねえというんで、二人してでかけたんだ。そこまではまあどうっていうことねえんだけど、その家で世間話をしていると、近頃近所に建った洒落た家のことが噂になった。その家とはほんの目と鼻の先なんで。あの辺りにはよく金持の寮なんかがあるから、いずれそんなもんだろうと思うけど、ついこのあいだ御勘定奉行の柳生さまがおこしになったと言うじゃないか。そのほかにも金持風やらえらそうなやら、侍町人とりまぜていろいろと出入りが多いらしい。源助さんは神谷が御勝手方掛ってことを気にしてなさるし、それで女房を待たしといて小半日ちょいとあたりを探ってまわったのさ。今の嬶といっしょになってからは、夜鷹蕎麦なんかで堅くなっちまってるが、これでもそういうことには少し憶えがあるほうでね」

宇三郎はしたたかそうな笑い方をした。

「するとどうだ、金座銀座の連中が出入りしてるって」

源助が腕組みを解き湯呑みを持ち上げた。

「これが小六爺さんのことにかかわりがあるのかどうかよくは判らない。でも平さんが気にしてなすったことにはつながりがあると思う。それを教えに来た代りにというわけじゃないが、平さんも宇三郎さんたちに力を貸してやってほしいんだ。どうも小六爺さんのことは、へたをすると闇から闇ということになりかねない。引合を抜くどころか、下手人を召捕《めしと》ろうなんて気は誰も起してないみたいなんだ。本所深川は静かなものさ。俺はどうも気にいられねえ。どこかで探索が差し止められているとしたら、えらく高いところから手が出ているとしか思えない。そういうの、俺はあんまり好きじゃない」

そのとき、店のほうで咳払いが二つ三つ聞えた。源助は苦笑し、

「ここの親父が仲間入りしたいそうだよ」

と平吉に言った。

「狭い店だから聞くまいとしたってみんな聞えちまいやがらあ」

安兵衛の親父がそう言いながら出て来た。

「こういう話、まんざら嫌いじゃないんだ」

「何かいい智恵があるかい」

と源助。

「あるね」

親父はこともな気に言った。

「平さんいいのかい」

親父は平吉に念を押し、頷くのを見て続けた。

「金座も同じこったが、銀座も蔭じゃ腐れ切ってる。銀座人はみな一代限りでお扶持なんかももらっちゃいねえから、お上の御用をそっちのけで、どいつもこいつも欲に狂ってやがる。何しろ物の売り買いでもうけるんじゃなくて、お宝をじかにいじくりまわすんだからな。やりようによっちゃすさまじい程の荒稼《かせ》ぎができる。そこで裃《かみしも》を着た二本差しがむらがって来るという寸法さ。座人が悪いのか役人が悪いのか、そこんとこのけじめはちっともついちゃいない」

親父は平吉の隣りに腰掛けると、平吉の前の湯呑みを取ってちびりと飲《や》った。

二十二

「いちばん簡単で、いちばん割のいい稼ぎ方が御用銀の浮貸しだ。ことに古銀の吹替えなんかはこたえられねえ筈だ。なぜって、銀座へ持ち込まれるのが今すぐそのまま通用する銀貨だからよ。それを昔のもっとたちのいい銀貨、つまり古銀に吹き替えるわけだが、そこんところへ奉行だとか若年寄だとか、はては御老中さままでが首をつっこんでくる。仮に話を極端にして、一日で吹き替えられるものを百日かかるということに決めたらどうなる。貿易用に古銀を欲しがっているのが島津家なら島津家として、今すぐ通用する莫大《ばくだい》な銀貨が、差し引き九十九日の間、お上の手元で眠っちまうことになる、が、どっこいお宝はただ眠りやしない。銀を廻してもらいたがってる奴はいくらでもいる。それはどういうところかって言うと、たとえば市ケ谷左内坂」

「なるほど、さすがは安兵衛の親父だ。目のつけどころが違うね」

源助が持ちあげた。

「市ケ谷左内坂というと……」

宇三郎は平吉に尋ねる。

「桐山検校《けんぎょう》さ」

「ああ、金貸しの」

宇三郎が大きく頷く。

「俺は以前からたしかな証拠を摑《つか》んでいるんだ。銀座から桐山検校へ銀の流れる掘割が通じている。桐山検校が貸す金は小口が多いから、銀のほうが都合がいい。昔このあたりに庄助という巾着《きんちゃく》切りがいて、そいつが金座の戸棚役かなんかの懐ろをねらったんだが、運悪くその場で捕《と》っつかまった。しょっぴかれて紙入れを改めたら何と真田信濃守《さなだしなのかみ》さまの借用証文が出て来ちまった。おかげで庄助の奴は島送りになってそれっきりいまだに帰してもらえねえ。銀座同様金座もやってるが、金と銀ではいくらか廻す先が違うらしいや」

親父はそう言って不敵な笑い方をした。

「そういうわけだから、お前さんがたがどうしてもやりたいのなら、俺が教える桐山検校のところの奴に会ってみるがいい。根はそう悪い奴でもないんだが、今じゃああいう非道な男の手先になって働いている。そいつはここんとこわけがあって一生懸命だから、検校のお覚えもめでたいらしく、大分きわどいところまで知らされているようだ。銀座の動きに怪しいところがあれば、きっとそいつが知っているよ」

平吉は自分を中心にだんだん何かが広がってゆくような気がしていた。そしてそれは、大切な岩瀬の家に対して少しうしろめたくもある感じだった。

だがもうはずみがついていた。

「よし、そいつに会おうじゃないか。平さんのためになることだし、小六さんの仇討ちもできそうな気がする。それに俺だって木場の伊勢屋さんには昔から出入りしていて何かとお世話になっている。伝左衛門さんや京屋の旦那のお役に立てるとしたら願ったりかなったりだ」

源助は何か勘違いしているようだった。このあいだの人殺しのことで伝左衛門がうろたえていると言ったのを、被害者の立場にいると思い込んでしまっているらしい。

それもこれも温厚な伝左衛門の人徳といえばそれまでだ。が松之助の言う新しい目をつけてしまった平吉にとっては、拗《す》ねて誰かに八つ当りしたいような気分だった。

ところが安兵衛の親父は平吉のそんな立場をとうに見抜いていたようで、

「降りるなら今のうちだよ」

とささやいた。平吉は黙って首を横に振る。

二十三

安兵衛の店の前でみんなと別れたあと、平吉は無性に淋しくなった。べつに岩瀬家を裏切ったり、敵に廻したりしようというわけではなかったが、長年不動のものとして疑わなかった岩瀬家の価値が、急に低落して行くようで心細かった。

かと言って、今までどおり伝左衛門や京伝の顔だけを見つめて日を送ることはできない相談だった。松之助に言われたばかりではなく、平吉の体の中で何かが激しく育っているようだ。一度世間というものへ醒《さ》めた目を向けてしまえば、平吉のいる場所は、他の者よりははるかに世間の裏側が眺めやすいところにあった。

町役人というものは、すべてお上の意にそって町内をとりまとめるものであるし、人間万事金《かね》の世の中という言葉が七、八分どおり真実なら、銀座役所はその金をこしらえるための役所のひとつである。平吉はこれまで、大名や将軍にも金銭のことはついて廻るだろうと、漠然とそう考えてはいたが、この数日間のように、大名のほうが自分などよりずっと富を欲しがっていると感じたことは一度もなかった。老中、若年寄、寺社奉行、勘定奉行、町奉行……そういう雲の上の存在であった筈のものが、餓鬼草紙の絵に出てくるような醜い姿で、金銀に向って手を差しのべ狂奔しているのが目に見えるようだった。

そして同時にそれは、粋で洒脱《しゃだつ》で円満で、何に対してもむきになって逆らうことがなく、かと言ってやたらに人の意に従っておのれを変えることもないと信じてきた岩瀬一族に対しても、いやおうなく向けられた平吉の新しい目であった。

おかしなことだがそんな平吉を安心させてくれる者は、当の山東京伝しかなかった。

安兵衛を出た足で平吉が向ったのは、一丁目の角を曲ってすぐにある京伝の店だった。

傘をさしたまま腰をかがめて店の中を覗くと、この雨ではさすがにひまらしく、店番の若い二人が今にも漕《こ》ぎそうな様子だった。

「安さん」

平吉が柔らかい声で言うと、二人ともびっくりしたような顔で平吉のほうを見た。

「なんだ、おどかすなよ平さん」

安蔵が口をとがらせた。

「お客さんかと思った。居眠りしてたんだ」

「へえ、二人とも目を開けて居眠りするのかい」

二人は顔を見合わせて苦笑し、安蔵が言った。

「開けてた……」

「ああ、二人ともね」

「それじゃもう一人前だ。こないだ双薬屋のおかみさんが来て教えてくれたんだ。店番しているとき目を開けて居眠りできれば一人前だって」

「本気にしてるのかい」

「だって双葉屋って言えば、めったにお客が入らないんで有名じゃないか。そこのおかみさんが言うんだからたしかだよ」

安蔵は本気とも冗談とも判じかねる顔で言った。

「居る……」

平吉は拇指を突き出して言った。安蔵は黙って二階を指差す。平吉は今度は筆を持つ手になって書いているのかと身振りで尋ねる。安蔵も同じように大きく首を傾《かし》げて答えにした。平吉は店の隅《すみ》にさげた洒落た暖簾《のれん》をくぐって店の裏手へ廻った。そこの雑巾を借りて叮嚀に足を拭《ぬぐ》い、尻っぱねにも充分注意を払って裾《すそ》まわりを改めてから、静かに階段を上がった。

「先生」

二階へ首だけ出たところで立ちどまり、そっと呼んでみた。

「はい」

いつもの返事が聞えた。京伝は誰に呼ばれてもまずはっきりと、はいと答えるのだ。

「平吉ですけれども」

「ああお入り」

「失礼いたします」

平吉は階段をのぼりきり襖を開けた。

「どうした。元気のない顔だね」

京伝は平吉の顔を見るなり言った。

「そうでしょうか」

平吉は微笑して襖を閉め、坐った。

「お書きものではなかったのですね」

「今日あたり書かねばならないのだが、どうも気がのらない」

「お風邪ではありませんか」

「いや、体のほうは上々だよ」

「とりたてて用事はないのですが、このところお顔を見ておりませんので、急にお目にかかりたくなったのです」

「お前、少し見ぬ間に変ったね」

「どう変りました……」

「二十歳《はたち》すぎた男に言っては悪いが、大人《おとな》びたよ」

やはりこの人はただの人ではない。平吉はそう思った。

「このあいだ本所の方で人が殺されました」

「聞いたよ」

京伝は読みさしの書物を閉じて叮嚀に机の隅へ押しやると、改めて平吉のほうを向いた。

「下手人はまだなそうだね」

「ええ」

「遅いねえ。そういうことがテキパキ行かないようでは、いずれ世の中は納まらなくなってしまう」

京伝の言い方は超然としていた。そのあまりにも超然とした態度が、平吉の心のどこかをうずかせるような刺激になった。

平吉はふと京伝の心の中に入ってみたいような気分に襲われた。

「わたしは言いつかって、その朝、現場へ行ってまいりました」

「誰に……」

京伝はいつもそうだった。少しでもあいまいな言い方をすると、もの柔らかではあるが、必ずそこを突っこんでくる。それが平吉にとってはどうしようもない畏怖《いふ》となっている。

「八丁堀同心の清野勘右衛門さまです」

「人殺しのあったのは本所だね。あの人は定廻りの筈だよ」

「はい、ですからわたしに見に行かせたのだと思います」

平吉は当り触りのない答え方をした。

「なるほど」

「殺されたのは夜鷹蕎麦屋の老人です。誰にもなぜ殺されたのか判っていません」

「お前、その事件に随分興味を持っているね」

「はい」

「今までにも人殺しの話は随分聞いた、なぜ今度に限ってそんなに興味があるのかね」

平吉はしだいに京伝と対決するような気分になってきた。

「銀座役所にかかわりがある事件のように感じたからです」

「ほう。なぜそう感じるのだ」

「それは旦那のせいです」

「親父さまのせい……」

「その朝早く、わたしなどはまだ何も知らないうちに、旦那は事件を知っておいでした。そして下手人はこの町にかかわりがあると申されました」

京伝は脇息《きょうそく》にもたれしずかに目を閉じた。

「それでお前が興味を持った理由は判った。そのあとお前はどうしたね」

「自分なりに調べさせてもらっています」

平吉はなるべく意気込んだ言い方にならぬよう注意しながらそう言った。

京伝が嫌うのは、自分に向けられる他人のあからさまな感情であった。憎悪でさえも真綿《まわた》で小綺麗にくるんだようにしてあれば、喜んで受けとる人なのだが、それがむき出しだと愛情であっても素知らぬ顔で横を向く人でもあるのだ。

二十四

「その調べは、少しは進んでいるのかね」

「進んだと申し上げられるほどではありませんが、わたしにとっては、今まで考えてもみなかったことが判ってくるようです」

かすかだが京伝の目がキラリと光ったような気がした。平吉は京伝が自分の言いかけていることを早くも察し始めたらしいと感じた。

「おもしろそうな話だね」

京伝は微笑した。それはかつて一度も平吉に向けられたことのない微笑であったようだ。平吉は生れて初めて人と対等に扱われたような気がして胸が騒いだ。

「まるで初めて海を見た子供のような思いです」

平吉はつとめて冷静に、言葉を選んで言った。京伝はちょっと平吉を見つめるようにしてから一呼吸おいて言う。

「お前はわたしの扱い方をすっかり心得たね」

そこで否定してしまっては、もとの黙阿弥だった。平吉はその答えをひとつはぶいた。

「今までに判ったことを申し上げたいのです。お聞きくださいますか」

「聞かせていただきましょう」

京伝はお互いのへだたりをつくり直したようである。しかし平吉は臆する心をはげました続けた。

「夜鷹蕎麦屋の老人が殺されていたのは、神谷清兵衛という、御勘定所御勝手方掛のお武家さまのおすまいの前でした」

「銀座にかかわりがある人だね」

京伝は微笑していた。

「二つ目は、その日以来銀座役所に出入りする座人のかたがたの動きが急になりました」

「そうかもしれないな」

「三つ目は旦那があの朝早く、わたしより早くに本所の人殺しのことをお知りになれたのは、一見して上方商人《あきんど》風の、色白ででっぷりと肥ったお客さまがあったかららしいのです」

京伝の微笑が微妙な変化を示した。

「お前もなかなか観察が鋭いね。その人ならわたしも知っている。上方商人風とはよく見たもんだ。近江屋源左衛門という人だよ」

「近江屋源左衛門というおかたは、どういうおかたなのですか」

すると京伝の微笑の変化がいっそうはっきりとした。口唇の形がかすかに歪《ゆが》み、どこか皮肉な色を帯びたのであった。

「ばかなことを聞きなさい」

京伝はそう言って口をつぐんだ。自分で探せと言うのだ。平吉の心のなかに炎が揺れだしたようだった。

「近頃向島小梅村のあたりに富商の別宅らしきものが建ちました。その家へは御勘定奉行の柳生さまはじめ、御勘定所のお役人がた、また金座銀座のかたがたが足繁くお集まりのご様子です」

京伝の顔が一瞬けわしくなり、いつもの表情に戻った。

「お前ひとりではないね」

京伝は鋭かった。平吉は撃つなら撃てと胸をそらした剣士のような心持で答えた。

「はい。奇《く》しき縁《えにし》で結ばれたものが三、四人、力を合わせております。わたくしはこの仲間がいま少し増えそうな気がしてなりません」

「お前にもいい友達ができたというわけか。それは結構なことだ。で、なにがお前の目に見えているのかね」

「はい。今見えております絵は、あと先見ずに欲をかく商人たちと、その数倍も強欲なお殿さまがたの顔です」

京伝は含み笑いを始めた。

「とうとうお前もその絵を見たか」

「はい。しかし今も申しましたとおり、その絵はまだはっきりとはしていません。そのもやもやとした部分に」

平吉はそこで言葉をきり、いったん下唇を噛んだが思い切って次の言葉をはいた。

「先生や旦那のお姿が現われぬようにと祈っております」

平吉は京伝が示すかもしれないどんな激しい反応も覚悟して目を閉じた。しばらくそうやって目を閉じていると、笑っているらしい京伝の息づかいを聞いて目を開いた。

京伝は善意に満ち溢れた微笑を泛べていた。

「腹を切る前の侍はそんな顔をしていような」

平吉は緊張に耐えかねて畳に手をついた。

「申しわけございませんでした」

「いいのだ。よくそこまで育ってくれたね」

そう言う京伝に、平吉はとほうもない奥行きを感じ、畳に肱《ひじ》までついてしまった。わけの判らない涙が溢れてとまらなかった。

「ほう、珍しいものを見る」

京伝は感心したように言った。

「平吉の涙を、わたしははじめて見たのではないかな」

平吉は泣きながら、ふとおのれの姿が、そんなに美しいものではあり得ないのに気付くと、袖できつく涙を拭って上体を起した。

「岩瀬の家に疑念を持ったね」

京伝は優しく言った。

「おやり。たとえわたしの敵になろうと、わたしはよろこんでいる。どこまでも世の汚濁を覗き込むがいい」

平吉はそれを聞いて、どこか底知れぬ穴に吸い込まれてしまいそうな気がした。

「ではお前にあげる物がある」

京伝はいつの間にか、小さな蓋《ふた》つきの壺を机の上に置いていた。そして更に、机の蔭から四角い菓子皿と、黄色っぽく光る銀でできた匙《さじ》を取り出して並べると、おもむろに香をつまむような手つきで壺の蓋を取った。

匙で濃い黄色の中身をすくい、その塊《かたまり》を皿に盛った。

「さあ、これをお食べ」

そう言いながら懐紙を出してその上に匙を置くと、小皿に割り箸を添えて平吉にすすめた。

銀の匙も珍しかったが、その黄色の塊が発する匂いも異様だった。

「これは白牛酪《はくぎゅうらく》だよ」

「はくぎゅうらく……」

「白い牛の乳を絞って固めたものだ」

「牛の乳」

「そうだ。不老長寿の貴薬だと言われているが、オランダやポルトガルやエゲレスの人々は、日常に食《しょく》しているという。エゲレスの言葉では、これをバタと呼ぶ」

「バタ……」

「そうだよ。さあおあがり」

「南蛮のものですか」

「いや、これは安房《あわ》館山の稲葉家領内にある、嶺岡牧《みねおかまき》で近頃製《つく》り出されたものだ」

平吉は恐る恐る箸を割り、皿を手に持ってその塊を口にいれた。

脂の塊だった。しかも生臭く、口の中ですぐどろりと融けてしまう。平吉はそのどろりとしたものが口の端からこぼれ出そうになって、あわてて嚥《の》み下した。

「貴重なものだ。みな食べるのだよ」

京伝にそう言われ、平吉は生臭さを我慢して次々に口の中に押し込んだ。

「不老長寿の貴薬というのは怪しいが、それを食べれば、今お前が見ている絵より、もっと大きく、もっとはっきりとした絵が見られるかも知れない。効《き》き目を楽しみに待つのだな」

京伝はそう言うと、珍しく声をあげて笑い始め、その笑い声は次第に高くなって行った。

二十五

秋の雨の中を平吉が歩いて行く。道はぬかっているし、何だか淋しくてしようがなかった。

あのお人は、世間のことなどどうでもいい学者とも違う。

さした傘に当る雨の音を聞きながら平吉は京伝の顔を思い泛べていた。博識だし、俗な世間を離れた所からじっと眺めているような感じだが、京伝は京伝でその世間に激しい好奇の目を向けていることはたしかなのだ。

その目が今度は俺に向けられてしまった。

平吉は思わず肩をすぼめた。やり切れないほどの淋しさが背中を走り抜けて行ったのだ。仮に京伝が、世の中とはこれこれこうだよと教えてくれたら、平吉は死ぬまでその目で世間を眺め、一生迷わず生きて行けるのかも知れなかった。実を言えば、それが教わりたくて京伝の顔を見に行ったのだ。世間に、いや岩瀬一家に疑念を抱いたことを、生意気だとか何とか、叱りつけてくれたらどんなに平吉は気が楽だっただろう。

だが京伝という人は、そういう甘えを許さない人だった。

「とうとうお前もその絵を見たか」

と、逆にうれしがり、

「よくそこまで育ってくれたね」

と、褒《ほ》めさえした。

それはそれで平吉もうれしかったが、京伝と別れたあと、頼りにしていた相手に冷たく突き放されたような気分に陥ってしまうのだった。

平吉にして見れば、取るに足らない爪《つめ》の垢《あか》でもいいから、京伝の身内でいたかったのだ。だが京伝は、人は一人一人で生きているということを、平吉に嫌というほど思い知らせてしまった。

今度京伝は、平吉が一人の男としてどう変って行くか、どう振舞うか、平吉の想像もつかぬような高い所から、じっと見守って行こうというのだ。

よせばよかった。

平吉は後悔している。ちょいと生意気な口をきいたばかりに、新米の役者が大舞台へ突き出されてしまったようなものだった。

無性に松之助に会いたかった。しかし、高井容庵の家へ行って見ると、松之助は昼前に家を出て、多分今日は戻らない気だろうということだった。

仕方なく自分の家へ戻って汚れた足を洗い、灯りをつけた。町屋敷ではそろそろおのぶさんが帰る頃だった。

「遅いねえ、どうしたんだろう」

平吉の分のお膳を横目で見ながらそう言っているおのぶさんが目に泛ぶようだったが、平吉は畳の上にあおむけに寝ころがって動かなかった。

外はすぐまっ暗になった。雨の音が陰気だった。暮六ツの鐘。

「白牛酪か」

平吉はつぶやいた。口の中にあの黄色い塊の脂っこさがまだ残っていた。

「エゲレス。バタ……」

考える手がかりもなかった。そんな異国の食べ物が、銀座役所や岩瀬一家とどうかかわるというのだろうか。

平吉はむっくりと起きあがり、入口の障子に向ってあぐらをかくと、腕組みをして障子を睨みつけた。

「やっぱり松ちゃんだ」

平吉はそうつぶやくと何度も一人で頷いていた。何はともあれ、今知らねばならぬのはエゲレスのバタという食べ物についてであった。松之助は十五夜の晩、渡辺順庵という人物について語っていた。鳥越の名高い医家の跡とりの地位を女のことで捨て、今はオランダの医術を学んでいるという。平吉の身辺で、異国のことを教えてくれそうな者といったら、その渡辺順庵くらいしか思い付けなかった。

ひょっとすると、松之助は渡辺順庵の所へ行っているのかも知れない。そう思った平吉は思わず腰を浮かしかけた。松之助が来ていないかと順庵の家を訪ねれば、今夜にでも岩瀬家をめぐる謎のひとつが解けるかも知れないと思ったのだ。

しかし、平吉は浮かしかけた腰を途中でおろした。ここを出て角を曲れば二軒目が松之助の家だから、そこへ行って尋ねれば順庵のすまいもすぐにわかるかも知れない。だが、もしかすると松之助は順庵と付合っていることを父親には内緒にしているのかも知れなかった。あの見るからに頑固な高井容庵が、息子にオランダの医術を学ばせてうれしがる筈がないと思った。

松之助はそういう父親の目を盗んで、渡辺順庵という医者のもとへ通っているのだ。人はみな親に背を向けぬまでも、何がしか逆《さか》らって生きて行くものかも知れない。

山東京伝も岩瀬伝左衛門も、平吉にとっては親同様に思えていた。それだけに、親の目を盗んで新しいオランダ医術を学びに通う松之助の姿が、京伝から突き放されたように感じてしょげている平吉の心を励ましてくれた。

「白牛酪は明日のことだ」

平吉はそうつぶやくと、今度は思い切りよく立ち上がった。一本灯心の薄暗い行灯《あんどん》を吹き消すと、爪先さぐりで下駄をはいた平吉は、傘をさして安兵衛の店へ向った。

もう乗りかかった船なのだ。今更、この件はやめにします、では京伝の機嫌だってよかろうわけがない。

平吉は安兵衛から、桐山検校のことをもう少し詳しく聞いて見るつもりだった。

二十六

雨の夜道に人通りはなく、淋しかったが、安兵衛の店は珍しく立て込んでいた。降りこめられた連中が、所在なさについ一杯飲みに来ているのだ。

「よう、平さん。珍しいねえ」

音造という四十男が一番奥まった辺りから大声で言った。町屋敷へ出入りしている炭屋で、平吉の俳句仲間であった。

ほかの客もみな顔見知りばかりで、席を詰め合って音造のとなりへ坐らせてくれた。

「飯かい」

安兵衛が近寄って来て訊く。平吉はちょっと店の中を見過し、

「食いたいけど、みんなの気を削《そ》ぐことになりそうだな」

と微笑した。

「そうとも」

音造が力を入れて言い、

「まあ一杯やりねえ」

と、盃を平吉に渡した。平吉はその盃を取りながら、

「俺にも一本つけておくれ」

と安兵衛に言った。安兵衛は常にない目で頷き、奥へ入った。平吉はそれを、いたわるような目付きだったと思った。

「まったくこの雨じゃどうしようもないね」

音造が言う。平吉は注《つ》がれた酒を一気に飲んで盃を音造に返し、

「今すぐ俺のが来るから」

と、相手の銚子を取りあげて注いでやった。

「駄目だねえ」

音造が首を振る。

「何が……」

「酒のやりとりのことさ。平さんはこと酒についちゃ、とんと判っていねえ」

「そうかね」

「そうともさ。こういう時の酒てえものは、銭のやりとりとは違うんだよ。一杯注がせたから一杯自分のを注いで返す……冗談じゃない。そんな勘定をしながら飲んでたんじゃや、酒なんか旨くもなんともありゃしない」

「別にそういう気で言ったんじゃ」

平吉は苦笑した。

「堅いんだよ、平さんは。堅炭も悪くはないけど時と場合によるね」

「ほう、堅炭と来たね」

平吉は笑った。

「そうよ、堅炭ってのはね、火持ちはいいし熱気は強いし、使いようによっちゃ一番だけど、あの白い灰が飛んだ日には始末が悪い。へたに煽《あお》いだりした日には、灰が飛んであたりがまっ白《ちろ》けさ。堅い男てぇのも同じこった。銭箱の番をさせとく分にはいいが、こういう場所じゃ、あたりを白けさせちまう」

「うめえことを言いやがる」

傍にいた男が大声で笑った。

「銭箱の番か……」

平吉は憮然《ぶぜん》とした。たしかに銀座役所の番人のような立場なのだ。

そこへ安兵衛が銚子の首をつまんで現われた。

「あいよ、平吉親分」

「からかうなよ」

「ほら、盃を取りな」

安兵衛は銚子を手から放さずに言った。酌をしようというのだ。

「大丈夫かな」

平吉は盃を持ちあげて微笑した。

「何が……」

「爺《とっ》つぁんの酌で飲んでさ」

「ばちが当るって言うのかい」

「まさか」

音造も平吉も笑った。安兵衛は銚子を飯台《はんだい》の上へ置くと、平吉の肩にうしろから軽く手をかけて言う。

「そうだよ、たまには飲むもんだぜ。酒が薬になる時もあるんだ」

平吉は安兵衛が何やら暖かいものを自分に向けているのに気付いた。

「心配要らねえよ、爺つぁん」

「別に心配なんぞしてないさ」

安兵衛はそう言ってまた奥へ引っ込む。平吉は安兵衛の心づかいが妙に気になった。

「俺だって、たまには酒くらい飲んで見ようかって気になるさ」

つぶやきながら盃を乾《ほ》し、手酌でやり始める。

「そうよ。弧人だもの」

炭屋の音造は自分勝手な判り方をして、

「時に、こういう雨は何というんだろうね」

と訊いた。

「こういう雨……」

「秋の晩の雨さ。つめたくって、気が滅入るような奴だよ。いっそ年の瀬なら年の瀬で押しつまっちまえば、こっちだって居直りようもあるから、かえって景気よく、畜生め来年こそは、くれえなことは言えるんだけど、この頃の雨はいけねえよ。家にじっとしてるとつい考え込んじゃう」

「へえ、音さんでもかね」

「ああそうよ。行く末が真っ暗に思えるてえ奴だ。こういう時に連俳の集まりでもやってくれれば、へぼはへぼなりに気が紛《まぎ》れるんだけどなあ。……この頃椿寿斎はどうしていなさるかね」

「旦那かい。元気だよ」

「とんとお呼びが掛らねえ。余程おいそがしいと見えるね」

「うん、まああね」

平吉はあいまいに答えた。だが、音造あたりが伝左衛門の様子をいつものようでないと気付きはじめているのなら、いずれ銀座役所のあわただしい動きも、世間の口にのぼるに違いないと思った。

二十七

平吉は時間をかけてちびちびと飲んでいた。それでも初夜の鐘が聞えた時には三本目が空《から》になって、四本目の銚子を安兵衛が持って来てくれた。

「まだ飲《や》るかい」

安兵衛は銚子を持ったまま訊いた。

「うん」

「要らなきゃいいんだよ、脇へ廻すから」

その頃には引きあげる者は引きあげて、残っている客は腰を据えて飲む四人ほどになっていた。

「飲むよ。おくれ」

安兵衛はさっきまで音造がいた床几に坐って、平吉の前へ銚子を置いた。

「いいのかい。あとで苦しいぜ」

平吉は頷きながら銚子を取りあげた。

「本当のことを言うと、一人で正三合飲ったのははじめてだ。正三合だろ、三本空けたもの」

「三本は三本だが、うちのだと枡《ます》三つに少し配れるくらいだぜ」

「盛りがいいんだ」

「あんまり自慢できる酒じゃねえからな。そのくらいのことをして置かねえと客足が遠のくんだ」

「なるほどね。それで呑ん兵衛ばかり集まるんだな」

安兵衛は平吉の酔った手が酒を少し注ぎこぼすのを見ながら言った。

「町屋敷のことが気になってるな」

平吉は唇に盃を運ぶ途中で安兵衛のほうを見た。盃から酒がこぼれ、胸もとを濡《ぬ》らした。安兵衛は二つ折りにして帯に突っ込んでいた手拭《てぬぐい》を取ってそれを拭《ふ》いてくれた。

「どうもご親切に」

平吉は自嘲するように言った。

「平さん、そんな風に言うもんじゃねえよ」

安兵衛は柔和な微笑を泛べていた。

「あの話、降りるなら降りられるんだ。降りたって誰も平さんのことを悪く言いやしねえさ。小間物屋の源助は何か勘違いしてるんだ。本所の人殺しの一件を暴《あば》くのが、平さんの為になると思ってやがるんだ。岩瀬の家に尽してる平さんの忠義ぶりはみんなよく知ってるからな。でも、今度の件はちっとばかり訳が違う。俺はそう思うんだ。本所の夜鷹蕎麦殺しを突ついて行くと、いずれ忠義な平さんが板ばさみになってしまうんだよ」

平吉は、注いで一気に呷《あお》った。

「爺つぁん」

「何だい」

「左内坂のこと、教えてくれよ」

平吉の声が大きかったので安兵衛がたしなめた。

「そういうのはもっとちっちゃな声で言うもんだ」

「ごめん」

平吉は声を低くした。

「左内坂のこと、教えておくれ」

安兵衛は苦笑する。

「酔いが醒《さ》めてからにしよう」

平吉は強く首を横に振った。

「飲む前からきめて来たんだ。立て込んでるから爺つぁんの手が空くのを待ってる内に酔っちゃっただけだい」

「平さん、本気でやるんだね」

「やるよ。やらなきゃ仕方がないんだ。もう先生にも言っちまった」

安兵衛はギョッとしたように平吉を見つめた。

「京伝さんにかい」

「ああ、言っちまったんだ」

「で、京伝さん、何と言いなすった」

「おやり、って」

「そう言いなすったのかい、京伝さんが」

「うん。よくそこまで育ったね、って言ってくれたよ」

それは本来松之助に聞かせたかったことだった。そして、口に出してしまうと、ポロポロと熱い涙がとめどもなく流れ出した。

安兵衛はため息をついた。

「ええお人だなあ」

「爺つぁんもそう思うかい」

「うん。ちょいとほかに考えつかねえな、そういう人は」

「だろう。そんなんだよ。だから俺はやらなきゃ。のっぴきならないんだ」

「平さん」

安兵衛はしんみりした声になった。

「え……」

「京伝さんは、そいつをどういうつもりで言いなすったと思ってるんだい」

「京伝さんは今晩以後、俺をずっと眺める気になりなさったのさ。どう転び、どう立つか見ようと……」

「でも、意地の悪いお考えじゃねえと思うぜ。京伝さんは平さんを男に育てようとしてなさるんだ。そこんとこを考え違いしちゃいけねえな」

「俺は……俺は考え違いなんかしてないつもりだよ。たとえて言えば、これは水の中へ泳げない奴が突っ放《ぱな》されたようなもんだ。いくらか水を呑んでも岸へ泳ぎ戻れれば勝ち、負ければ土左衛門さ。で、先生はそれを陸《おか》でじっと眺めるんだ」

「溺れそうになれば手をかしてくださるさ」

「そうかも知れねえ。そうかも知れねえけど、俺にはそういう時の先生の目の色が判るんだ」

「目の色……」

「人間の立つ立たない、つまり生きる死ぬを、じっと検分なさる目だよ」

「そんな……何の為に」

「後学の為」

「馬鹿野郎」

安兵衛は腹を立てたようだったが、平吉は怯《ひる》まなかった。

「いいかい。俺がうまくやれば岩瀬の家が危なくなる。先生はね、ご自分の足もとも含めて、じっと眺めようとしていなさるんだ。判るかい。判んねえだろう。先生は物を書きなさるお人だ。物を書きなさるお人がどんなだか、言っちゃすまねえが爺つぁんにだってよく判っちゃいねえだろうさ」

安兵衛は平吉を見つめ続けていた。

二十八

「物書きのことなんぞ、俺に判るわけがねえや」

見つめ続けた揚句、安兵衛は抛《ほう》り出すように言った。

「俺は貧乏酒屋のおやじだ。筆の運びがどうの結構がどうのと、そういうしち面倒臭いことには縁がねえ。でも、小間物屋の源助たちと平さんが昼間やってたあの話についちゃ、俺にもちっとばかり言い分があるんだ。京伝さんと平さんの間が悪くなるようなことに片棒担ぐ気はないが、そのことはそのことで平さんがいいと言うんなら、その片棒、俺にも担がしてもらおうじゃねえか」

「それで来たんだよ。三合も四合も飲むのははじめてだけど、聞いたことを忘れるほど酔っちゃいないさ。教えておくれよ」

平吉がそう言った時、入口のほうの二人連れが、

「爺つぁん、勘定」

と言って立ちあがった。

「あいよ」

安兵衛は平吉のそばを離れてそのほうへ行き、銭を受取って飯台の器を片付けると、また銚子をつまんで平吉の隣りへ戻って来た。

「いくら何でももう要らない」

平吉は四本目を持て余していて、新しい銚子を見ると怯《おび》えたように体をうしろへ引いた。

「心配するない。俺の分さ」

安兵衛は笑い、トクトクと音をたてて大きな湯呑みに注いだ。

「伊三郎という奴さ。俺が会ってみろと言ったのは」

「伊三郎……」

平吉は首を傾げた。

「年は二十七になる。父《てて》なし子でね。お袋にも死なれてから、一時は悪の道へどっぷりとつかってた男だ。そいつが三十をまぢかにして、何とか足を洗おうとし始めたんだが、急にそう綺麗さっぱりというわけにも行かねえで、左内坂の手代みてえなことをやって暮しているんだ」

「烏金《からすがね》……」

平吉が訊くと安兵衛は憂鬱そうに首を横に振り、

「似たようなもんだが、伊三郎がやっているのはもうちっとまとまった金のほうさ」

と言って湯呑みの酒を飲んだ。

「俺はよせと言ってやったんだ。伊三郎も根はいい奴だから、何かきっかけさえあればやめをしてどうなる、ってな。根っからの貧乏人が、弱い者泣かせの鬼の仲間入りる気でいたらしいが、それがさる油屋の女房と出来ちまってね。幼な馴染だったのさ。同じ貧乏長屋から出て、玉の輿《こし》に乗ったと思っていたのが、左前の油問屋で銭の苦労のし通しだったらしい。伊三郎と左内坂でばったりさ。その女にして見れば、伊三郎にそんな所でめぐり会ったのを、地獄で仏と思ったに違えねえ。ぐずな亭主に愛想をつかしている女が、頼りになる男に会ったらどうなるか、平さんだって判るだろう」

平吉は頷いた。さっきから、もう盃には手を触れなくなっている。慣れない酒を無理に飲んで度を過しかけたのに気付いているのだ。顔がいつもより蒼白《あおじろ》かった。

「ところが伊三郎にすれば相手は人の女房だ。極めつきのぐず野郎にもせよ亭主がいる。その女とそんな風になっちまって、してやれることといったら油屋の借金の跡始末さ。で、奴は始めた。よそから取り立てた金をまず油屋のへ入れてやったから、女のほうはひと安心さ。でも奴にとっちゃそれがはじまりで、次から次、取り立てちゃあ埋め、埋めちゃあ取り立て、苦の絶え間のない無間《むげん》地獄だ。そうなれば取られる側の辛さなど考えるゆとりもなくなるよ。人の倍も厳しい催促さ。今じゃまるで鬼だって言うぜ」

「その鬼に会うんだね」

「そうだ。世間じゃ嫌うが、そういう鬼は左内坂じゃ使い道がある。急に桐山検校に目をかけられて、大番頭格にのしあがってるという噂だ」

「銀座の銀がたしかに左内坂へ流れているという証拠は……」

「そんなもの、あるもんか」

安兵衛は笑った。

「あったらとうに銀座も桐山検校もねえさ」

「噂かい」

「ああそうだ。それも随分古くからの噂。だいたい桐山検校みてえな連中が、なぜああも阿漕《あこぎ》な金貸しを続けていられると思うんだ。今の江戸で鬼と言えば市ケ谷左内坂の桐山検校とその一党のことだ。そういうことがお上《かみ》の耳に入らねえと思っているんじゃなかろうね。ちゃんと入っているんだよ。入ってて右から左へ抜けちまう。地獄の鬼にだって、番卒から大将まであろうじゃねえか。検校は盲人の位にすれば一番高いだろうが、どっこい世の中にはもっと偉いのがたくさんいる。そのお偉いのが銀座の銀を左内坂へまわして利息を稼がせ、ピンをはねようてえ寸法さ。言ってみれば桐山検校だって隠し銀を押しつけられて、いや応なしに鬼の大将になってるようなもんだ。人間、一度高えとこへ這いあがると、どんな小汚ないことをしてもその場所へしがみつこうとするもんだからな」

「伊三郎という男に会えば、そういう仕掛けの裏が判ろうかね」

平吉は今にも吐きそうになるのを抑えてそう言った。

二十九

足もとがふらついて、安兵衛に戸口まで送って来てもらったのを憶えている。平吉はそれから畳へ這いあがり、押入れの煎餅蒲団《せんべいぶとん》を引っぱり出すと、ろくに重ねもせずそれにくるまって寝てしまったようだ。

「平吉さん。平吉さん」

名を呼ぶ声で目をさますと、もう家の中はしらじらとしていて、若い男が障子を開けて焦《じ》れったそうな顔をしていた。

「お……」

重い頭をやっと持ちあげて呼んでいる相手を見ると、

「下駄屋の」

と、辛《かろ》うじて言った。五郎兵衛町の岡っ引、下駄屋の甚造が使っている若い衆だった。

「何だい」

「うちの親分が知らせて来いって」

そう言ったとたん、頭の芯《しん》がしゃっきりした。近所に何か起ったに違いなかった。

「北槙町《きたまきちょう》で殺しだよ」

「殺し……」

平吉は起きあがろうとして、足に乾いた泥がこびりついているのに気付いた。汚れたまま寝てしまったのだ。

「うちの親分はとうに出向いたぜ」

「北槙町のどこだい」

「大坪屋……」

平吉は首を傾げた。

「大坪屋……」

「そう。じゃ、伝えたからね」

若い衆はそう言うと飛び出して行った。酔っていたから心張りも支《か》わなかったのだろう。

「殺しか」

平吉は急いで身仕度をしたが、途中で気を変えて顔くらい洗うことにした。北槙町と言えば近くはあるが京橋の向うで、鍛冶橋と呉服橋のまん中辺り。下駄屋の甚造の稼ぎ場だから、何を措《お》いても飛んで行かねばならない場所でもない。

顔を洗っていくらか気分をさっぱりさせた平吉は、家を出るといったん町屋敷へ寄った。

「繁さん。繁さん」

裏からあがって、台所と土蔵の中間にある繁吉の部屋に声をかけたが返事がなかった。

「繁さん。開けるよ」

そう言って障子を開けると、夜具はのべてあったが寝た様子はなく、繁吉の姿も見えなかった。

外泊したらしい。

「しょうがねえなあ」

そうつぶやきながら勝手口から出ようとすると、すぼめた傘を持って繁吉が帰って来たのとぶつかった。

「あ、平さん」

繁吉は首をすくめて舌を出して見せた。

「朝帰りか」

「何だか人恋しくてね」

「旦那が来たらすぐ伝えといてくれないか。北槇町で殺しがあったって」

「あ、それでか」

「何かあったのかい」

「江戸橋を渡って来てよかったよ。まだ早いのにいやに人の姿が多い日だと思った。大通りを来てれば咎められたかも知れない」

「じゃ、頼んだよ」

「承知」

繁吉はそう答えると右の人差指を立てて口に当てた。平吉は尻をはしょりながら苦笑した。

「お互いさまさ。喋りゃしないよ」

そう言うと、雨はあがったが白く冷えたような朝空の下を、ぬかるみをよけながら走り出した。

京橋を渡ると南伝馬町から中橋広小路へ。

角々の番屋の前に睡《ねむ》そうな顔をした男たちがいて、駆け出して行く平吉を見ると一様に会釈を送って来た。

人だかりで大坪屋はすぐ判った。お濠《ほり》へ向って角から三軒目。

「よう、ゆっくりだったな」

この辺りの親分だけあって、下駄屋の甚造は人垣《ひとがき》の外で両手をうしろに組み、反《そ》り身になっていた。

「すみません。二日酔いで」

「え……」

甚造はうしろで組んだ手を解き、前かがみになって平吉の顔を覗き込んだ。

「まだ匂うでしょう」

「こいつは豪気だ。そうかねえ、町屋敷の平吉が二日酔いをなさるかねえ」

「からかっちゃ嫌ですよ。生れてはじめてなんだから」

甚造はそれを聞くとのけぞって笑い、近くにいた連中も噴き出した。

「ところで大坪屋さんていうのは……」

そんな平吉なりの世渡りで自分の居場所を作ってから、人垣の先の店構えを見た。

あまり大きくはないし、戸板のあちこちが破れかけていて、どことなく左前の感じだった。

「あ……」

平吉は思わず短い声をあげた。

「どうかしたかい」

と甚造。

「いや、こんな所にこんな油問屋があったのかと思って」

平吉は誤魔化《ごまか》した。油問屋大坪屋。軒《のき》看板にそう書いてあった。

「何言ってるんだい、この辺りは油問屋だらけだぜ。しっかりしなよ、平さん」

甚達は平吉の二日酔いをからかったようだ。

しかし平吉はそれどころではなかった。ゆうべ安兵衛に聞いた油問屋らしいという勘が、頭の中でピンピンと跳ねまわっているのだった。

三十

薄暗く油臭く、大坪屋の内部は陰気だった。

「すると内証《ないしょう》は楽じゃなかったのかい」

帳場の所へ使用人たちがひとかたまりに坐らされ、戸口に背を向けた同心が立ったままそう言っていた。

「へえ、そりゃもう」

使用人たちは顔を見合わせる。

「先代からの者は、とうにみんな出て行ってしまって、今では一人も残っちゃおりません」

「なぜだ」

「そりゃ、こんな店にいたって先行きが知れてるからで」

一人が言うと、もう一人が肚《はら》を据えたように顔をあげてきっぱりと答えた。

「手前はこれで番頭ということになっておりますが、油商売の年季は浅いし、どこのお店《たな》へあがったって、とてもまだ番頭にしていただける柄じゃございません。それがこの大坪屋の帳簿を預かっておりますのは、ほかに人がいないからでございますよ。古い人はみな次々に大坪屋を見限って、暇を取って行ってしまいましたから」

「そんなか」

同心は舌打ちをしたようだ。うしろ姿から察するに、南の岡三右衛門らしい。御門近くではあるし、場所柄同心の現われかたも早かった。

「ほら、どいたどいた。それとも中へ入れてゆんべの様子でも訊こうか」

甚造の若い衆が表に集まった見物人をそう言って散らしている。

「ここの亭主は有名なぐずだ」

甚造は潜《くぐ》り戸のところで平吉にそう教えた。甚造は中にいて、平吉は戸の外から覗き込んでいる。

もう間違いなかった。殺されたのは大坪屋の女房のおその。評判の美人だが、亭主がぐずで店の苦労はほとんど殺されたおそのに背負《しょ》わせていたという。

「殺られたのは……」

「ここんとこに倒れていた」

甚造は足で潜り戸のすぐそばを示した。

「入口に……」

「うん。この店はもうすっかり箍《たが》が外れちまってたらしくて、店の者の夜遊びも勝手気儘《きまま》だったそうだよ」

甚造はそこでなぜか声を低くした。

「だから、いいかげんな夜中までいつもこの戸は出入りが自由だったらしい。開《あ》け閉《た》てする音を聞いても、また誰か帰って来たな、くらいでそう気にもしなかったんだな」

「すると」

平吉もささやいた。

「外で殺られた……」

甚造が頷く。

「左肩から乳へかけて、短けえが深い傷さ。ひと太刀《たち》でしっかり斬ってありやがった。腕の立つ奴だな」

「そりゃおかしいな、親分」

平吉は言った。

「それだけしっかりと斬られた女が、叫び声ひとつあげねえで、自分の家へ辿りついて潜り戸をあけて、かね」

甚造は陰気な顔になって首を横に振った。

「運ばれて来て、抛《ほう》り込まれたんだな」

ほとんど唇を動かさずに言った。

「お武家がらみ……」

甚造は平吉の問いにかすかに頷く。

「厄介な一件になりましたね」

平吉はへだたりをつけた言い方をした。これ以上詳しくは訊きませんよという意味だった。甚造は礼を言うような目で平吉を見つめた。多分揉《も》み消しの工作が行われるだろうと見当がついた。そうなれば銭が動く。詳しく知る者が少ないほど甚造の取り分が多くなるわけだった。

「時刻はゆうべの真夜中らしい。とにかくけさまで誰も気付かなかったてえんだから」

甚造は当り障《さわ》りのないことを、うんざりした顔で声を大きくして言った。

「で、ご亭主は」

平吉も普段の声になる。

「奥で蒲団をひっかぶったまんまさ。何訊いても存じませんの一点ばりだ。手がつけられやしねえ」

甚造はそう言い、外の気配が変ったのに気付くと潜り戸から表に出た。

縞の着物に紋付黒羽織、紺足袋雪駄《こんたびせった》履きの侍が二人、四、五人の町人に取り囲まれるようにして大坪屋のほうへ近付いて来る。

「それ、お番方のお出ましだぞ」

甚造は高い声で言い、大坪屋の中にいる同心の岡三右衛門に知らせた。

「南の吉田さまだが、もう一人は……」

平吉は早口で甚造に尋ねた。殺人だから若い番方与力が来るのは判るが、もう一人年嵩のほうの与力に見憶えがなかった。

「さあ」

甚造も首を傾げている。平吉は甚造から離れ、向いの家の軒下へ入った。そこには大坪屋の戸口から追い払われた見物人のいちばん先頭のほうが、ひとかたまりになって立っていた。

「あれ……」

平吉は自分を呼びに来てくれた若い衆がとなりにいるのに気付くと肱《ひじ》で小突いた。

「旦那がたのお出ましだ。町役《ちょうやく》の顔を揃えとかないでいいのかい」

そう言ってやると、

「いけね」

と言ってその若い衆が小走りに去った。

「珍しいねえ。今のは内与力の津田さまだよ」

うしろで自慢半分の声がした。振り向くと中年のわけ知り顔が頷いている。

「どなたの内与力……」

「坂部能登守《のとのかみ》さま」

「ほう……」

平吉は驚いていた。坂部能登守は町奉行になりたてだった。だから熱心なのかも知れないが、内与力を現場へ出すのは異例のことだ。与力の人数は世間でよく口にするように南北五十騎だが、内与力となるとその員数外で、町奉行が自分の気に入った者を在任中与力として使うのだから、本当は与力と言ってもお奉行の用人に近い。

「キナ臭えや」

平吉はそうつぶやき、本所の一件を思い出していた。

三十一

北槇町でだいぶ手間取った平吉は、昼近くになって銀座へ戻った。

「おや、ご苦労だったね」

玄関の前へ出て空模様を見ていた伝左衛門が先に声をかけてきた。機嫌は悪くないようだ。

「役にも立ちませんが、一応のけりがつくまでお付合をして参りました」

そう答えると、伝左衛門は微笑して平吉を見た。

「お前もすっかり一人前になったものだ。世間の評判も大変いいよ。おかげでわたしも鼻が高い」

「そりゃ、先生の親父《おやじ》さまですから」

「こいつめ」

伝左衛門は笑った。高い鼻は岩瀬一家に共通していて、世間で京伝鼻と言えば高くて大きな鼻のことになっている。

「やたら威張ったり金銭をせびって歩く者が多いそうだが、気を付けてうまくやっておくれ」

「はい」

伝左衛門は明らかに岡っ引のことを言っていた。平吉はいや応なしにその役にされてしまっていることを自覚せずにはいられなかった。

「ご飯はまだだろう」

「ええ」

「早く行って食べて来なさい」

一部には、仏の、と上につけて言う者もいる伝左衛門である。柔和な、いかにも物判りのいい笑顔で平吉を台所へ急がせた。

が、平吉が勝手口へ入ったか入らないかの間合いで、やっと薄陽《うすび》が射してきた町屋敷の木戸から、ま新しい駕籠を乗り入れて来た者がいた。

平吉ははっとして戸の隙間から覗いた。新しい駕籠だけに、キシキシと小気味のいい音を立てて奥の銀座役所のほうへ通り過ぎて行く。

「近江屋源左衛門……」

それを見ながら平吉は低くつぶやいた。本所で夜鷹蕎麦屋の老人が殺された朝、木戸の所でちらりと見た、色白ででっぷりと肥った上方者の姿が目に泛んだ。

同じ人物に違いないと思った。

「平さん。ご飯を食べる暇くらいはあるんだろう……」

うしろでおのぶさんが心配そうに訊いている。

「うん。すっかり腹が減っちゃった」

明るい声で答えた平吉は、閉めたばかりの勝手口の戸を開けると、

「あの水溜りは奥へ出入りなさる方の邪魔になるな」

と言いながら竹箒《ぼうき》を持った。

「あら平さん、何をするのさ」

「いいよ、飯の仕度ができる間、ちょいと始末して来る」

「ご飯の仕度はとうにできてるんだよ」

平吉はかまわず駆けて行って、木戸から銀座役所の玄関へ行く途中にある、ちょっと大きな水溜りの泥水を、竹箒で向う側の柵のほうへ掻い出し始めた。

伝左衛門は銀座役所の入口で、駕籠から出る人物に何か喋りかけていた。それが見たかったのだ。駕籠のかげから立ちあがったのは、見込み通り色白の肥った男の姿だった。

平吉はせわしなく箒を動かして、一応泥水をそこから掻い出すと、また小走りに勝手口へ戻った。

「天気になったら土を埋めよう」

おのぶさんにそう言いながら、水を桶に取って手を洗った。

「まめだねえ、平さんも」

おのぶさんは呆れたような顔で言った。

「飯だ飯だ」

平吉は子供のように言って板敷きへあがる。

「油屋のおかみさんが殺されたんだって……」

「うん」

まったく噂は早い。もうおのぶさんにも聞えていた。

「大坪屋って、問屋仲間ではびりっかすのほうなんだってね」

「ご亭主がぐずで有名な人らしい」

「そうなんだってさ。あたしもさっきそこの八百屋で聞いたんだけどさ、そのおかみさんて、とても綺麗な人だっていうじゃないの」

「うん、そうらしい」

「見なかったの」

「死人を見るのは好きじゃないんでね」

「誰だってそうだけど」

おのぶさんは苦笑した。

「ご亭主のかわりに店を切りまわしてたっていうけど、商売のいざこざかねえ」

「知らない」

平吉は箸を動かしながら首を横に振った。

「そうね。下駄屋の甚造さんの縄張りだからね。まあ、銀座でなくてよかった。もしここでそんなことが起ったら、平さんが大変だもの」

おのぶさんはそう言って鉄瓶を持ちあげた。

三十二

死神みたいな奴だ。

近江屋源左衛門のことを考えていた平吉は、殺人のあるたびま新しい駕籠で乗りつける上方者《かみがた》に何やら無気味なものを感じた。

渡辺順庵にはエゲレスのバタのこと、伊三郎には銀座の浮貸しのこと、と頭の中で整理をしていたが、今朝の殺しで伊三郎の筋は切れてしまったかも知れなかった。

そこへ新しく近江屋源左衛門のことが加わった。誰に訊いたらいいだろう……。平吉はすぐには思いつけなかった。簡単にその男のことを訊き出せそうな筋は、みな銀座衆なり伝左衛門なりにつながっている。

が、いずれにせよ探らねばならない。

「こいつはいそがしくなってきたぞ」

食事をすませた平吉は、威勢よくそう言って立ちあがった。

「あら、下手人の目星でもついたのかい」

おのぶさんが頓狂な声をあげ、濡れ手のままで出口までついて来た。

「そんなんじゃないけどさ」

平吉は首に手を当てて見せた。

「なあんだ」

おのぶさんはがっかりしたらしかったが、

「しっかりね。一度平さんが大手柄を立てるのを見たいんだよ」

と励ましてくれた。

平吉は町屋敷をあとにまず安兵衛の店へ足を向けたが、足どりが妙にゆっくりしている。嫌な予感がしているのだ。北槇町の殺しが一直線に安兵衛の所へつながっているような感じなのだ。

とは言え、なぜつながるのかはよく判っていない。安兵衛が会うようにすすめてくれた伊三郎という男は、桐山検校のところで働いていて、殺された大坪屋のおそのの情夫《いろ》といった立場だ。だからそれだけに、おその殺しの下手人ではあり得ない。おそのを救おうとして鬼の仲間入りをしてしまった人間なのだから。また、悪の道にどっぷりつかっていたことはあっても、おその殺しのやり口は、一刀両断と言った見事さで、伊三郎がそれ程腕の立つ男とも思えない。

「殺ったのは侍だ」

平吉はそうつぶやく。

肩口から乳へ、充分に深く、短く。平吉は八丁堀の組屋敷で、同心の清野勘右衛門の息子の弥一郎が、剣術の稽古をしているのを何度も見たことがある。庭へ跣足《はだし》で出て真剣をふるうのだ。

青眼から振りかぶって反《そ》り身のままエイッとまっすぐに振りおろす。振りおろす時、一歩前へ足を摺《す》らせる。振りおろした腕は胸の高さでピタリととまって、一呼吸とめたのち、今出た分だけ足が引きさがって、刀がすうっと青眼に戻る。振りおろす時の勢いの凄さと言ったらない。それを胸の高さでピタリととめてしまうのだから、相当な腕力の上に修練を積んで会得《えとく》したコツのようなものがあるに違いない。

堪忍旦那は弥一郎の剣術上手が自慢で、事実腕前は相当なものらしかった。

おそのの傷は引き切れてはいなかったそうだ。平吉も木刀を振ることはあるが、精一杯振りおろしたら、とても途中でとめるどころの騒ぎじゃない。素人がやれば、斬りつけは深くとも、末は浅く尾を引いてしまうに違いない。だから玄人のやり口なのだ。下手人は侍にきまっている。

「坂部能登守か」

そう平吉がつぶやいた時は安兵衛の店の前へ来てしまっていた。

トントンと油障子を叩く。

「爺つぁん。爺つぁん」

障子は内から心張りが支《か》ってあって動かなかった。

またトントンと叩いて見る。答えがないので裏へ廻ろうとしたら、

「誰でえ」

と安兵衛の低い声が聞えた。

「俺だよ。平吉」

少し間があって、

「待ちねえ、今開けるから」

と返事があった。

「よう」

戸が開く。

「どんな具合だね、二日酔いは」

安兵衛はニヤニヤしていた。

「もう醒めたさ。でも、酷《ひど》い気分のもんだね」

「いやに醒めるのが早かったな」

「北槇町の殺しで朝っぱらから駆け廻ったからね」

そう言いながら店の中へ入った。酒の湿った匂いが鼻をうつ。安兵衛は油障子を閉めると、

「そうだってなあ」

と奥へ入った。平吉は手近の床几に腰をおろす。

「油問屋の大坪屋と言うのは、爺つぁんがゆうべ言ってた伊三郎さんの」

「そうなんだよ。厄介なことになりやがった」

奥の見えない所で物音がした。誰かいるようだった。

「いずれ平さんが来ると思ってたんだ。かまわねえよ。大丈夫な人なんだ」

安兵衛のそんな声が聞えた。

「誰かいなさるのかい。また出直して来てもいいんだよ」

平吉が言ったが返事がなく、すぐ安兵衛が顔だけ覗かして、

「こっちへ来なよ」

と言った。平吉は眉を寄せて奥へ入った。鍋釜《なべかま》、竈《へっつい》、焼物用の炙《あぶ》り台などが所狭しと並んでいて、下には臓物樽《わただる》、漬物樽。梁《はり》からは各種の乾魚がぶらさがっている。

三十三

隅の暗い所に男が一人いた。

「銀座町屋敷の平吉さんだ」

安兵衛がその男に平吉を引き合わせたが、なぜか男の名を言わず、

「知り合いの者《もん》だよ」

そう言ってむずかしい顔で口をつぐんだ。

平吉にはピンと来た。予感は当っていたのだ。調べが進めば当然浮びあがる大坪屋のおそのの情夫伊三郎が、安兵衛を頼って来ているのだ。

「あの辺りは五郎兵衛町の下駄屋の甚造の縄張り内《うち》だからね。こっちは手伝いですん

で大助かりさ。あんな事件が銀座で起きてごらんよ。俺なんか、味噌のつけっ放しさ」

平吉はそう言って笑った。

「ほら、このとおり物の判った人なんだ」

安兵衛は男に言った。安心しろという意味らしい。

「爺つぁん」

平吉は改まった顔で安兵衛に言った。

「何だい」

「あれはお侍の仕業《しわざ》だよ」

「どうして判ったんだい」

「旦那衆が見れば一目で判るさ。剣術の腕が立つ者《やっとう》じゃなければ斬れない傷だ。どこかで斬り殺したのを大坪屋へ投げ込んで行きやがったのさ」

だから伊三郎をかくまうには及ばないと言いたかったのだ。

「例の伊三郎って人は」

平吉は隅にいる男の顔を見ながら言った。

「それほど腕の立つ人じゃあるまい」

「短《みじけ》えので突いたかどうかすりゃあ俺だって疑うが、長《なげ》えので斬ったとなれば疑うこともありゃしねえさ」

安兵衛も男のほうを見ながら言った。

「それに、伊三郎さんはあのお内儀に惚れてなすったそうじゃないか。爺つぁん、心配することはないよ」

平吉は安兵衛に目を移して微笑した。

「まあそういうこったが、何か常と変ったことはなかったかい」

「変ったこと……」

「その、お調べなんかがだよ」

「あ、そうだ。そう言やあ珍しいことがある」

「何だ」

「見かけねえ旦那が一人出張《でば》ってた」

「見かけねえ与力だと。おかしなことを言うなよ。町の御用を勤める平さんが、南北五十騎の顔ぐれえ知らねえでどうする。たしかにそいつは与力かい」

「うん。縞の着流しに紋付黒羽織、朱房を長いのと一緒に差して白裏の紺足袋に雪駄履き、頭だって日髪《ひがみ》日ぞりは一目見りゃ判るさ」

「さては内与力だな」

「そうらしい。人に聞いたが、あれは坂部能登守の内与力だとか言ってたよ」

「爺つぁん」

隅の男が喉《のど》にからんだ声を出した。

「知ってるかい」

「新任の町奉行じゃねえか」

「そんなのは誰だって知ってる。先《さき》の大坂町奉行だぜ。江戸のお奉行になる前、三年ほど大坂で東のお奉行をしていたんだ」

「本当か」

「本当だとも」

「そいつは……」

安兵衛は腕組みをして唸った。

「どういうことだね」

平吉が尋ねると、安兵衛は平吉を連れて店の床几に腰をおろさせた。

「斬り口で殺ったのが侍と判っても、縛られるのは侍と限っちゃいなかろう。今の男が知らせてくれたんだが、伊三郎は手前《てめえ》が縛られると思ってる。情夫《いろ》だったことははっきりしてるわけだし、内与力あたりが出張って掻き廻せば、斬り口のことはどうにでもなっちまうさ。へたをすれば、左内坂の桐山屋敷から、伊三郎の物だという血糊《ちのり》のついた九寸五分が出かねねえ」

「まさか」

「平さん、甘く見ちゃいけねえ。世の中、そういうもんだぜ」

「旦那がたがついててそんな」

「与力だって事と次第によるよ。お奉行が何と言おうと、そんなことは出来ませんとニべもなく言い返せるのが旦那がただが、もっと上がからんで来たら黙って見てるより仕方がねえのさ」

「でも、たかがと言っちゃ悪いが、たかが小さな油問屋の一件じゃないか。これが蔵前の札差《ふださ》しとか言うんなら訳も判るけど」

安兵衛は左手で抑えるように二、三度振って見せた。

「まあ待ちなよ。どうだろうね、手っとり早い話、俺は伊三の奴を逃がしてやりてえんだが」

「そりゃ構わない。下手人じゃないもの」

「下手人なんだよ。これから下手人に仕立てられる男なんだ」

「そうかなあ」

「もっとも、伊三が早えとこずらかって見つからなければ、別な下手人が出るかも知れねえ。が、どっちにせよ、伊三はこれでおしまいさ。ほとぼりがさめ切ればどうか判らねえが、まあ十年がとこ陽の当る場所へは出られまい」

「なぜ」

「伊三は今度の殺しの内幕を覗いちまってる。別な下手人が仕立てられれば仕立てられたで、なおさら伊三の命は危ねえんだぜ。時がねえんだ。早く逃《ふ》けさせたい。可哀そうじゃねえか、惚れた女を殺された上に」

「もうひとつよく判らねえな。おそのという人はなぜ斬られたんだい」

「それじゃ言ってもいいが、聞いたら平さんだってきついぜ」

秘密を知ったら巻き添えになるというのだ。

「ゆうべ言ったじゃないか。俺は知りたいんだよ。どうやら大坪屋の一件も銀座にかかわりがあるような気がしてる。実は本所のと今度のと、殺しのたびに町屋敷へ面《つら》を出す上方者がいるんだ。聞けば現場へ出張ったのは坂部能登守の内与力で、能登守は大坂の東町奉行から移って来たと言うじゃないか。どうもおかしいよ」

「その上方者の名は……」

「近江屋源左衛門。間違いない」

「聞いたことがねえな」

安兵衛は舌打ちをした。

「だからさ、伊三郎さんの覗いた内幕を聞かせてもらいたいんだ」

「よし来た」

安兵衛は左袖を肩までまくりあげた。

三十四

「桐山検校のところへころがり込んで、取りたて仕事をしていた伊三郎が、大坪屋のお内儀になった幼な馴染のおそのと出会った。もとはと言えば使い物にならない大《おお》ぐずの亭主野郎のせいなんだが、おそのに惚れた伊三の奴は、大坪屋の借財を自分の取りたて仕事のやりくりで一応埋めてやった。それで今度は伊三が苦しくなって、帳尻を合わすのに夢中で取りたてて廻った……と、ここまでは話してあった筈だな」

「うん」

奥の男にもその声は聞えている筈だが、ことりとも音を立てないでいる。

「平さんは世間の汚ねえところをまだよく見ていなかろうが、こいつは汚ねえ話だぞ」

安兵衛はわざわざそう前置きをしてから一気に喋った。

「伊三は帳尻を合わすのに夢中で働いて、結構ばれずにやっていたつもりだったが、盲人でも検校になるくらいの男はやはりどこか違うんだな。はじめから気付いていたようだ。気付いていて気付かねえふりさ。伊三を夢中で働かせようという肚《はら》なんだ。そしてそのとおり、伊三は夢中で働いた。桐山の奴はそんな伊三をおだてて大番頭格の扱いにし、きわどいところまで隠さずにいたというから呆れるよ。弱味を握ってるから、いざとなれば伊三の口を封じるのはわけもねえことさ。ところが桐山のとこで急に女の入用《いりよう》ができた。どこかの殿さまに美《い》い女を世話するわけだ。ま、俺の睨んだところ、お大名じゃねえだろう。その下だ。桐山は自分の所へ何度も尋ねて来た大坪屋のおそのが美い女だということを知っていやがって、伊三をそのまんまにしといておそのを責めたんだ。お前の為に穴をあけた伊三を救いたかったら言うことを聞けとな。ひょっとすると、役目がすめば大坪屋との縁切りにも手をかして、晴れて伊三と添えるようにしてやる、かなんか甘《あめ》えことも言ったかも知れねえ。当節、れっきとした商人《あきんど》の女房なんだが、亭主と相対《あいたい》ずくで下《した》っ端《ぱ》侍の伽《とぎ》をするような乱れたご時勢だから、おそのだってそのくらいのことなら、一遍か二遍目をつむりゃいいと思ったのかも知れねえ。とにかくウンと言ったようで、それからは伊三にも内緒で、夜になるとお迎えの駕籠に乗ってどことも知れず出て行くようになった。が、そんなこと、伊三に知られずに置けるもんか。伊三は頭に血がのぼって桐山に嚙みつくわ、おそのとは撲《なぐ》る蹴るの騒ぎになるわで、桐山の奴はあぶねえと思い始めたんだろうな。まあまあと伊三をなだめて手もとに置いといて、おそのをバッサリやって口封じ……大方その殿さまはおそのの奴に参っちまって、聞かせねえでいいことまで喋っていたんだろう。伊三はああいう男だから、剣呑《けんのん》な気配には敏《さと》い。さっさと左内坂からずらかって、今はどこかに隠れているらしい」

平吉は思わず自分の目が奥へ動いてしまったのに気付いた。安兵衛の苦い表情。

「惚れ合ってもそんなことが起るんですかねえ」

平吉はやり切れない感じで言った。まだ女を知らないのだ。それだけに、男女の愛は清く清くと考えてしまう。

「汚ねえと言ったろう。でも、世の中そういうもんなんだ。おそのも伊三も、どっちも相手よかれと思ってしたことさ。今ちっと賢ければ、伊三だって桐山に嚙みつきはしねえだろうし、二人力を合わせて桐山の約束どおりにさせちまう芸当だって出来たんだ。でも、成ったものは仕方がねえ。な、俺たちの住んでる場所は、みんなそういう莫迦《ばか》ばっかりなんだ。だからみんなその日暮しさ。でも俺はそれでいいんだと思う。

金持になるのは結構なことだが、人間悧巧《りこう》だとえてして薄情なもんさ。桐山なんぞは大悧巧の大薄情だからあんなでけえ屋敷に住んで、大勢の者を顎で使って、人殺しでも何でも算盤《そろばん》さえ合ったら平気でやってのけられるんだ。俺に言わせれば、どっちが正しいかと言えば、莫迦な貧乏人のほうが人間としてはずっとまっとうだと思う。小銭をくすねて牢屋にぶち込まれるのと、米の穫《と》れねえ年でも年貢だけはきちんと取立てなさるお上のやりかたと、どっちが理屈に合ってると思う。小銭をくすねた奴を牢にぶち込む奴が、百姓一家のかつかつの食い扶持を根こそぎ取りあげちまうんだぞ。将軍は神さまか。この地面は六十余州はじめっから公方《くぼう》さまの物だったのかい。俺たちはちゃんと知ってる。関ケ原の合戦までは、太閤の下で働いていなすったのが今の公方さまじゃねえか。泥棒め、いいかげんにしやがれってんだよ。またその下について、ワンワンキャンキャン吠えたてる役人どもと来た日には、薄汚ねえ下司《げす》野郎もいいとこだ。ましてそいつをかさに着て懐ろを肥やそうてえ町人なんぞは、裏切り者なんだ」

安兵衛は悪党たちから頭領《かしら》と呼ばれた昔の目をしていた。

三十五

安兵衛が伊三郎をどこへどう逃がしてやる気か、とうとう平吉には判らなかったが、安兵衛のしようとしていることを悪いことだとは思えなかった。

「充分に気をつけなさいよ」

安兵衛に言うふりで、奥にいる伊三郎へその言葉を置いた平吉は、その足で大富町へ走った。

松之助は帰って来ていた。

「いそがしそうだな、親分」

松之助は機嫌がいいらしく、平吉を見るとそうからかった。北槇町で殺しがあったのを聞いているのだ。

「ちょっと」

平吉は手招きをした。

「何だい」

松之助は呑気な顔で外へ出て来た。

「今、手が空いてる……」

「うん、まあな」

松之助は家の中を振り返って答えた。薬道具の手入れを始めたところらしく、薬研《やげん》や乳鉢《にゅうばち》を並べてあるのが見えた。

平吉は松之助を自分の家へ連れて行った。

「頼みがあるんだよ」

「いやに改まったな」

「大事なことなんだ。俺を渡辺順庵というお医者に引き合わせて欲しい」

松之助は笑った。

「何だ、お安いご用じゃないか。俺はまた、何が始まったかと思ったよ」

「いつ会わせてもらえる……。早いほうがいいんだけど」

「今日でも構わない。実は俺、きのうから順庵さんのところにいたんだ」

「そうじゃないかと思った」

平吉は頷いた。

「気さくな人さ。うちの親父同様貧乏医者でね」

「じゃあ今日にでも連れて行ってよ」

「いいとも。口実はいくらでもあるんだ。でも、順庵さんに会ってどうする気だい。まさか捕物に関係あるわけじゃないだろうね」

「笑わないでくれよ」

平吉は断わってから早口で言った。

「エゲレスのことが知りたいんだ」

「エゲレス……」

松之助は目を剝いた。

「そいつは凄《すげ》えや。世の中にエゲレスなんて国があることを知ってる奴は少ないぜ」

「松ちゃんは……」

「俺だってよく知らないよ。オランダ、ポルトガル、オロシャ、エゲレス。そのくらいなもんだよ。名前だけだけどさ」

「エゲレスのバタは……」

「バタって何だい」

「知らないの」

「恐れ入ったね。急にいろんなことを仕込んだんだな」

「バタって食い物のことさ」

「食い物をエゲレスではバタと言うのか」

「違うよ。食い物の名だよ。豆腐とかこんにゃくと同じ」

「バタって、どんな食い物だろう」

松之助は憧れるような目になった。

「黄色っぽい脂の塊さ。あれで少しは塩《しょ》っぱいかな。柔らかくて、口の中へ入れると
ドロリとすぐ溶けちまう。生臭くって俺は好きじゃないな」

松之助はのけぞって笑った。

「まるで食べたようなことを言うじゃないか」

「食べたよ」

松之助の笑いがピタリとやんだ。

「食べた……」

平吉は頷く。

「どこで」

「京屋の二階でさ」

「あ、先生に」

「そう。白牛酪と言うんだ、バタのことを」

「白牛酪なら知ってるよ。医書に書いてあった。不老長寿の高貴薬じゃないか」

「オランダやポルトガルやエゲレスでは、普段に食べるそうだよ」

「そうか。あっちの人間は日に一度はけものの肉を食うって言うからな。で、その白牛酪を京伝先生が持っていなさるのかい」

平吉は両手を水を汲むように合わせた。

「これくらいの壺に一杯あった」

「へえ、食べて見たいもんだな」

松之助は羨ましそうに平吉を見た。

「でも、それはエゲレス産のバタじゃない。近頃安房の何とかいう所で製《つく》られたものだそうだ」

「こっちでバタを製ったのか。安房のどこだか聞いたかい」

「稲葉家領内って聞いたな」

「稲葉家か。田沼の頃にお側御用をつとめていた、あの稲葉かな」

「うん、そうだろう」

ゆるんでいた松之助の表情が引き緊《しま》った。

「よし、平さん。順庵さんのところへ連れて行ってやる」

松之助は意気込んでいるようだった。

三十六

平吉はいったん町屋敷へ行って銀座を離れることを断わってから、大富町へ戻った。あんな事件のあったあとだから、平吉の外出は当然とされ、誰もどこへ行くとは尋ねなかった。

「さあ行こう。深川のほうだ」

松之助は薄い風呂敷包みをかかえて歩き始めた。中身は書物らしかった。

「今は深川に住んでるのか」

「うん。もう六万坪に近い辺りさ。相当な貧乏長屋だぜ」

「そのほうが勝手が判ってて気が楽さ」

平吉が言うと、松之助は陽気に笑った。

「式台つきの大玄関じゃ、俺だって入りかねるさ」

松之助は白魚屋敷の前で橋を渡り、材木町へ入ったが、料理屋の松留を通り過ぎてもまだまっすぐ歩いていた。

ちょっと道順が違うようなので平吉は気になった。

「どこへ連れて行くの。深川だと言ったのに」

「なに、途中で折れるから」

松之助は意味ありげに言って足早に行き、少し先で言葉どおり急に右へ折れて橋を渡った。

「変な道をとるね」

橋を渡る時平吉が言った。すると松之助は足をとめて、

「何が見える」

と訊いた。

「何が見えるって……」

平吉は戸惑った。

「何が見えるか言いなよ」

「お屋敷の門と塀だ」

「どなたさまの」

「松平越中守《えっちゅうのかみ》さま」

そこは松平越中守の居邸で、裏側一帯は八丁堀の組屋敷が続いている。お互いに知

り抜いている場所でそんなことを尋ねるのは、だいぶ意味ありげだった。

二人はまた歩き始める。門前を左へ折れ、塀ぞいに今度は右へ曲って八丁堀七軒町から亀島の川岸へ抜けて行った。

「どういうことなんだい」

組屋敷が並ぶ界隈では二人とも用心して喋らず、川岸通りへ出てからまず平吉が口を切った。それでも声が低い。

「まだ気がつかないのか。教えてやったのに」

「松平越中守のことかい」

「うん」

平吉は考え込んだ。

「平さんが知りたがってることは、岩瀬の家のことだろう」

「そうなんだよ。実は、先生に言っちまったんだ」

「何を」

「本所の夜鷹蕎麦殺し以来、何か少しおかしいようだってね」

松之助は立ちどまった。

「言ったのか、それを」

「松ちゃんのせいさ。岩瀬の家のことを、もっと別な目で見直せって言うんだもの」

「悪いことじゃないぜ」

「判ってる。だから思い切って先生に言ったのき。最初はそうはっきりと言う気はなかった。でも相手が先生じゃなあ」

平吉は足をとめた松之助をうながすように歩き始めながら続けた。

「生意気なことを言わないで今までどおりやっていろ。……そう言って叱ってくれるかと思った。叱られたかったんだ。俺は先生を父とも兄とも思っているからね。でもびっくりした。俺の言いたいことを、先生はちゃんと読んでいなすった。いいようにやれと言われちまった」

「突き放されたのか」

松之助が心配そうに言う。

「うん、そんな感じさ。でも、冷たいのとは違う。何がお前の目に見えているんだと尋ねられたんだ」

「で、平さんは何と」

「あと先見ずに欲をかく商人たちと、その数倍も強欲な殿さまがたの顔だって」

「そう言ったのか」

松之助は感心したようだった。

「そしたら先生は、とうとうお前もその絵を見たか、って」

「ふうん」

「俺、もっと言っちゃったんだよ」

「どう言ったんだ」

「その絵はまだはっきりしてないけど、そのもやもやした所に先生や旦那のお姿が現われませんように、って」

「言ったのか、それを京伝先生に」

「俺、莫迦かい」

平吉は甘えるように松之助を見た。松之助は左手で書物の入った風呂敷の結び目を持ち、腕を組んだ。

「判らない。俺には答えようがない」

しばらく黙って歩いたが、すぐ腕を解いて言った。

「いずれにせよ、それは平さんのこれからにとって、大切な一言《ひとこと》だったな」

「うん。俺もそう思う」

「えらいよ、平さんは」

松之助はしんみりした声で言った。

「俺なんか、甘ったれなんだなあ」

秋の風が吹きつけて来る。その辺りはもう汐《しお》の匂いがしていた。

「俺はもしかしたらひっ叩《ぱた》かれるんじゃないかと思った。でも先生はうれしそうに笑ったんだ。笑ってそう言ってくれたよ。たとえ敵になろうとわたしはよろこんでいる。どこまでも世の汚濁を覗くがいい、ってね」

「凄い」

松之助は唸った。

「凄い人だなあ」

「ね、そう思うだろ」

「うん」

「話の成り行きで、そんなことになっちまった。で、そのすぐあとでバタを食べさせてくれたんだ」

「ご褒美《ほうび》だな」

「いや、違うらしい。それで渡辺順庵という人に会って見たくなったのさ」

「どうして」

「先生が言ったんだ。バタを食べればその絵がはっきりするだろう、って」

「バタを。エゲレスの……」

松之助はまた腕組みをした。霊岸橋がすぐそこに見えてきた。

三十七

永代橋を渡って深川へ入るまで、平吉も松之助も黙りこくっていた。だが橋を渡りおえたとたん、松之助が悪戯《いたずら》小僧の昔に戻ったような笑い方をした。

「そいつはきっと本気で言ったんだぜ」

「何のことだい」

平吉はわけが判らなくてキョトンとしていた。

「エゲレスのバタのことさ」

「先生がか……」

「そうさ、京伝先生は本気で平さんに言ったんだよ。あのお人が本気で言った言葉だから、俺たちには何のことかまるで判らないんだ」

平吉は苦笑した。冗談のようだが、言われてみればなるほどそのとおりで、山東京伝ほどの人物が本気で感慨をこめて言った言葉なら、平吉や松之助ごときにその真意が汲《く》めなくて当然だろう。

「そうか、判らなくてもいいのか」

「そういうこと」

バタのことはそれでけりがついた。松之助は自分の話に戻った。

「松平越中守はおとといしの夏まで老中首座の地位に在り、将軍補佐役という大層な権勢を持っていた。そんなことは平さんだって先刻承知だろうが、その松平越中守の屋敷の前をわざわざ廻って来たのは、岩瀬の家の件とその越中守がつながっているようなあんばいだからさ」

「話が大き過ぎやしないかい」

平吉は憤《おこ》ったように言った。

「実はこれも、順庵さんから聞いたことだよ」

松之助は弁解気味だった。

「俺はゆうべ順庵さんと夜っぴていろんなことを話し合った。貧乏医者だが、あの人の目は確かだぜ。今の時勢をよく見てる。さっき、バタを製った場所が安房の稲葉家領内だと言ったろ」

「うん」

「意味はよく判らないが、俺はそれでピンと来た。順庵さんに絵解きをしてもらっていたからだ」

「どんな絵解き……」

「今の世の中のさ。大まかに言えば今の世の中は、田沼と松平の喧嘩なんだ」

「田沼と松平の喧嘩と言ったって、肝心の田沼意次《おきつぐ》はとうに死んじまってるじゃないか」

「虎は死して皮を残す、さ」

「越中守だって、おとしで老中を辞めてしまっている」

「でもそうなんだ。その二人は二つの勢力の中心さ。世の中は源氏平家の昔から、赤と白二つの色の旗に分れている。そもそも越中守は、本当なら老中どころか将軍になるところだったんだぜ」

「どうしてそんなこと……」

「越中守、つまり松平定信はそもそも八代将軍の孫にあたるお人だ。田安家の七男に生れたが、上の四人はどれも若死して五番目が田安家二代目の殿さまになった。六番目は伊予松山の松平穏岐守《おきのかみ》の養子に入って、家に残ったのは七男の定信だけになった。

ところがその部屋住みの定信にも養子の口がかかってきた。奥州白河の松平家へ入れというのだ。田安家はとんでもないとその話を断わった。なぜなら、二代目を継いだのがとかく病気がちだったからだ。それが死んだらお家が絶えてしまう。田安家は知ってのとおり八代将軍から分れた清水、一橋とならんで次の将軍を出すことのできる大層な家柄だ。七男の定信を養子に出したあと、万一当主が死にでもしたら、その大層なお家がひとつ消えてなくなってしまう。だから田安家は必死に定信の養子縁組を断わり続けた。ところがどうでも養子に出せという」

「そんな無体《むたい》なことを誰が……」

「田沼さ。田沼意次だよ。田沼は時の将軍をまるめ込んでいた。だから何でも思いのままに事が運べたんだ。すったもんだやっているうちに、案の定田安の二代目が死んでしまった。それが今から二十年前の話だ。普通なら、それじゃああんまりだというんで養子縁組をとり止《や》めにするところだが、そう考えるのは貧乏暮しの俺たちだけらしくて、上《うえ》つかたはどこまで行っても損得ずくめだ。定信は子供のときから頭が良くて、そのまま田安家へ置いていたら、順番からいっても将軍になってしまうし、そうなれば次の将軍は頭の切れる、田沼にとってやりにくい相手になる。そこで田沼は将軍の名前を持ち出して、この養子縁組は上さまのご命令であると、無理やり定信を奥州白河の松平へやってしまった。おかげで田安家は十四年の間も殿さまがいなかった。そして十四年目にやっと他家から養子をもらって殿さまが出来たと思ったら、なんとこれが一橋家の五男坊さ。つまり体《てい》よく乗っ取られたわけだ。馬脚をあらわすとはこの事さ。表面に出て動いたのは田沼だが、その裏ではこれからの将軍位を独り占《じ》めしようという一橋家の魂胆があったわけだ。その定信だから、田沼憎しと思わぬわけがない。じっくり腰を据えて田沼つぶしの仕度をしていた。田沼にしてみれば、本当は定信を一服《いっぷく》盛って殺すかどうかしてしまえばよかったところだが、さすがにそこまではしかねたようで放っておいたのが運のつきさ。もともと定信は血筋が良い。八代将軍の孫だからな。小姓あがりの田沼が権勢をふるうのをよく思わない連中はいくらでもいた。紀伊、尾張、水戸の御三家はじめ譜代《ふだい》の名家はたいていそうだった。それが松平定信を芯にしてどんどん固まっていった。二派に分れた大名の顔ぶれから見れば、しまいには松平のほうがずっと優勢だったが、それでも田沼が持ちこたえていたのは大奥が味方についていたからだとさ。その田沼がぐらつき始めたのは、地震、火事、日でりに嵐、その上浅間焼けのような天災地変が続いたために起った、あの天明の百姓一揆《いっき》や打ちこわし騒ぎがきっかけだった。定信ばかりでなく、悪どいやり方で至るところに恨みを買っていた田沼は、天明四年の三月、殿中で息子の意知《おきとも》を世直し大明神に殺されてしまった」

それはあまりにも有名な事件だった。意次の長男で若年寄だった山城守《やましろのかみ》意知を、新番組の佐野善左衛門政言が、殿中で襲ったのだ。意知死亡。政言切腹。田沼の政治に倦《あ》きた世間は、政言を世直し大明神と言ってはやしたてた。

三十八

「そこへもって来て、田沼の頼りにしていた、十代将軍が死ぬ。そうなってはもう田沼も形《かた》なしだが、ご城内でのこのときの芝居がまたすさまじいものだったらしい。順庵さんは鳥越の渡辺家の人間だから、そのへんの事情はうかつに喋れないことまでよく知っている。十代将軍は表向き天明六年の九月八日に死んだことになっているが、その実二十日も前に死んでしまったのだ」

「なぜ二十日もかくしていたんだろう」

「そこのとこさ。いいかい、田沼は八月の二十七日に老中を解任されている」

「それじゃあ、将軍が死んだあとじゃないか」

「そうさ。つまり田沼を辞めさせたのは、病気中の将軍ではなくて他の誰かさんたちなのさ。まったく上つかたというのは薄情なものだ。将軍ご危篤と聞いて田沼が駆けつけると、御三家はじめお歴々が詰めていて、田沼を将軍に会わせないばかりか、脇差しをつきつけて病気引退願を書けと迫ったそうだ。どうだい。俺たちの住む世間とはまるで違うだろう。駆引きは駆引き、人情は人情。その二つをちゃんと仕分けられるのが俺たち貧乏人のいいところだ。でも御城内じゃそんなことは通用しないらしい。勘定と人情がごっちゃになってやがる。田沼だってそういう場所でうまい汁を吸い続けて来たんだから、是非もないと言えば言えるだろうが、それにしても哀れなもんさ。引退願を書かされてすごすごと引きあげた。そのとき一緒にやめさせられたのが、御《お》側御用取次《そばごようとりつぎ》で田沼ぴったりの稲葉正明だ。京伝先生のバタの出どこだよ。そして田沼は没落し、松平越中守の出番になったわけだ。つまり世の中は長いこと田沼一派と定信一派の競《せ》り合いで動いて来たわけさ。順庵さんに会えば聞けるだろうが、まったく何から何までその二派の力関係で動いている。早い話が、女の衣裳《いしょう》、髪かたちなどは、田沼時代ずいぶん派手だった。それがこのところへ来て、やれ贅沢はいけねえだの倹約をしろだのと、急にうるさいことになった。大奥を味方につけていた田沼にすれば、女どもに派手な事をさせておいたほうがいいに決っている。成り上りものが権勢をふるうときは、かならず世間が派手になるって言うぜ。威張るにはおべっかを使わなくてはならないんだ。そこへいくと定信は血筋がいい。本当なら天下さまだ。まず大奥あたりへ睨みをきかせなければ威厳が保てない。ごもっともな理由はあるにせよ、結局とばっちりをくってるのはしもじもの女どもさ。近いうち、女髪結《かみゆ》いまでいけないことになるそうだぜ」

その話で道ははかどったが、平吉はなんだかぼんやりとしてしまった。京伝に世の中の絵が見えたなどと大きな事を言ったのが恥ずかしくなっていた。松之助の話のとおりなら、世の中は途方もなく俗っぽくて、こすっからくて、いやらしい上に小汚ないものだった。

「どこまで行くんだい」

道を曲っては橋を渡り、橋を渡っては道を曲り、松之助はややこしい道を通って木場のはずれまで来ていた。

「石島町さ」

「石島町……」

「うん。順庵さんは石島町の藤兵衛長屋というところに住んでいる」

「え……」

平吉は目を丸くした。

「なんだい。藤兵衛長屋を知っているのかい」

「行ったことはないけど、そこにいる奴は知っている」

「誰……」

「宇三郎という男さ」

「どういう奴だい」

「本所六間堀あたりで夜鷹蕎麦屋をやっている男だよ」

　すると今度は松之助のほうが、

「あ……」

　と目を丸くした。

「それはこのあいだの」

「そう。このあいだの夜鷹蕎麦殺しの、もう一人のほうさ」

「年寄りと若いのと、小さな橋をはさんで二人の夜鷹蕎麦屋がいたんだっけな」

「そうだ。殺されたのは小六爺さんと言って、以前は小伝馬町の小間物屋の旦那だった粋な人だそうだ」

「さすがだな。よく知ってるじゃないか」

「うん。岩瀬の家のことについて俺がこんなふうになってしまったのは、その夜鷹蕎麦殺しが始まりだからね」

「で、その宇三郎とかいう男は……」

「そうだな」

平吉は足どりをゆるめ、空を見た。

「たしかに世の中は汚ないが、綺麗なところもあるのかも知れない。その小六爺さんと宇三郎はね、不思議な縁《えにし》の糸でつながっていたのさ」

「縁の糸……」

「松ちゃんだって聞いたら驚くよ」

平吉はそう言ってから、小六と宇三郎のつながりを聞かせてやった。

三十九

小伝馬町の小間物問屋叶屋の婿養子だった小六は、姑《しゅうとめ》たちが死んでいなくなると、五十近くなってから堰《せき》を切ったように道楽を始めた。

ほんの二、三年のうちにかなりの身代を北の廓《くるわ》に埋めてしまい、その大遊びの最後に延川《のぶかわ》という花魁《おいらん》を身請けして、あっさり叶屋をおん出てしまった。それからのことはよく判らないが、死ぬ前は一人きりで夜鷹蕎麦屋になっていた。六間堀の北ノ橋という小さな橋をはさんで、反対側にも毎晩店を出す夜鷹蕎麦屋がいて、それが藤兵衛長屋に住む宇三郎なのだが、何の事はないその宇三郎の女房というのが、小六の落籍《ひ》せた延川花魁だったのである。小六はその事を知っていて、宇三郎に延川をうれしがらせる閨《ねや》のことなどを教えていたという。年は違ってもその二人は仲の好い兄弟分だったのだ。

「なるほど奇《く》しき縁だなあ」

松之助がそう言ったのは、木場を過ぎて横川の橋を渡ったときだった。

「ここだろ、石島町は」

「うん」

松之助は横川ぞいの道から、ごたごたした横町へ入った。秋だというのに変に黴臭《かびくさ》くて、今にも虫が這い出して来そうな場所だった。軒の傾きかけた長屋が、横川ぞいにずらずらと並んでいた。裏は湿った空地で、あっちこっちに沼ほどもある大きな水溜りが見え、生い茂った蘆《あし》が黄色く枯れ始めていて、いまにそれが枯れ切ったら、よほど火の用心をしないと、長屋ごとペコリと燃えきってしまいそうだ。空地はずっと先まで広がっていて、蓮田《はすだ》や芋のたぐいの畑があるようだった。

「この先はどうなってるの」

江戸育ちの平吉も、このあたりまでくると様子が呑み込めなかった。

「焼き場があるよ」

松之助も苦笑を泛べていた。

「すぐそこが一橋家の下屋敷、ということになってはいるが、ほったらかしで裏へ廻れば塀もろくにありはしない」

松之助はそう言って、長屋の続く細い道を進んだ。黴臭い匂いのもとは、下水の溝から掻きあげた、どぶどろだった。

「これでも井戸が近いからましなほうなんだぜ」

松之助は振り返って早口で平吉に言うと、わりと小綺麗にしてある障子戸の前で足をとめた。その入口の左の柱に「いし・わたなべ」と書いた札が打ちつけてある。

「ごめん」

松之助は障子を細目に開けて家の中へそう声を入れた。松之助の言い方はいかにも医者が医者の家を訪ねたというようで、平吉は思わず微笑した。幼な友だちが抱いている医師としての自尊心を、初めて見せてもらったような気がしたのだ。

「どなた……」

柔らかい女の声がした。

「高井です」

「あら、松之助さん」

戸が開いた。薄汚ない長屋の続くまん中で、それはまさに掃《は》き溜《だ》めに鶴だった。

平吉は眩《まぶ》しそうな顔で女を見ていた。

「何かお忘れ物……」

「いえ、そうじゃないんです」

松之助はそう言って平吉のほうを見る。

「これはわたしの友人で、銀座町屋敷の平吉という男です」

「はじめまして」

平吉は叮嚀に頭をさげた。

「あ、存じあげております。お名前だけですけれど」

女はそう言ってから、

「渡辺の家内でございます」

とにこやかに挨拶した。

「どうぞどうぞ。取り散らしておりますが」

その声で襖が開いた。一度では開かず、二度三度つっかえてからだが。

「何だ、松之助か。どうしたね」

「あなた。銀座町屋敷の平吉さんがいらしてます」

「お、あんたかね。この字平吉は」

順庵はがっしりした体つきだが、妙に生気のない感じであった。

「突然あがりまして申しわけありません」

平吉が言うと順庵が笑った。

「藤兵衛長屋と言えば深川でも一と言って二と下らない貧乏長屋だぞ。そんな改まった喋り方をすると、はさみ虫が珍しがってウジャウジャ集まってしまう。遠慮は要らない。おあがんなさい」

順庵はそう言うと六畳間へ入った。

「綺麗な人だね」

「うん、そうだろう」

松之助は自慢そうに言いながら、平吉と一緒に座敷へあがった。座敷と言っても、壁は欠け落ち襖は破れ、障子の桟《さん》は折れ放題というあばら家だ。それでも小綺麗に始末してあるのは、さっきの美女の心がけが並々でない証拠だ。

「お邪魔致します」

平吉はかしこまって坐ったが、松之助は気易げにあぐらをかいていた。

「雪江。粗茶を持って来いよ。お茶の薬はまだあるだろうな」

順庵がふざけたように障子の向うへ声をかけたが、返事がなかった。

「いかんな、こりゃ」

順庵は笑って頭を掻いた。

「また隣りへお茶を借りに行ったようだ」

平吉はそのあけすけな態度に好感を持った。

「いずれ隣りの茶が入る。心配するな」

順庵はかしこまって坐っている平吉を見て、とんちんかんなことを言った。

「いえ、おかまいなく」

平吉は噴き出したいのをこらえて言った。

「で、何の用事かな。この字の親分」

順庵は真面目腐って言った。反古《ほご》紙を裂いて器用に紙縒《こより》を作りながらだ。

「エゲレスのことを知りたがっているんですよ」

松之助が言った。

「エゲレス……」

順庵は紙縒《よ》る手をとめて目を剝いた。

「なぜだ」

平吉はあわてて手を振った。

「エゲレスに限ったことじゃないんで」

「と言うと、西洋諸国全般の事情についてか。おいこの字の。そいつは大仕事になるぜ。でも、どうしてそんなことが知りたいのか、まずそこのところを教えてくれないか。どうにも俺は合点《がてん》が行かないんだ。だってまさか、西洋へ逃げた犯人《ホシ》をこれから追って行こうと言うのでもあるまい」

順庵は平吉をやはり岡っ引だと思っているようだった。

四十

順庵の妻の雪江が、すぐにお茶をいれて来てくれた。

「な、来たろう」

順庵は得意そうに言い、待ちかねたように一気に飲みほした。

「来客の時でもなければ茶も飲めん始末でな」

「あなた……」

雪江が笑いながらたしなめる。この夫婦は心から貧乏を楽しんでいるように見えた。

平吉はふとその姿から山東京伝を連想した。京伝と順庵はまるで似ていない。一方は繊細、一方は武骨だ。が、それでいて何か通じ合うところがあるようだった。

「実はこの平さんに取っては、山東京伝先生は父親がわり兄がわりといったお人なんですよ」

「そうか」

順庵は松之助に頷いて見せた。

「ねえ平さん」

松之助は平吉のほうを向いて、深刻な顔つきで言った。

「これははじめから話したほうがいいと思うよ。平さんだって、エゲレスのバタというだけで、あとはどう訊いていいか判らないんだろう」

もっともだった。

「うん」

平吉が答えると、松之助は要領よく、今までのいきさつをかいつまんで順庵に聞かせた。

　順庵はその話の途中から腕組みをして、聞きおわるとそれをゆっくり解きながら言った。

「平さんよ。男が生きるってことは、淋しいことだよな」

　諭《さと》すでもなく、なぐさめるでもなく、同じ男仲間としての言い方だった。

「俺は京伝という人を好かない」

　つぶやくように言う。

「そうだろう。今少し身を守るがいいじゃないか。もしその時の平さんが、お上の大目付か何かだったら、いくら京伝さんでももう少し別な言い方をしたろうぜ」

「そうでしょうか」

　平吉は熱っぽく尋ねた。

「そうさ。おかしな人だと思うね、俺は。そういうのはな、ほかから何を突つかれても、何が起っても、自分のいる場所は安泰にきまってると思い込んでる人の態度さ。たしかに、金座や銀座にずっと以前から不正が行われているということは、俺も薄々《うすうす》承知している。通貨を作ることにからんでいるんだからな。銭金《ぜにかね》がどんなに汚ないか、平さんだって松之助だってよく判ってる筈だよ。銭金のからんだことは多かれ少なかれ不純だ。それが、銀座なんかは生一本《きいっぽん》の銭金じゃないか。綺麗ごとのわけがない」

順庵は単純明快に言う男だった。

「京伝さんの尾張侯ご落胤説は、俺には真偽のたしかめようもない。だが、表に出ていることだけにしぼっても、岩瀬一家が銀座に深くかかわっていることはたしかなんだし、銀座にかかわるということは銭金にかかわるということで、二十年もあそこにいれば汚れないほうがおかしい。残るのは程度の問題だけで、突っ込んで調べられれば何もないわけはないんだ。だから仮に、岩瀬一家の手が廻りかねる、目付あたりにやって来られたら、平さんの時のように、白牛酪を食わせてまで、しっかりおやりとは言えないにきまってるさ。そこんとこが、変に気取っているようで俺には好きになれないんだよ。あの人は物を書いて人に読ませ、それで評判の高くなった人だ。物を書くのが悪いわけじゃないが、どうも人に見せよう、見られてる、って恰好が気になるね」

「順庵さんだったら……」

松之助が訊いた。

「俺だったらドギマギしちまうだろうな。全部打明けて平さんを仲間に引き込んじまうか、さもなくば旦那の威光で叱り飛ばしておしまいさ。だいたい、人の行末をじっと見つめていようなんて、まともな貧乏人のすることじゃない。貧乏人はそんな暇なんかあるもんか。自分のことで手一杯さ。自分を見つめるゆとりもないよ」

順庵はそう言うと、雪江と顔を見合せて笑った。それを聞き、それを見て、平吉はなんとなく胸のつかえがおりたような気持になった。

「噂にもご落胤だなんてことを言われるのは、京伝さんのそういう所が原因なんだろうな。どこか生れつき俺たち貧乏人とは違う所があるのさ。あの人はやはり、お大名のほうの岸へ乗っかってる人なんだ。そりゃ、粋で上品で物静かで、人に迷惑なんぞ、これっぱかりもかけたことがないんだろうよ。実を言えば、俺もそういう人間になりたいさ。粋というのはどういうことか、平さん判るかい」

「さあ」

平吉は首を傾げた。

「粋ということを煮つめてしまえば、人さまにぶつからねえように生きることとさ。人と衝突することを予《あらかじ》め回避することと言ったところかな。たとえばさ、着道楽《きどうらく》が十人横に並んで、いちばん人目に立つ奴はまず本物の洒落者じゃないさ。粋な装いというのは、ちょいと目には人に気付かれないことだよ。また、酸《す》いも甘いも噛みわけてというのは、人が何をよろこび何を嫌がるか知っているということさ。それが判った上で自分をすいと人さまの間へ泳がせるから粋なんだ。粋な野郎が大喧嘩の図なんてあるもんじゃない。……粋人京伝。京伝さんは辛いことにもう世間でそう呼ばれちまってる。それにこたえて一層粋がろうとしたら、もうそいつは野暮と言うもんさ」

順庵はそれでも遠慮して言わないところがあるようだった。しかし、下僕の平吉にまで粋であろうとしている、という順庵の批判が、平吉の腹に響いて来るようだった。

四十一

「ま、ここで京伝さんの噂ばかりしていてもはじまらないね」

順庵は気を変えるように平吉に言った。

「ところで平さん」

「はい」

「ゆうべ松之助とも夜っぴて語り合ったんだが」

順庵はそう言って松之助を見た。平吉に聞かせたたかと訊いているらしい。松之助が子供のようにコックリと頷いていた。

「エゲレスでいうバタ、つまり白牛酪を食ったらもう少しはっきりした絵が見えるだろうという意味は、俺にはだいたい見当がつくよ」

「どういうことでしょう」

「つまり、京伝さんはたしかに銀座には不正があり、岩瀬一家がそれにからんでいると言っているんだ」

「そうでしょうか」

「しかし、バタの件はその続きだ」

「続きというと……」

「不正はあるが、大きな目で見れば世の中の為になる不正で、汚濁の底まで覗き込めと言ったのは、とことん突きつめれば不正でもなんでもないということさ。バタはその突きつめた場所を意味していると思うね」

「エゲレスのバタがですか」

「エゲレス、オランダ、ポルトガル、オロシャ、それにイスパニア、フランス。これはみな海の向うの国々の名だ。この俺たちの国のまわりを、だいぶ以前からそういう国々の大きな船がうろつき始めているのさ」

「へえ……」

「知らなかったろう」

「ええ」

「自分勝手な連中がいて、そういうことはしもじもに知らせまいと頑張っている」

「なぜです」

「向うのほうがずっと進んでいるからさ。民百姓《たみ》にそういうことを知られては、治める側がうまくやって行けない。たとえば天と地の問題にしてからが」

「天と地……」

話が一遍に飛躍して、平吉は松之助の顔を眺め、次に雪江の顔を見た。二人とも微笑を泛べていた。

「そう天と地だ。平さんはどうして夜と昼がかわりばんこにやって来るか知ってるかね」

「冗談じゃありません、そんなこと」

「教えてやるよ。それはこの地面がぐるぐる廻っているからさ。地面は本当は丸いんだ。とてつもなくでかい玉なんだ。だからそれを地球と呼ぶ」

「地球」

平吉は途方に暮れた思いでつぶやいた。

「天文達識の人、天の中心と三光の運行を思惟《しい》するに……」

順庵はそらんじ始めた。

「二説あり。その一いわく、地球は天の中心にあり、不動にして七曜恒星《こうせい》は地球の円周を運転す、と。その一は、太陽は常静不動にして、地球は五星と共に太陽の周郭をめぐり、恒星天に凝住《ぎょうじゅう》して不動なり」

順庵は言いおえると、じっと平吉の顔を見つめた。

平吉は頭を左右に振って見せた。

「判らんか」

「はい」

「判らんでもいい」

順庵は真面目腐って言った。

「これは、俺たちのいる地球が仲間の星と一緒にお日さまのまわりをぐるぐる廻っているということさ」

「はあ」

平吉は生《なま》返事をした。すると松之助がぷっと噴き出した。

「笑うなよ、本気で判らないんだから」

思わず平吉が口をとがらせて言うと、順庵や雪江までが声をあげて笑った。

「つまり、西洋ではこういうことまでもう調べあげているということだ。ところがこの国じゃどうだ。いまだに朝起きると、お日さまに向って柏手《かしわで》を打って拝んでる」

「はあ」

平吉はそんな間の抜けた声で返事をするのは嫌だったが、どうしてもそういう返事のしかたになってしまうのだった。

「さきおととし亡くなったが、長崎で大通詞《つうじ》の役についていた本木貞永という人は、偉い人だった。今のような西洋の書物を手当りしだい翻訳してくれた。俺たち蘭方をやる者には大恩人さ。もっとも医書の翻訳の数が少ないのが玉に瑕《きず》だがね」

平吉はまた、はあ、と言おうとしてやめた。

四十二

「お上はしもじもに知らせたがらないが、今この国には、そういう学問の進んだいろいろな国が、交易を求めて押しかけて来ているんだよ」

順庵は平吉にも判るよう、嚙んで含めるように教えてくれた。

「ところがお上は、どれもこれも突っぱねている。お上の考えは、つまるところ徳川という自分たちの宗家を守ろうとしているだけで、しもじものことはこれっぱかりも頭にないのさ。オランダの医学がどんどん入ってくれば、どれほどの病人が死なずにすむと思う。それは医学に限ったことじゃない。何だってそうさ。ところが、西洋から新しい知恵が入って来たら、貧乏人の目がさめて、新しい目で世の中を見直すことになる。お上はそれがこわいらしい。なぜ天下は将軍が治めなければならないか。なぜ武家は百姓町人より偉いのか」

平吉はその言葉を聞きながら、順庵の新しい目という言葉に、いっそう自分の新しい目がひらかれる思いだった。

「天下は決して徳川のものじゃないし、侍は百姓町人より偉いわけでもない。ただ、今のところは力ずくでそうきめてしまっているだけさ。だからお上は西洋の学問を好まない。それでいながら、大名どもはみんなこっそり異国と貿易をやって稼いでいるんだ」

「まさか」

平吉はびっくりした。

「まさかじゃないよ。みんな多かれ少なかれやっているんだ。この国が貧乏しちまうのはそのせいなんだ。大事な学問を仕入れてこそ、国の力もつこうというもんだ。ところがそれを、やれ南蛮渡来だの舶載《はくさい》の品だのと、愚にもつかないものばかり仕入れてよろこんでいるから、金銀が知らない内に向うの手に渡ってしまい、年がら年中ピーピーしてる。その穴埋めを弱い百姓町人におしつけるんで、何年に一度かは我慢しかねて一揆だ打ちこわしだと、こうなる」

「じゃ、うちの先生は、わたしにバタを食べさせて、いったい何に気付かせようとしたんでしょうか。外国があることも判ったし、そっちのほうが学問が進んでることも判りました。でもそれが、銀座の町屋敷や岩瀬の家と、どんなつながりになるんでしょうか」

「平さんにそれを判らせるのは時間がかかるかなあ」

順庵は小首を傾げてそう言ったが、面倒がる様子もなく喋り続けた。

「銀座の岩瀬という一家は、たぶん松平定信の派についているんだろうな」

「松平越中守さま……」

「そうだ。奥州白河藩主松平越中守定信」

順庵は顔を顰《しか》めながらそう言った。

「そんなことはないと思いますよ。よくは知りませんが、わたしだって銀座の町屋敷で暮している人間です。越中守さまとそんな深いつながりがあれば、たまには用だって言いつかるでしょうし、すぐに判りますよ」

平吉は少しむきになって言った。すると、順庵はゆっくりと首を左右に振り、微笑を泛べた。平吉の無知を憐れんでいるようだった。

「平さん、お前、世の中に派閥というものがあるのを知ってるかい」

「派閥……」

「そう、派閥さ。ま、くだいて言えば一味一党ということかな。閨閥《けいばつ》と言えば、女房の親戚関係を中心にして結んだ仲間のことだ。身分のある家や金持の家は、閨閥がしっかりしている。いい家同士、高い身分同士が二重三重に手を組み合っているからな。つまり親戚になるわけだ。極端な話が徳川家などは、この世の中の閨閥の中心みたいなものだ。だから大名などはその閨閥の作りかたを見ていると、どの家が野心があって、どの家がやる気がないということまでわかろうというものさ。派閥というのはまた違うが、利害関係とか、好みとか、考え方とか、そういうもので寄り集まってくる仲間のことを言うのさ。今の幕閣《ばっかく》には大きな派閥が二つあって、ひとつは松平定信の派閥、もうひとつは田沼の派閥だ。もっとも田沼は意次が死んじまって、どうにもしかたのないほど弱くなって、一時は消えてしまうかと思ったんだが、どっこいまたぞろ勢いを盛り返している。もっとも、勢いを盛り返してからの田沼の派閥というのは、田沼意次の筋を引いた派閥というよりは、強くなりすぎた松平定信の派閥に対抗するための、言ってみれば反松平の派閥だ。そして松平越中守を中心とした派閥の中の一人に、お前さんのところと親戚の青山家が入っているんだよ」

順庵はそう言って言葉を切った。平吉は京伝に言われたとおり、何か深い穴を覗き込んだような気分になった。

「だから、つながりがあると言ったっていちいち平さんが八丁堀にある越中守の屋敷へ使いに行くような必要はないんだ。むしろその逆さ。大名だの役人だのというのは、何よりもまず筋を通したがるからな。筋といったって道理のことじゃない。上下の順番のことさ。何か越中守に知らせなければならないことが銀座で起ったって、手近の八丁堀へ駆け出して行くわけにはいかないんだ。そうさな……まず岩瀬伝左衛門が青山家へ行って用人か何かを呼び出すかな。そこでこれこれしかじかとか、あるいは用人にも言えないことなら、お殿さまにじきじきお目通りを願いたいかなんか言って、その上でお知らせ申し上げるという段取りだ。さもなくば一筆啓上だろうな」

平吉はこの数年間、ほとんど三日にあげず西久保のお勢さまのもとへ通って行く伝左衛門のうしろ姿を思い泛べていた。順庵の言うとおりだろうが、やはり岩瀬の家の内情は自分のほうが詳しいと思った。青山の殿さまとじかにつながっているのではなくて、間にもう一人筋を通すべき、お勢さまという存在があったのだ。

四十三

「俺も世間でわけ知り顔をする連中の言う噂は聞いて知っている。はっきり言ってそういう連中は、岩瀬伝左衛門がはじめから銀座の隠し目付として送り込まれたと言うけれど、それはちょっと話が無理だと思う。伝左衛門が銀座の町役人に入り込んだのは、今から二十年も前のことだというじゃないか」

「ええ、そうです」

「はたして世の中にそこまで先を見通せる人間なんているだろうか。違うな。たしかに山東京伝の出自《しゅつじ》については、首を傾げたくなるところがある。まあそれはこっちへ置いてもだ。木場の質屋の番頭だった伝左衛門を、どこかもうちょっと楽で見ばえのする場所へはめ込む必要ができたとき、縁につながる青山下野守が顔をきかせたことは間違いなかろう。でもそのときは他意はなかったと考えるべきだ。世の中がどう転ぶか一番知りたがっているのは、当の下野守たち大名連中だからな。当時はやり易いところにひょいと置いただけさ。岩瀬が意味をもってきたのはそのずっとあとだ」

順庵はそう言って、隅の畳をちょっきり一畳分使って裁《た》ちものをしている雪江に目くばせを送った。

雪江は頷きもせず夫の視線を自分の目に吸い込んでたちあがり、障子を開けて勝手へ消えた。お茶を入れるのだろう。

「田沼さまと松平さまが犬猿の仲だったのは松ちゃんから教わりました。そのお二人のいざこざは判りますが、越中守さまはなぜ銀座に目を光らせていなければいけないのでしょう」

「あらさがしさ」

順庵はそう言い、松之助を見て笑った。

「俗な言い方をすればあらさがしだが、本当は銀座を握ることは、大名同士の蔭のいくさの決め手になるんだ」

「銀座はそれほどお大名にとって大事なものなんですか」

「ああそうだよ。それを判らせるためにはまず、今言った二つの派を説明したほうがよさそうだ」

「ぜひ……」

平吉は坐り直した。

「田沼派、というより今では反松平だな。その連中はまず、天明の七年まで大老職にあった、井伊直幸《なおひで》、それから今の若年寄の井伊直朗《なおあきら》」

「御大老……」

平吉は話の大きさにため息をついた。

「先の老中水野忠友《ただとも》、松平康福《やすよし》。あとは御側衆で、本郷、横田、松本、稲葉などだな。一方松平のほうは、奥州泉二万石の本多家、美濃大垣十万石の戸田家、越後長岡七万四千石牧野家、丹後田辺で三万五千石の同じく牧野家、美作《みまさか》津山の五万石松平家、伊勢八田一万石加納家、同じく一万石で播磨《はりま》山崎の本多家、伊勢亀山は五万石松平家、三河吉田の七万石の松平家。まあこんなところか」

雪江がお茶を運んできて、順庵はうまそうにそれを啜った。

「判るかい平さん。井伊を除いたら、田沼派はみな大したことはない。田沼が成り上りだったからな。その代り切れるのが揃っている。松平のほうは越中守定信が八代将軍の孫だから、譜代で筋のいいのが揃っている」

すると松之助が気負った感じで口をはさんだ。

「それはね、田沼の勢いがよかったときには、家柄のいい連中に冷飯を食わせていたということなんだよ」

順庵は湯呑みを口に運びながら目で頷いてみせた。

「八代将軍の孫であり、ひょっとしたら将軍になれたかもしれない松平定信は、田沼のやり方がいちいち気にくわなかった。苦労して成り上った田沼は、やり方の基本が他人の力を利用することだった。でも田沼だって決して将軍家のためにならないことをしていたわけではない。田沼が選んだ政策は、むずかしく言うと専売制というやり方だ」

「専売制……」

「たとえば銀座だ。銀の座をつくりその座に座人たちがいる。ひと口に銀座衆というのは、その銀座の座人のことだ。こんなことは平さんのほうがよく知っているだろう。専売制というのは銀座の仕組みと同じで、人参《にんじん》なら人参を扱う商人を、お上が数を切って定めてしまうことだ。他の商人はいじりたくてもいじってはいけないのだ。そうすれば人参座の座人になった連中は商売がぐんとし易くなるし、お上の監視の目も行き届こうというもんじゃないか。田沼はいろいろな座をこしらえて、限られた商人たちにそれらの品物を独占的に扱う権利を与えた」

「どうしてそんなことをしたんでしょう」

「そうすれば運上《うんじょう》が取り易くなるじゃないか。商売を独占させるから、その商人たちは肥えふとるわけだ。肥《ふと》らせておいてごっそり取り上げようという寸法さ。また財政が逼迫《ひっぱく》したときなどには、冥加金を特別に取りたてたり、富商からお上へ融通させたりもできるだろう。つまり田沼は商人を財政の道具として考えていたわけだよ」

また松之助が口をはさんだ。そういう話を、たびたび順庵とやっているらしい。

「なかなかうまいやり方なんだ。それにもともと武家の間には、直接金銭のことに手をそめるのを嫌うならわしがあったろう。そういういやしいことは、いやしい連中にまかせておけというわけさ」

「うん。だから田沼のやり方は、案外評判がよかった。井伊のような武張った家が田沼についたのは、そのへんのことが一番大きな理由だろうな」

雪江が裁ちものを片付け始めた。

「松之助さん、ゆっくりしていただけるんでしょう」

どうやら食事の用意を考えているらしかった。

四十四

話は長くなり始めていた。

「いいじゃないか。泊っていっちゃえよ」

　飯をご馳走になったあと、順庵は近くに診《み》なければならない患者がいるとか言って出て行き、松之助と平吉が家の中に残されてしまった。雪江というのはまったく申し分のない女房ぶりで、二人に気をつかわせないよう、いかにも当然のことのように今夜は泊ってゆっくり話の続きをしていけと奨《すす》めてくれた。

　松之助はもうすっかり慣れていて、泊る気になっているらしいが、どう見たってやりくりの苦しそうなその家へ、これ以上迷惑をかけるのは気がすすまなかった。が、話は始まったばかりで、今帰ったのでは話半分以下。場所が深川のはずれでは、また来るといっても一日仕事になってしまう。

「ちょっと外へ出ようか」

　平吉はそう言い、

「むずかしい話を聞いたんでのぼせてしまいました。ちょっと外で風にあたって来ます」

　雪江に断わり、松之助を連れて長屋の路地に出た。

　一面草ぼうぼうの土地が目の前にひろがっており、枯れかけた蘆に傾きかけた秋の陽がさして、平吉を妙に心細い気分にさせた。

「俺、よその家に泊めてもらったことがないんだ」

「一度もかい」

「生れてから一度もないんだ。もっとも親に捨てられたあと、四ツ木の在のお百姓に拾われたから、幾晩かはそのお百姓の家に泊った筈なんだけど、そんなちっちゃい頃のことは覚えていないし……」

松之助は答えないで、平吉の肩に黙って手をおいた。平吉はそれほど淋しそうに見えたらしい。

平吉は枯れかけた蘆の生い茂る広い原っぱを眺めていた。遠い遠いところから、何か思いがけないものが近よってくるようだった。鴉《からす》の啼《な》く声が聞えている。

そうだ……泣き泣き急な坂をおりたんだっけ。……平吉は靄《もや》の中から現われた人の姿を見るように、自分の遠い過去の一場面を思い出していた。荒川の土手の上で、待っておいでと親に言われた。待っても待ってもそれっきり親は来なかった。何か食いものを少し渡されたような記憶があるが、それが何だったかもう忘れきっている。あれでどのくらい待っていたのだろうか。待っていろと言った親がそれきり戻って来ないなんて、まるで信じられないことだった。

でも、その信じられないことが起って十何年。……どうやら自分はそのときと同じような枯れ蘆の色を見ているらしいと平吉は思っていた。妙に淋しいのはそのせいだった。俺の親はまだどこかに生きているのだろうか……。

「これが枯野というやつさ。ちっとばかり小汚なくて殺風景だけどね」

松之助はそんな平吉の淋しそうな気配を察して、気を変えさすように言った。

「来てみれば、木場のはずれの枯野かな。……どうだい」

平吉は軽く笑った。

「もっともらしいや」

それは松之助と平吉にしか通じない言葉だった。もっともらしく、変に意味あり気な句をひねり出すと、そう言ってけなすのである。その二人にしか通じない言葉を口にしたら、平吉はなんだか気が楽になった。昔は昔、今は今。過ぎ去ったことはどうしようもないのだし、まして子を捨てたのは自分ではなかった。

「不思議な気がするよ」

平吉は言った。

「何がだい」

「こんなうらぶれた貧乏長屋に、あんな新しい知識を持った立派な人が住んでいなさる。たった今まで、その貧乏長屋の中でエゲレスだとかオランダだとか、また大名同士のいざこざがどうのこうのとか、俺にしてみればそういう大それた話を真面目にしていたんだからなあ」

松之助は、うん、と言って深く頷くと、平吉の肩から手を放し腕組みをした。

「順庵さんはどっちの贔屓《ひいき》でもないぜ。田沼にも、松平にも良いところはあるし、悪いところもたくさんある。両方を比べたら五分五分だとさ。ただ田沼が損なのは、何と言っても成り上り者だということだ。出世街道を突っ走っているときは、今太閤のように言われるが、ひとつ落ち目になるとあれはやはり成り上り者だったとくる。世間というのはそういうもんだ。さっきの専売制の話、判ったかい」

「うん、だいたいはね」

「田沼はあれでもずいぶん損をしていると思うんだ。だって田沼は賄賂《わいろ》の親玉みたいに言われているだろう。でも袖の下は昔からあった。順庵さんは言ってるよ。何も田沼の時代になって袖の下、つけ届けがひどくなったわけじゃないってね。でも、座を作ったからな。いろんな座を作ったから、座人になりそこねた連中にはずいぶん恨まれたらしい。座が出来るという話を聞いたら、商人《あきんど》としては何をおいても田沼の屋敷へ何がしかのものを持って駆けつけようじゃないか。考えようによっちゃあ田沼は傑物だぜ。誰に会って誰に会わないということをしなかったらしい。頼みごとで来る連中にわけへだてせず、万遍なく会ってやったらしい。田沼の肩をもつわけじゃないが、進物《しんもつ》を渡すのは殿さまのいる場所でじゃない。ずっと玄関寄りの別な部屋さ。田沼はそういう連中の持って来たものを、黙って置いていかせただけなんだと思う。進物の多寡《たか》で何かを決めたりしたんじゃないだろう。それでも、座人からはずされた連中は、座人になれた連中のほうが良いものを持っていったからだと思っちまうのさ。で、田沼は賄賂を取る、ということになるんだ。そして今度は座人になった連中だ。座人になることはなっても、田沼の考え方はその連中からまとめて運上や冥加金を召し上げることなんだから、そうそう甘い汁ばっかり吸えるもんじゃない。田沼は取り上げるばっかりでこすっからい奴だということになる。冷飯を食わされた大名連中は、そういう田沼を見て、いかにも賄賂で肥えふとっていると思ってしまう。お城に巣くう毒虫だ。退治してやれ。そんなのがだんだん増えていって、順庵さんの言う松平派が出来あがったわけだろうな」

松之助がそこまで言って次を喋りかけたとき、風上からすうっと白い煙が二人の目の前を通り過ぎていった。

四十五

松之助と平吉は同時にそのほうを見た。若い男がすぐそばにしゃがんでいて、莨を吸っていた。

二人に見られて、その若い男は器用に莨を詰め換え、掌の上にころがした前の火でまた吸いつけた。

「どうでもいいけど、ご大層な話をしてるじゃねえか」

貧乏長屋の住人にしては、ひどく洒落れた着物を着ていた。遊び人風だ。

「大きなお世話だよ」

松之助は嫌な顔で言った。

「こんなおんぼろ長屋の裏手でする話じゃねえや」

その男は小憎らしい言いかたをした。

「行こう、平さん」

松之助はそれ以上相手になる気がないらしく、その場を離れた。

「俺も行かなくちゃ」

憎たらしいくせにわりと人づきあいのよさそうな男で、しゃがんだまま平吉の顔を見てそう言うと、煙管《きせる》をぽんとはたいた。

原っぱのほうから路地へ入る途中のぬかるみに古畳が橋がわりに置いてあり、二歩ほどジュクジュクとそれを踏まねばならなかった。松之助はちょっと気分を害したらしく腕組みをしたまんま黙って順庵の家のほうへ歩いて行く。

と、さっきの若い男が、いなせな感じの小走りで二人をさっと追い抜いて行った。

「なんだ、あいつ」

松之助が舌打ちをした。

「遊び人だね」

平吉が言う。

「あれ……」

先を歩いている松之助が意外そうな声を出した。

「隣りの家へ入ったぜ」

たしかにその男は、小走りで順庵の家の前を通り過ぎると、急に右へ肩を落すようにして隣りの家へ飛び込んでしまったのだ。

少し遅れて二人も順庵の家へ戻った。

「お帰りなさい」

雪江がにこやかに迎えた。狭い座敷に四人いて、少し生暖かい感じだったのが、きちんと取りかたづけた感じになっていて、平吉はまたしても雪江という順庵の妻に感心させられた。

「相談はまとまりましたか」

雪江が言った。

「相談……」

「あら、泊るかどうか決めてたんじゃなかったの」

雪江は松之助に向って小首を傾げた。

「どうする、平さん」

松之助が訊いた。

「どうしようかなあ」

「平さんは生れてから一度も他の家へ泊ったことがないんだって……」

松之助はおかしそうに雪江に教えた。

「まあ、それじゃもしかすると今夜が初めてになるのね」

「平さん、遠慮することはないんだぜ。泊るといったって、何もこの家へ泊めてもらうわけじゃないんだ。この長屋に一人もんの爺さんがいてね。俺もゆうべそこへ泊めてもらったのさ。その爺さん、ちょっとした何でも屋で、近所の用は何でも引き受けちまう。わずかだけど、ちゃんと宿賃を取るんだ」

「なあんだ、そうだったのか」

平吉がそう言ったので、松之助はもう相談がまとまったものと決めたらしかった。

そこへ順庵が帰って来た。

「厄介な病人でね。たいして悪くはないのだが、日に一度は医者に診せないと、今にも死ぬような騒ぎ方をするんだよ。おまけにそいつが少しばかり小金を持っているからいっそう始末が悪い。こっちだって貧乏医者だから銭は欲しいものな」

そう言って坐る順庵へ、雪江が艶やかな微笑を向けた。

「そのわがまま患者は、毎日払いなんですよ。ところがこの人ったら、あれは本物の病人じゃないのだから、その分は俺の飲み代《しろ》だなんて言って」

「あ、悪い人だなあ」

松之助は順庵をからかった。

「泊るのなら、今夜一杯奢《おご》ろうと思っているんだぞ」

順庵がにやにやしながら言った。

「結構ですね、お供しますよ。と言ったって奢らせやしませんから安心してください。小遣ならこっちのほうがふところ具合がいいくらいなもんでしょう」

「こいつめ」

順庵が笑った。

「あの、この藤兵衛長屋に宇三郎という人が住んでいる筈なんですが」

平吉が尋ねた。

「ああ、隣りだよ」

順庵は即座に答えた。平吉は松之助と顔を見合せる。

「でもあいつ、きのうから家へ帰ってないようだ。女房が心配してたようだったなあ」

順庵にそう言われて雪江はなぜか顔を赤らめうつむいてしまった。

「今若い奴が隣りへ入って行くのを見たんだけれど……」

松之助が怪訝《けげん》な顔でそう言った。

「あれは間男《まおとこ》」

順庵はずばりと言った。

「隣りの女房はもと花魁でね。しようのない奴さ。亭主がいないと朝っぱらから妙な声を聞かせやがる」

順庵は腹に据えかねているようだった。

平吉は緊張していた。宇三郎と会ったのはきのうのことだった。安兵衛の店で源助と宇三郎から夜鷹蕎麦殺しの話を聞き、そのあと京伝に会った。そして淋しくなりました安兵衛の店へ行って酔っぱらった翌朝が北槇町の殺しで、何だか知らないがぶっそうなことが続いていた。

源助といっしょに帰った筈の宇三郎が、何となく心配だった。宇三郎はむきになって小六殺しの犯人を探し出そうとしていた。平吉の心に不安がひろがってきた。

四十六

今夜は藤兵衛長屋に泊ろう。そう決心すると、そこは平吉のことだから如才《じょさい》はなく、台所で雪江を手伝って、こまごまと立ち働いた。

「いいんですよ、平吉さん」

はじめ、雪江は狭い台所へ現われた平吉に、当惑したような声でそう言ったが、岩瀬家の下僕として十年も年季が入っているから手伝って邪魔になろう筈がなく、すぐにその台所を自分の居場所にしてしまった。

もっとも、平吉は小柄な上に大蟹股だから体つきが子供じみていて、これが仮に松之助のような長身だったら、やはり雪江は迷惑がっただろう。

「まるで本職に手伝ってもらっているみたい」

痒《かゆ》いところへ手の届くような具合なので、雪江は感嘆した。

「これが本職ですから」

平吉は真顔で言った。雪江はその顔を見て笑ったが、平吉は何がおかしいか判らないというような態度でいた。

松之助と順庵は、障子の向うでオロシャの話をしている。

「田沼意次が蝦夷《えぞ》に自分の領地を欲しがっていたことを知っているか」

順庵は松之助に言う。

「いいえ。蝦夷なんて、寒いばかりでろくに米も穫れない土地だそうじゃありませんか」

そう言う松之助の声はどこやら客気《かっき》が感じられて、幼な馴染の平吉を淋しくさせるのだった。

「それじゃすまないけれど、水を汲んで来てくださいな」

雪江に言われ、平吉は二つ返事で桶を手に井戸へ向った。

「おや、どこの人だね」

時分どきで、井戸端にはおかみさん連中が雁首《がんくび》を揃えていて、桶を持った平吉の姿を見ると、その中の一人がずけずけと訊いた。

「すいません、水、汲ましてください。お医者の渡辺さんのとこへ用で来た者なんです」

どこでも長屋の井戸端はぬかっているものと相場はきまっているが、その井戸のあたりのぬかりようといったら殊にひどく、だから念入りに石や古材木《ふる》が置き並べてあり、かえって履物を汚さずにすむようだった。

「ああ、順庵さんとこの……」

女たちはすぐ納得して順番をゆずってくれた。

「ほら、桶を置きな」

秋風が立っているというのに、胸乳《むなぢ》をまる出しにした威勢のいい中年女が、叱りつけるようにそう言って、ざあっと平吉の桶へ水をいれてくれた。

「ひどい脚だね。どうしたのさ」

一人が平吉に言う。平吉は、えへへ……と笑って見せ、

「おっ母《かあ》の腹ん中であぐらをかいてたもんだから、ばちが当っちゃったんだ」

と答えた。女たちがどっと笑う。

「蕎麦屋の宇三郎さんのところにも用があるんだけど、いなさるだろうか」

桶を持ちあげながらひとりごとのように言うと、女たちは急に黙り込んで、意味ありげに互いに顔を見つめ合っていた。

「すぐに行くのはおよし」

一人が低声《こごえ》で言う。平吉は無言でその顔を見返した。女は小指を立てて見せる。

「どれ……」

平吉はわざとその小指に顔を寄せて行って、

「とげでも刺したかい」

と真面目腐って言った。

「やだ、この唐変木《とうへんぼく》」

女たちは優越感の溢れた笑いを爆《はじ》けさせた。

「宇三さんは留守。男が来てるから顔出すのはおよしと言ったんだよ」

「男……だって小指を出すんだもの」

すると女はますます声を低くし、

「若いから小指」

と言って下卑た忍び笑いをした。

「若い、って……」

「宇三さんとこの女《ひと》よりずっと若いのさ」

平吉は要領を得ない顔で頷き、

「困っちゃったな。大した用じゃないけど、とにかく事伝《ことづ》てがあるんだし……。で、宇三郎さんはずっとお留守なのかい」

と尋ねた。

「きのうからだよ。あの二人はおかしな取り合せでね。一緒にいる時は、そりゃもう仲がよくて、二人で向島のほうへ遊びに行ったりするくせに、宇三さんが居なくなるとすぐこれだ」

女はまた小指を立てて見せた。

「やっぱり、女郎あがりってのは、体がどうかなっちゃってるのかねえ」

平吉にではなく、仲間の一人を振り返ってそう言い、

「とにかく今はよしたほうがいいよ。あんまり素性のいい奴じゃないらしいから、かかり合いになってろくなことはないだろうさ」

と真面目な顔で頷いて見せた。

平吉は水桶を持ち直し、

「ありがとう」

と礼を言うと、ぬかるみの中に置いた材木や石の上を、ひょいひょいと調子をつけて歩きだした。

「ごらん、あれで水をこぼさないで歩くよ」

「器用なもんだねえ」

女たちはてんでにそう言って面白がっていた。

言われても平吉は別に苦にならなかった。もうとうの昔に慣れてしまっている。

四十七

でも、松之助の話しぶりは、平吉にとって少しばかり心をうずかせる。

長屋の女たちに蟹股をからかわれて帰って来ると、順庵のオロシャ談議がまだ続いていて、それに応ずる松之助の声は、もう平吉の手には届かぬ遠い人のもののようだった。

「というと、大黒屋光太夫たちは、番町のお薬園に住居《すまい》を拝領したのではなくて、軟禁されてしまったのですか」

「そうだ。オロシャは田沼時代に内約があったからこそ、光太夫たちを連れてやって来たのだ。大公儀と正式に話をつけるつもりだったのだ。だからこそ、漂流した光太夫たちを救助した上、自分たちの都まで見物させ、大したもてなしをしたらしい」

「大公儀はなぜオロシャを嫌うのです」

「田沼時代ならよろこんで迎えたかも知れん。いや多分そうしただろう。田沼は蝦夷に領地を得て、そこへオランダに対する長崎と同様、オロシャに対する公許の貿易港を設けるつもりだったらしいからな。ところが、オロシャが光太夫たちを土産に、自分たちの皇帝……といっても女帝だそうだが、その国書を持ってやって来た時には、田沼は失脚したあとで、かわりに松平定信がいたというわけだ」

「オロシャの国書は……」

「受取らなかったらしい。先方にそれを読みあげさせ、かわりに長崎入港の許可書を与えて誤魔化してしまった。おかげで本来なら国交を開くきっかけを作って士分にもとり立てられるべき光太夫たちは、お薬園で飼い殺しだよ」

「どうしてそんな……」

「松平定信は八代将軍の孫だ。そこらのことになると田沼ほど融通がきかない。神君以来の方針を堅く守らねば自分が異端者になってしまうのさ」

「勿体ない」

松之助は心底惜しそうに言っている。

「うちのお客さまはみな先生ばかりだから」

雪江はそう言って平吉に笑って見せた。

「何が勿体ないのかなあ」

平吉はそうつぶやきながら焼網の上の鰯《いわし》を引っくり返した。

「平吉さんみたいなお客さまばかりだと助かるんだけれど」

雪江がそう言ったので、平吉はふと自分に気をつかっているのだと気付いた。

「毎日通って来ましょうか」

平吉はすぐおどけて言った。人に気をつかわせる程の人間ではないということが、体の芯までしみ込んでいるから、雪江のような相手にいたわられていると思うと、ひどく恥ずかしく感じてしまうのだ。

それにしても、その時の松之助の話しぶりはどこか京伝に似ていた。大人びているなどというより、高級すぎてとりつく島もないほどなのだ。

「こう見えても、煮炊《にた》きの腕なら大したもんなんです。何しろ先生に褒められたんですから」

「先生って、あの山東京伝……」

雪江が目を丸くした。

「ええ、そうですとも」

平吉はことさら胸を張って見せる。

「あの先生に褒められれば、下男としては江戸一番でしょう」

雪江は手を口に当てて品よく笑った。

「まあまあ、平吉さんはよほど京伝先生がお好きなのね」

「そうです。山東京伝の家来ともなれば、ただの下男じゃありませんからね」

見損《みそこな》うな、というように子供っぽく威張って見せたが、やればやるほど心がうずくのだった。

……やっぱり松ちゃんとは格が違うんだ。

鰯を焼く煙の中でそう思った。親なしっ児の蟹股の、どう足掻《あが》いたって町屋敷の下僕より上には這いあがれっこない自分を、いやという程感じてしまうのだった。

「おい、飯はまだか」

順庵が障子の向うから声をかけた。

「すぐです」

雪江より先に答えた平吉は、雪江を見てペロリと舌を出した。雪江がわけもなく頷いて親しげな笑顔を向けた。

うずいていたものが、すうっと薄れて行く。裏方には裏方の楽しみというものがある。……平吉はそう思い始めた。

「お隣りの宇三郎さんて人のことですけど」

平吉は声をひそめて訊いた。

「近頃何か変った様子はありませんでしたか」

「変った様子……」

雪江はそう言い、首を傾げた。

「別に何も気が付かなかったけれど、そういえばよくこのところ連れ立って出歩いていたようね」

「そうですか」

平吉は、宇三郎のことを雪江に訊いても無駄らしいと思い、それ以上突っ込まなかった。とにかくこの界隈では、宇三郎とお延を夫婦だと認めてはいないようだった。井戸端の女たちも、宇三さんとこの女《ひと》、と言ったし、雪江も夫婦連れ立って、とは言わないのだ。

「さあ、ご飯にしましょう」

雪江はそう言うと障子を開けた。

「腹の減ったところへ魚を焼く匂いを立てられてはたまらない」

順庵は坐り直しながら言った。

「平吉さんがすっかり手伝ってくれたんですよ」

「大儀大儀」

順庵はおどけて見せ、

「と言ったって、裏も表も障子一枚だから手にとるように判っているさ」

と言った。

四十八

食事中や食事のあとも、順庵と松之助は平吉そっちのけでむずかしい話に熱中していた。平吉は自分の持って生れた役どころに忠実で、その間もまめまめしく雪江の手伝いを続け、二人のそばで立ったり坐ったり落着かなかった。

どうやら松之助は、順庵の知識を吸収するので夢中らしかったが、平吉の見たところ順庵のほうはそういう話題なら、相手は特に松之助でなければいけないというわけではないらしく、一人で勝手に喋りまくっているようだった。

跡切《とぎ》れ跡切れに聞いたが、オロシャの話は平吉にも面白かった。

田沼意次は老中職についても、所詮成りあがりは成りあがりで、五万七千石の大名になったとはいえ、その所領が永代続くものでもなかった。が、野心家の田沼は、余人の考えつかぬ途方もない計画を、若い頃から抱き続けていたそうなのだ。

それは、未開の地蝦夷の開拓を願い出て、従来の国割りにない新しい天地を自分の所領に仕上げようということだ。雪と氷にとざされた蝦夷の北部にそのような夢を托《たく》すとは一見無謀のようだが、田沼の目にはオロシャとの交易による利が見えていたらしい。

順庵は医者だけに、同じオランダの知識を求める仲間とつながりがあるらしく、

「林子平《しへい》の海国兵談は、工藤平助の赤蝦夷風説考をなぞったに過ぎない」

などと息巻いたりした。

林子平の名が出た時、平吉はギョッとして思わずとなりとの境の壁を見た。その人物の著《あら》わした書物が咎められ、処罰されたのはつい先おとしのことだからだ。

どうやら田沼はその工藤平助という医師の言い分に耳を傾けたらしい。もともと田沼は南蛮の文物に興味を持っていて、神田小川町の田沼邸には数多くの蘭学者が出入りしていたという。

「その点では田沼もなかなか大した男だった。天明五年に蝦夷の北へ人をやって、千島とカラフトを調べさせた。その結果判ったことは、毎年韃靼《だったん》人たちがカラフトへ交易に来ているということだった。田沼の考えは、蝦夷を開拓するといっても、田畑を増やすことではなく、蝦夷の金山を掘って、その黄金をオロシャとの交易に当てようとしたものだ。だが惜しむらくは、考えがその先に及んでいなかった。米づくりではなく、商いによって立つ領地を得て、それによる一門の繁栄を望むだけだった。だが、その田沼を追った松平定信にも見識が欠けていた。あれは天下の主《あるじ》にじかにつながる主流の人だ。だから異端を嫌った。旧制を墨守《ぼくしゅ》する中で世直しをし、祖父のように中興の祖と尊ばれたいだけだ。だから先任者である田沼のしたことは、すべて成りあがり者が考えた下劣なことだと、ことごとくそれを廃止させてしまった。田沼がしようとしたことの中身より、それを考えた者の品性の悪さが堪《た》えられなかったのだ。印《いん》旛《ば》沼と手賀沼の干拓や、利根川との運河工事は単なる利権漁《あさ》りだとしてこれを中止し、蝦夷のことなども余計なこと、通貨は旧制に復することが常に正しいとし、専売制の考えも賄賂《わいろ》の根源として葬り去った。酒造を制限し、米以外の換金農作物を禁じ、百姓は米さえ作ればよいと抜かした。何でもかでも米、米、米だから、食えなくて仕様ことなしに江戸へ流れ込んだ百姓どもを、人返しと称して村々へ追い返し、おまけに自分の好きな朱子学以外の学問をすべて禁圧しようとした。庶民の娯楽を悪ときめつけ、子供の菓子や玩具まで禁止し、間引きを禁じて産児奨励……」

順庵は一気にまくしたてて、ちょうど座に戻った平吉をギョロリと睨んだ。

「その為、当代切っての人気者山東京伝に、手鎖《てぐさり》五十日の刑を与えて見せたりしたのだ」

平吉は首をすくめた。

「あれは俺が鳥越の家を出た年のことだ。競争相手の桂川が奥医師から御台所付きになったといって、俺の親父はとうとう寝込んでしまったものだ。医者が仲間との競争に負けて病気になったのでは、もう救いようがないさ」

松之助は平吉を見て言う。

「な、平さん。あれはやはり山東京伝という人を使った世間への見せしめのための芝居なんだ。あの時、京伝先生が手鎖をかけられっぱなしじゃなかったことは、誰よりも平さんが一番よく知っている筈だ。五十日の間、奥の座敷で滝沢清右衛門と戯作三《げさくざん》味《まい》だったじゃないか。そうだろう」

松之助は順庵との話ですっかり興奮しており、勢いに乗ったようにそうつめ寄った。

「でも俺、まだ十六だったし」

平吉はあいまいに言って頭を掻いた。

「またとぼける」

松之助は叱った。

「この家へ来てまでとぼける必要はないじゃないか」

そう言うと今度は順庵に向い、

「この平さんは、いつも弱いけもののふりをするんです」

と訴えた。

「弱いけもの……」

「ええ。本当は凄く頭がいいのに、いつも判らず屋のおっちょこちょいのふりをしているんですよ」

順庵はじっと平吉を見た。

「だって、下男は下男さ」

平吉は松之助に本気で食ってかかろうとした。

「さ、飲みに行こうか」

順庵はそれへ割って入るように言った。

四十九

もう暗くなりかけていたが、灯の色の見える家は少なかった。平気で油を費やす家が多い銀座界隈に慣れた目から見ると、暗くて人の気配がやたらに動く藤兵衛長屋の夜は、何だかお化けの巣窟《そうくつ》のように思えるのだった。

三人はまずよろずや屋の亥助《いすけ》爺さんのすまいへ寄った。

「また泊めてもらうぜ」

亥助爺さんはうす暗くなっているというのに、戸口へ台を置いて坐り込み、籤《ひご》を削っていた。

「あ、これは先生」

爺さんは腰をのばし、律儀《りちぎ》に頭をさげた。

「今夜は二人だ」

「毎度有難う存じます。おかげさまで年寄り一人、芋を食ってでも何とか生きていけます」

「よせよ、爺さん」

順庵は苦笑したようだった。

「じゃ、ちゃんと寝かしてやっておくれ」

「はいかしこまりました。ごゆっくりお楽しみを」

三人はその家の前を離れた。相変らずどぶどろが匂っている。

「あれも弱いけものの真似かな」

しばらく行ってから順庵がそう言って笑った。

「いくらか小金をためている筈だが、ああなると乞食の真似さえ苦にならないらしい。世の中はすべて自分の頭の上にあるときめこんで、誰彼の見境なく、おありがとうございますと来やがる」

「知恵も腕もないくせに突っぱらがってる侍より、そのほうが余程生き易いでしょう」

「でもな、俺は時々ふしぎに思えてならない」

「何がです」

「夢さ。夢を持たずに生きるってことがどういうものなんだかと思ってな」

「どうだい……」

松之助が平吉に訊いた。

「判るかい、平さんは」

「俺は、夢なんか」

そう言いかけ、平吉はまた弱いけものの真似だと言われるのに気付くと、急に調子よく言った。

「そうだな、世帯が持ちたいね。いい女とさ」

「うへ……」

松之助が大げさに驚いて見せた。

「順庵さん、平さんの本音が出たようですよ」

「そうか」

順庵の声も笑っていた。

「平さんはね、お梅って女板前が好きなの」

「よせよ」

平吉は暗い中で赫《あか》くなった。

「自分じゃないか」

「女板前……」

順庵が興味を示した。

「ええ。柳町の松留という料理屋にいるんです。評判ですよ」

「そうか、女板前か」

行手に縄暖簾のかかった油障子が見えてきた。いやに暖かそうな灯の色だった。

「松ちゃん、あとでひどいよ。自分のことを人に押しつけると」

平吉はとがった声で言った。その女板前は、近頃どうやら松之助のことを憎からず思っている節があった。

「順庵さん、これを」

松之助が呼んだので順庵が足をとめて振り返ると、松之助は素早く銭を手渡した。

「俺も」

平吉もそれに遅れないよう、自分の目一杯を順庵に渡した。

「京伝勘定じゃいけないのかい」

順庵はうれしそうにそれを懐ろへ入れながら平吉をからかった。

「先輩は立てるものです」

松之助がしゃらっと答え、三人はまたその店へ向かって歩き出した。

安兵衛の店より少し大きいが、汚なさは同じくらいだった。順庵を先頭に、松之助、平吉の順に入って行く。

「よう、毎晩だな」

肚《はら》にずんと響く大声が掛った。

「お互いさま」

順庵は笑いながら、その浪人者のそばの床几に陣取り、二人もそこへ並んだ。

「末社《まっしゃ》を引き連れて豪遊ときたな」

浪人者が言う。

「友達だよ」

「ほう、若い友達を持っているんだな」

浪人はそう言ってから、平吉のほうを覗き込むようにして、

「そっちのは何だ。患者か」

と言う。順庵は大笑いし、松之助もクスクスと笑った。

「お主《ぬし》が治し損ねた男かと思った」

浪人者は無遠慮な声で言った。

「平さん、気にするなよ」

順庵が平吉をなだめる。

「気になんか」

平吉は淡々としていた。

「え……平さんと言ったな」

男は立ちあがって、じろじろと平吉を眺めた。

「ひょっとしたら、この字とかいう……」

坐りながら順庵に訊く。

「そうだ。平さん、この男は榎《えのき》洋市郎という俺の飲み仲間だ」

順庵が紹介した。

「そうか、やはり銀座のこの字平吉か」

榎は感心したようにそう言った。

五十

客は榎洋市郎と、その前に坐っている老人だけだった。老人は風体《ふうてい》から一見して辻易者と判った。

「声も体もいかついから恐ろしげだが、本当は気のいい男だよ」

酒が来て飲み始めるとすぐ、順庵が平吉たちに言った。

「そうとも、遠慮しないでどんどんやってくれ」

榎はまるで自分の奢りのようなことを言い、自分から先に笑った。

「本職は蝦蟇《がま》の油売りさ。口上《こうじょう》は名人なみだ」

順庵がからかっている。

「ばかを言え。蝦蟇の油は久しく売っていない」

榎はニコリともせずに答えた。余程順庵と仲がいいらしく、その程度のからかい方では冗談にもならないようだ。

その時、表に人の立つ気配がした。平吉が振り向いたのと油障子が細く開いたのが同時で、

「よう、爺つぁん」

と若い男が顔だけ覗かせた。

「お……」

榎がその男に声をかける。

「春吉か、久しぶりだな」

春吉と呼ばれた男は照れたような表情を見せ、

「今晩は」

と挨拶する。

「中へ入ったらどうだ。一杯やっていけ」

榎は猪口をさしあげて言う。

「いえ、あとで……」

奥から店の爺さんが出て来て、

「幸坊だろ。まだ顔を見せてねえよ」

と教える。

「じゃ、またあとで来らあ」

春吉はそう言うと榎のほうへ人なつっこい笑顔を向け、

「お久しぶりです」

と言って障子をしめた。

「しばらく見ない内にあいつもすっかり大人びたな」

榎が言う。

「榎さんもすっかり穏やかになったな」

順庵はすかさず榎と同じような調子で言い、笑った。前の易者が顔をあげて微笑している。

「以前はあいつらを目の仇にしていたんだ。餓鬼が生意気に酒を飲むと言ってな」

順庵が松之助に教える。

「その医者に説教されたことがある」

榎は笑いながら言った。

「だがあいつらもだんだん大人になるし、俺も少しずつ変るさ」

「たしかに榎さんは変ったようだ」

順庵が言うと易者が頷いた。

「そうか、変ったか」

「変った。見事に変って帰って来た。左内坂で余程苦労があったらしい」

順庵は冗談を言っているのではないようだった。そして、平吉は、左内坂、のひとことに緊張していた。

「左内坂と言いますと、あの……」

平吉は好奇心を押えかねて順庵に訊いた。

「そう。市ケ谷左内坂の桐山検校のことだ」

「桐山のところにいなすったんで……」

「用心棒をしていたんだとさ」

順庵は同情をこめた笑い方をした。

「いつまでも蝦蟇の油を売っているわけにはいくまいと思ってな。伝手《つて》があったので物はためしという訳だ。俺なりに随分つとめてみたさ。でもいけない。あそこはどうも俺の性《しょう》に合わない。で、またぞろ藤兵衛長屋へご帰館というわけさ」

「それでいいんだよ。榎さんが左内坂でうまくはまってくれた日には、こっちが情けなくなるからね」

「そう思ってくれるか」

「ああ、思う。貧乏人が金貸しの用心棒になっていいことはないし、なれていいわけもない」

「そうだよなあ」

榎はしみじみとした口ぶりだった。

「やはりやめて来てよかった。また蝦蟇の油でも何でもやろうじゃないか。人間の脂《あぶら》を絞り取るより余程気楽だ。しかしな、順庵」

「何だい」

「俺たちはみんな貧乏性よ。お主だって鳥越の渡辺さまでございと、駕籠を乗り廻すご身分でいられたものを、こんな所へ来ちまってる。俺だって、左内坂で嫌なことに目を向けないでいれば、そう銭にあくせくすることもなかったんだ。でもいけねえ。身が楽より気が楽なほうを取ってしまう。な、そうだろう」

「そうだな」

順庵は頷いて酒を飲んだ。

「あの……」

平吉が榎におずおずと言った。真剣な目だった。

「どうした、この字平吉」

「桐山のところにいらしたんですか」

「そうさ。あのでけえ屋敷に寝泊りしてたんだ。盲人が主《あるじ》だから、夜なんざろくに灯りもつけねえ。陰気なもんだぜ」

「じゃあ、伊三郎」

平吉が問いかけるのを榎はみなまで言わせず、

「何だお前、伊三郎を知っているのか」

と大声で言った。

「ご存知なんですね」

平吉は早口で言う。

「ああ知ってるとも。あいつも可哀そうな奴さ」

「で、いつ左内坂をお出になったんで……」

「今日で三日目だよ。それがどうした」

「じゃ、もしや北槇町の油問屋の」

「大坪屋のことか」

榎はそう言って銚子を傾けた。

五十一

「大坪屋のこともご存知なんですね。あのお内儀のことも」

平吉がいきり立ったように言うと、順庵が呆れ顔で口をはさんだ。

「おいおい平さん、いったいどうしたというんだ」

松之助も緊張した表情になっている。

「平さん、こいつはえらい人に会ったもんだな。尋ねたほうがいいよ」

「大坪屋がどうかしたか」

「ええ。おそのというお内儀が、殺されたんです」

「何……」

今度は榎がいきり立った。

「おそのが殺されたって……」

「ええ、そうなんです」

榎は唸った。

「殺《や》られたか」

するとと順庵が榎のほうへ向き直って言った。

「榎さん、そいつは穏やかじゃないぜ。殺られたかとはどういうことだい。何か知ってるんじゃあるまいな」

榎は頷いて見せる。

「そういうことも起りかねなかった」

「これは大変だ。榎さん、迷惑じゃなかったらそいつを聞かせてはくれまいか。平さんの手柄になる」

榎はジロリと平吉のほうを見た。

「そうか、お前は岡っ引だったな」

「いえ、わたしは銀座町屋敷の下男です」

「だから、そいつがいけねえ」

　榎は腕を組む。

「やはり銀座にかかわりが」

「おい」

　榎は叱りつけるように言い、急に腕組みを解いた。

「お前、だいぶ知ってるんじゃないのか」

　平吉はそれに答えず、まず順庵を見てから、次に前の辻易者に目をやった。順庵は察しよく、

「この人は湯浅日光斎といって、易者さんだよ。別に差障《さしさわ》りのある人じゃない」

　と言った。平吉は大きく息を吸い、気を落着けてから喋った。

「その殺しで、伊三郎さんが追われるらしいんです」

「ばか言うな」

　榎は憤然とした。

「そんなばかなことが……」

「そうなんです。ばかなことなんです。でも、そのばかなことが起るらしいんです」

「畜生め」

榎は荒々しく酒を注いで呷った。

「平さん、俺にも詳しく教えてくれないか」

順庵に言われて平吉は喋った。

「大坪屋のお内儀が殺されたのは、ゆうべの真夜中頃ではないかということです。でも死体が見つかったのは今朝早くでした。どうやら外で殺られて店の中へ抛り込まれたようなあんばいでした」

「北槇町といえば京橋に近いな」

「ええ、すぐそばです」

「平さんも見たのか」

「あの辺りのことは、下駄屋の甚造という人が取りしきっていますから、わたしが駆けつけた時にはもう、お内儀の死体は奥へ運ばれていましたが、現場はよく見て来ました」

「その伊三郎というのは……」

「桐山検校の手代みたいなことをしていたそうです」

榎が頷く。

「お内儀のおそのさんとは幼な馴染で、それが金の貸し借りのことから偶然めぐり会って」

「二人はいい仲になっていた」

榎が言いにくい所をずばりと言ってくれる。

「大坪屋の亭主というのは有名なぐず野郎で、おそのの支えにも突っかい棒にもなりはしなかったんだ」

「伊三郎にとっては惚れた女か」

と順庵。

「ええ。その伊三郎さんに疑いがかけられるらしいんです」

「平さん、妙な言い方じゃないか。疑いがかけられるらしい、とは」

順庵が首をひねる。

「伊三郎さんの仕業《しわざ》じゃありません」

平吉はきっぱりと言う。

「どうしてそうだと判る。惚れたはれたのいざこざから人を殺すってのは、よくあることじゃないか」

「いいえ、お内儀を殺ったのは違うんです。左肩から乳へかけて、ひと太刀ずっぱりと、短いが深い傷だったそうです」

「侍だ」

榎が喚いた。

「伊三郎にはそんな芸はない」

「なるほど」

順庵も納得したようだった。

「あいつとその女が並んで歩いているところを見たことがある。伊三郎はいい男だがやや華奢《きゃしゃ》なほうで、おそのはちょっと大柄だ。背丈はそう違やあしねえ。俺はこう見えても少しばかり居合をやるから判るが、短く深く斬るのは余程の腕だし、それにかなり上背がなければ今平吉が言ったようには斬れねえ。そいつは俺が保証するよ」

「じゃ、平さんはなぜ伊三郎に疑いがかけられると思うんだ」

「お武家がらみと判っても、下手人は出さなきゃならないでしょう。伊三郎さんは早手まわしに逃げる算段をしています」

「何だ」

榎がびっくりしたように平吉の顔を覗き込んだ。

「あいつに会ったのか」

平吉は黙って頷いた。

五十二

「或る人が伊三郎さんを逃がしてやろうとしています」

平吉が言うと、榎はほっとしたように猪口へ手をのばした。

「そいつはよかった」

「で、榎さんに伺いたいんですが」

「よし、何でも答えてやるぞ。どうやらお前も俺たちの仲間らしいからな。岡っ引のくせに伊三郎を見逃す気なんだろう」

「ええ」

「身が楽より気が楽なほうがいいという奴だ。で、何を聞きたい」

「町奉行の坂部能登守さまは、左内坂とどういう……」

榎は鋭く、しっ、と言った。

「ばかなことを言うもんじゃねえ」

低い声で平吉を睨みつける。

「榎さん。平さんはそれを聞きたがってるんだ。たった今、何でも教えてやると言ったじゃないか」

順庵が榎を責めた。

「つながってるよ」

榎は抛り出すように答えた。

「でもお前、どうしてそんなことを知ったんだ」

「その現場へ、お番方の旦那と一緒に、お奉行の内与力がお見えだったんです」

「坂部能登守のか」

「ええ」

榎は順庵に顔を向けて呆れたような声を出した。

「ただの鼠じゃねえな。貧相な奴だと思って油断してたが、こいつは鋭いぜ」

「そりゃ、銀座の岡っ引だからな」

順庵も頷いている。

「あの……」

日光斎が言った。

「は……」

平吉が日光斎に顔を向ける。

「あんたと山東京伝はどういう……」

松之助がかわりに答えてくれた。

「平さんは京伝先生の一番弟子なんです」

「また……嘘ですよ」

平吉は照れてうろたえた。

「わたしも以前戯作者になろうと思った」

日光斎がゆっくりと言った。

「ほう」

「金貸しとお奉行、そして銀を扱う銀座。今のお話をここで聞いていて、ふと思ったんですが、よろしいかな」

「ええどうぞ」

順庵が言う。

「京伝という人はもともと絵描きだ」

「ええ、若い頃は北尾政演《まさのぶ》という名で絵を描いていましたね」

順庵は日光斎をじっと見つめて言った。

「その北尾政演を最初に認めて世の中へ送り出した男が誰だったか、憶えておいでかな」

「そりゃ、蜀山人《しょくさんじん》です」

「あの男、もうそろそろ五十になる頃かな」

「ご存知……」

「少しですがね。あれは敏《さと》い男です。学識が広くて和漢の文才に恵まれている。洒脱《しゃだつ》で温厚で頓智《とんち》がきいて、狂歌といえば蜀山人が元祖のように思われている。それは結構なことです。しかし、もうひとつよく考えてみたほうがいい。あの男は直参《じきさん》の侍ですよ。去年湯島の学問所で首席及第を果したけれど、その噂を聞いてわたしは、ああこれはお勘定方になる気だな、と思った。今は田沼の頃のように、気楽にお上をからかってもいられないご時勢だ。あの男は風が変ったのを知って、体の向きを変えたんですよ。まったく、風見《かざみ》のような男です。風が変ると一番先に向きを変えるのがあの男です。北尾政演をあの男が岡目八目という本の中で褒めちぎったのは、それとおんなじことでしたよ。北尾政演、つまり山東京伝がただ物ではないことを、はじめから承知していたんです。だから人より先に褒めちぎって伯楽ぶりを示し、京伝にも貸しを作って後日の為にしたわけです」

「というと……」

「山東京伝は尾州侯のご落胤だという噂が昔からありますが、案外本当なのかも知れませんよ。蜀山人、つまり大田南畝《なんぽ》ほどの男が、はやばやと利用してかかろうとしたんですからね」

以前の平吉だったら、いや、十日ほど前の平吉なら、むきになって京伝を弁護したかも知れない。だが今はもう違っていた。平吉は白けた気分でそれを聞くだけだった。

「わたしも絵を描いたし、文もいじった。そう言っては何だが、近頃売り出しの式亭三馬の文などとくらべたら、わたしのほうがずっと上の筈です。だが、あの男はわたしの絵や文など、見向きもしなかった。わたしを褒めたところで、一文《いちもん》の得にもならないからね」

「そうか、日光斎も戯作者になろうとしたことがあったのか」

「世の中は金と手蔓《てづる》ですよ。わたしには両方ともなかった。版元の蔦《つた》屋がもうちょっとでわたしのを板木にかけようとした時、あの男は京伝のほうがいいと言ってやめさせてしまったんです」

「人気者になり損ねて辻易者か」

榎が気の毒そうに言った。

「手をとって、人のさだめを、見るさだめ……」

日光斎が自嘲した。

「そういうわけで、そこの平吉さんとやらのお役に立つかどうか知りませんが、銀座あたりは昔からいろんなからくりのある場所なんです。それだけは憶えておいてください」

「な、平さん」

日光斎はそう言って、まずそうに冷《さ》めた酒を含んだ。

松之助が、俺の言ったとおりだろう、というような顔で平吉を見た。

五十三

大田南畝なら平吉もよく知っている。京伝はじめ伝左衛門など、岩瀬一家とは親戚同様の付合いをしているのだ。たしか巳歳《みどし》だそうだから、京伝とは十違《とお》いの筈で、易者の日光斎はそれより更に十くらい上のようだった。

年下の蜀山人に引き立ててもらわねば、戯作を世に問うことができないだけでも辛かったろうに、その機会をもっと下の京伝にさらわれた日光斎の過去が、平吉にはありありと見えるような気がした。

その志《こころざし》が挫折してから、この人はどういう筋道を辿って辻易者になったのだろうか……。

平吉は決して日光斎を憐れだとは思わなかった。ただ身近さを感じ、人の世の人と人とのからみ合う様子をふしぎに思っただけだった。

だがそれはそれとして、何か理不尽なものに対する怒りがこみあげて来るのだ。そのこみあげかたは激しく、鋭くて、そこから気をそらすことなどとうていできそうもなかった。

「汚ねえ」

平吉は隣りに坐っている松之助にも聞き取れぬような小声でつぶやいた。

「え……」

松之助が声に気付いて訊いたが平吉は答えなかった。この上もない人格者で公明正大な人たちだと思い込んで来た蜀山人や山東京伝などの裏側を覗かせられて、酷い衝撃を味わっているのだ。

「そうか、坂部能登守は江戸へ来る前、大坂の町奉行をしていたな」

順庵が頷きながら言った。

「大坂といえば銀。あっちは銀だての商いをしている。なる程こいつは、銀座で何か動き始めているような気配だ。しかし榎さんよ、油問屋のお内儀が、それでなぜ殺されなければいけないんだろう」

榎は眉間《みけん》に深い縦皺《たてじわ》を寄せていた。

「実は……」

そう言ってまた酒を呷り、

「爺つぁん。酒のかわりをくれ」

と言ってから続けた。

「実は、そのことで俺は左内坂をおん出て来たんだ。あれ以上汚ねえことを見るのは、心底ご免蒙《こうむ》りたい気持になったんだ。まして俺は伊三郎という奴が好きで、仲がよかっただけになあ」

みんな榎を見つめていた。

「伊三郎もおそのも、惚れ合った弱味を握られて、いいように操られていたのさ。俺は脇からその様子を見ていた。たまらねえよ、こいつは。伊三郎は大坪屋の金繰りのことでのっぴきならねえところへ追い込まれちまって、おそのが逆にそれを救おうとしたらしい。……体を張ったんだよ」

「体を……」

「そうだ。どこかのそっくり返《けえ》った野郎に身をまかせ、そのかわりに伊三郎の奴を楽にしてやろうとしてたんだ。そいつとおそのの間に桐山が入ってたことはたしかだが、桐山はちょうどいい手駒があったので働いただけで、どうやら桐山を動かした奴は別にいるらしい。ずっと上つかたさ」

「お主、それを黙って見ていたのか」

順庵が改まった様子で言った。なじるような口調だった。

「よしてくれよ」

榎は閉口したように手を振った。

「俺に何ができる。そりゃ、桐山を斬ろうと思えばいつでも斬れたさ。でも、桐山検校を殺したって烏金がなくなるものでもあるまい。桐山は盲人たちが高利で貸すのを束ねているだけさ。そういうことは世の中を根っこからどうにかしなけりゃ、治るものじゃない。最初はちらりと、おそのが上つかたに身を売っているということを耳にした時、俺はとうとう伊三郎の奴もそこまで行ってしまったかと思った」

「伊三郎がそのお内儀に身を売らせたと……」

「うん。そう思ったよ。で、ひでえ野郎だと、しばらくは口もきいてやらなかった。

しかし、すぐに伊三郎のあずかり知らぬことだったと判った。伊三郎が可哀そうでな。まともに顔も見られない感じだった。しかしまあ、考えてみればおそのにはれっきとした亭主がいるわけだし、つまるところ伊三郎は間男ってわけだ。それなら五十歩百歩、世の中ってのはこんなものかと、黙って見ていたよ。でも、言いわけするんじゃないが、いずれ折があったら、二人は手に手をとって駆落ちでもしたほうがいいと教えてやる気でいたのさ。ところが……」

榎は少し言い渋ってから、やけくそのように一気に言った。

「女てえのは厄介なもんだ。近頃腑分《ふわ》けとか言って人の体を切り裂いて中を見ることがあるそうだが、俺も一遍女の体をそうやって覗いて見たいよ。二度が三度と情を重ねるうちに、おそのが結構よくなってたというから嫌になる。心と体はバラバラなもんかね。ええ、医者の先生さんよ」

順庵はそれには答えず、

「坂部能登守……」

と宙を睨んでつぶやいている。

「俺はそれで左内坂を出た。いつでもおん出る気になっていたが、おそののことを知ったのがきっかけになったのさ。もう堪らねえ。こんな所にいたらみんな魂が腐れ切っちまう。そう思ったんだ」

「でも、よく出て来れたな。桐山などにかかわったら、おいそれと縁を切れるものではあるまい」

順庵が言うと、榎はなぜか顔に血をのぼらせ、鐺《こじり》を土間の上へつけ、左の胸もとへかかえ込むようにしていた刀の鍔《つば》もとをトントンと叩いて見せると、

「俺にはこいつがあるからな」

と言ってそっぽを向いた。

五十四

ちょうどその時、ちょっと垢《あか》抜けた感じの若い男が、一気に障子をあけて店の中へ飛び込んで来た。鳶《とび》色の細縞を着て、上前《うわまえ》の裾の隅をはね、そいつを幅の狭い帯にちょいとはさみ込んで、左手は弥蔵《やぞう》にきめ込み、不貞腐《ふてくさ》れたような感じでうつむいたまま障子を開《あ》け閉《た》てして入って来たところなどは、いっぱしの遊び人といったところだった。

が、恰好をつけたのもそこまでで、顔をあげた途端、いつもの顔ぶれでないのが揃

っているのに気付くと、ガタンピシンとうしろ手で障子を閉めてしまった手前帰るもならず、ばつの悪そうな顔で上前の裾をおろした。

「よう、幸坊じゃねえか。久しぶりだな」

榎が懐かしそうに言う。

「ここへ来い。どうだ、元気だったか」

幸坊と呼ばれた若いのは、気の進まぬ様子で日光斎の隣りへ腰かけた。

「久し振りですね」

「そう嫌な顔をするな。もういじめやしないから安心しろ」

「別に……」

「久しぶりだ。一杯受けろ」

若いのはそう言ってちらりと平吉や松之助に横目を使った。

「へえ」

案外素直に榎の酌《しゃく》を受けている。

「大人になったな。いつまで幸坊でもなさそうだから、ちゃんと幸之助と呼んでやるよ」

「どっちでもかまわねえさ」

幸之助は盃を乾すと、それでも形《かた》どおり榎に注ぎ返す。

「まだ遊んでるのか」

榎に訊かれてニヤリとあいまいに笑う。

「やはり小間物屋は性に合わないか」

「そうでもねえけど、遊んでたほうが面白いにきまってるもの」

「そりゃそうだ」

榎は声をあげて笑った。

「爺つぁん、俺にも酒をくれ」

奥から、あいよ、という返事。

「いずれは親父の跡を継ぐけど、まだ親父はピンシャンしてるしね。これが食うや食わずっていうなら俺だって精出して働くけど、結構儲かってるみてえだし、今のとこは俺がいねえだってちゃんとやってける。だから遊んでるんだ。遊ばしてくれる間は遊んだほうが身の為さ」

「こいつ、身の為と来やがった」

榎は面白そうにまた笑った。

「若い頃の道楽は商売の仕入れとおんなじだって言うからな」

榎は若い幸之助に対して、あくまで寛大であろうとしているようだった。幸之助はウフフ……と笑い、それでも悪い気はしないらしく、自分の銚子が来るとまず榎に注いでやっていた。

「まったく、榎さんは変りなすった」

日光斎が感心したように言う。

「余り穏やかになったので、お前さんもびっくりしただろう」

幸之助はそう言われてこくりと頷いた。

「驚《おど》れてるところさ」

「そうだろう、そうだろう」

日光斎はしきりに感心している。

「それに、以前よりずっと景気もよさそうだし」

幸之助はからかうように榎を見た。

「こいつめ」

榎はまた声をあげて笑ったが、平吉にはその笑い声がどこかそらぞらしいように思えた。

「飲めよ、平さん」

松之助が銚子を突きつけるようにしてすすめた。

「いや……」

平吉は注がせなかった。

「ゆうべも飲《や》ったからね。飲り過ぎちゃったんだ」

「へえ……」

松之助が目を丸くした。

「そんなに飲んだのかい」

「うん。生れてはじめての二日酔いさ。だから……」

松之助はそれで納得したように、自分のへ注いだ。

「銀座の人がなぜこっちへ来てるんだい」

幸之助の言い方はひどく小生意気だった。

「ほう、お前平吉を知っているのか」

「知らねえで堪りますかって。この字の親分と言えば有名だもの」

「そうか、幸之助の家は洲橋あたりだったな」

平吉は幸之助を見た。色白のやさ男だが、まだ稚《おさな》さを残した横顔に、ひねくれた翳《かげ》りが覗いていた。

「ねえ親分。なんでこっちへ来ていなさるんです」

ひっからまった言い方だった。

「俺のところへ遊びに来たのき」

「先生のとこへ……」

信じられない、というような表情だった。

「そんならいいけど、俺はまた御用の筋かと思った」

平吉は鋭い目で言った。

「なぜそう思ったんだい」

すると幸之助は得たりとばかりに、

「ほらほら、やっぱり御用の筋じゃねえか」

と言って頬を歪ませた。

「だからなぜそう思うと訊いてるんだよ」

二人の間に険悪な影がさしたようだった。

「嫌《や》なとこへ来ちまったぜ」

幸之助は、チッと歯を鳴らしてみせる。

「こっちも飲んでるんだ。からむな」

平吉は不快げに言った。

五十五

その場の成り行きをとめるような頃合いで、いいところへさっきの若いのがまた顔を出した。春吉という男だ。

「あ、来てる来てる」

春吉がうれしそうに言って幸之助のそばへ行きかけると、幸之助はそれを押しとどめるように銚子と猪口を持って立ちあがった。

「遅《おせ》えなあ」

そう言って隅のほうへ移って行く。

「ばか言いやがれ。一度来たんだがいねえから新さんのほうへ廻ったのさ。遅えのは手前《てめえ》じゃねえか」

そのあと二人の声は急に低くなる。

「そっちも酒だろ」

爺さんが奥から春吉に言う。

「当りめえよ」

春吉は一度奥へ顔を向け、すぐまた幸之助とひそひそばなしに戻る。爺さんが出て来て銚子を春吉のところへ持って行った。

「気になるな」

平吉がつぶやき、

「あいつ、柳橋の小間物屋とか言いましたね」

順庵に訊いた。

「うん、そうだ」

平吉は考え込む。何かピンと来ているのだ。柳橋なら回向院の前の源助の家とは、両国橋をはさんであっちとこっち。まして同業なら親しくなくともよく知っている間柄の筈だった。

「ちょっと訊いてみる」

平吉は松之助に言って立ちあがった。

「およしよ、平さん」

松之助はとめようとした。

「やらせなさい」

順庵がむずかしい表情で言った。

「平さんには役目がある」

榎は一度ギョロリと平吉を睨み、むすっとした顔で飲み続けている。

平吉は幸之助のそばへ行った。

「尋ねたいことがあるんだよ」

穏やかな声だった。

「ほら来やがった」

幸之助は嫌な顔で言い、

「俺はしつっこいのは嫌《きれ》えなんだけどなあ」

と春吉を見た。その春吉は無表情で平吉を見ている。

「大したことじゃないんだ。両国の小間物屋で源助という人を知っているだろう」

ほんの一瞬、春吉と幸之助が目を見合せたのを平吉は見逃さなかった。

「知ってる筈だよな」

「源助がどうしたい。俺は付合いなんぞねえよ。あれは親父の付合いだ」

「今、家に居ようかね」

「へっ、知るもんけえ、そんなこと」

春吉は肩をすくめた。

「知ってるんなら言ったほうが為になると思うよ」

「知らねえ」

幸之助はてんから答える気がないようだった。知らねえ、と口早に言って唇をきつく結んだ。それが平吉には知っている証拠のように思えた。

「夜鷹蕎麦屋の宇三郎さんもいないようだな」

すると明らかに手応《てごた》えがあった。

「よせやい」

幸之助が顔をみるみる真っ赤にして喚いた。

「それと俺と何のかかわりがあるっていうんだ。てめえは銀座の奴じゃねえか。大川のこっちは旦那衆だって縄張りが違うんだぞ。それをてめえみてえな岡っ引がのそのそ嗅《か》ぎ廻りやがって、土地の親分に知られたらひと騒動だってことを承知の上なんだろうな」

「そういうことはどうにでもなる」

平吉は珍しくはったりをかました。

「俺がいるのは並の町じゃない。銀座だよ。ちゃんと八丁堀にも話は通じてるさ」

「畜生、御用風を吹かせやがって」

幸之助の指がこまかく震えていた。

「俺はただ、両国の源助さんのことを訊いただけじゃないか」

その指の震えを咎めるように、平吉は幸之助をじっと見つめて言った。

「それに、俺は言いつかったから訊いてるだけだよ」

自分の立場を軽く言うほうが、質問の意味がずっと重くなることを平吉は知っていた。

春吉はそのそばで、自分は関係ないと言いたげに手酌で飲んでいたが、平吉には二人とも怯えているのがよく判った。

「言いたくなければ、言わなくてもいいさ。でも、夜が明けてその二人の居場所がまだ知れなかったりしたら、改めてじっくりと尋ねられることになるぜ」

「お、おめえ、旦那がたに……言う気か」

「たしかに俺は順庵先生のところへ遊びに来てるだけだけれど、役目は役目さ」

平吉はできるだけ遠まわしに言った。

「何も知らねえんだよ、俺たちは。なあ……」

とうとう幸之助は春吉に助けを求めた。

「向島のほうにいたって噂を聞いたっけ」

春吉が空とぼけた態度で言った時、平吉のうしろでまた障子が開いた。

「何でえ」

棘《とげ》のある声に振り向くと夕方、長屋の裏で声をかけてきた、例の若い間男がのっそりと立っていた。

「あ、新助兄《あに》い」

二人は生気をとり戻したように言った。

「よくねえな、銀座の岡っ引がこんな所で働いちゃ」

新助というその男は、ひと目でその場の情勢を見抜いたようだった。

五十六

「ちょうどよかった」

平吉は敵意のこもった新助の目を見て、咄嗟《とっさ》に肚《はら》を据えた。

「宇三郎さんはどこへ行きなすったんだい」

年は平吉とおっつかっつだが、ぐれかたが本式で、ひょっとすると盛相飯《もっそうめし》の味くらい知っていそうだった。が、威圧するように高めの腕組みをして見せたその手首あたりは、両方とも汚れてはいない。

「俺に訊いたって判るもんか」

新助は表情を動かさずに言った。

「判らないわけはない」

平吉はずばりと言ってやった。

「間男は亭主の行先ぐらい知ってるもんだ」

さすがに新助の顔色が変った。

「言うじゃねえか、蟹股野郎」

と腕組みを解く。

「宇三郎さんはどこへ行った」

「くどい。知らねえよ」

二人はちょっと睨み合い、新助のほうが先に目をそらし、

「あの女に訊くんだな」

とせせら笑う。

「ああ、訊いて来る」

その時、榎が陰に籠《こも》った声で口をはさんだ。

「平吉、夜鷹蕎麦屋がどうかしたのか」

「行方が知れないんです」

平吉が答えると、新助は小馬鹿にしたような笑い方をし、

「大方どこかで安女郎でも抱いてるよ」

と言った。

「うるせえ」

榎がギョッとするような冷たい声を出した。

「こそ泥は黙ってろ」

「なにい」

新助は榎のほうに顔を向け、

「おい、行こう。こんな所で飲んでたって旨くはあるめえ」

と、二人の仲間へ言った。

「うん」

幸之助は銭を抛《ほう》るように置くと、春吉と一緒に立ちあがって戸口へ行った。

「医者の先生も気をつけるこった。大きな口を叩いてるとろくなことにならねえぜ」

「俺がか」

順庵は新助をからかうように言った。

「そうだなあ。あんな薄い壁一枚が仕切りじゃあ、どんな声だって隣りへ筒抜けだから な」

「へっ、助平医者」

榎が呶鳴《どな》った。

「早く帰れ、こそ泥め」

新助は二人が先に外へ出た戸口のほうへ歩き出しながら、

「うるせえ、殺し屋め」

と早口で言い、言いおわると同時にさっと表へ飛び出して行った。

「待て」

榎が刀を把《つか》んで立ちあがり、あとを追おうとした。

「よせよせ。あんな小僧を相手に何だい」

順庵がその袖を引くようにしてとめた。榎は渋々坐り直す。

平吉は幸之助たちがいた飯台を背に、そのまま立っていた。

「お騒がせしてすいません」

そう言って、ぺこりと頭をさげる。

「まあいい。こっちへ来て飲み直せよ、な」

順庵がとりなすように言ってくれたが、平吉はかすかに頭を横に振った。

「松ちゃん、先生のご機嫌を治しといてくれよ」

「どうする気だい」

「どうも宇三郎さんのことが気になってね」

「隣りへ訊きに行くのか」

順庵が尋ねた。

「ええ」

「なぜあいつのことがそんなに気になるんだ」

「今朝の北槇町の殺しと、先だっての本所の夜鷹蕎麦屋殺しの間に何かつながりがあるようなんです」

「ほう……」

「松ちゃん、俺、ちょっと行って来る」

「あいつらがまだその辺にいるかも知れないぜ」

松之助は心配そうに言った。

「その時はその時」

平吉は微笑して見せる。

「さっきの爺さんの所で先に休んでるからね。ゆっくり飲んどいでよ」

「そうかい……」

松之助は小さく頷いた。

「平吉」

榎がまた陰気な声で言った。

「はい」

「あいつらも言ったが、ここは深川のはずれで、お前が嗅ぎまわっていいことはなかろう。銀座の岡っ引は銀座ですることがいくらもあろうじゃないか」

「でも」

「さっきの新助を甘く見ねえほうがいい。あいつは本所の炭屋の倅だそうだが、一度根津のほうで縛られた男だ。それがああして勝手に動きまわってるんだから、岡っ引のお前には察しがつこう」

「へえ、そうなんですか」

「だからおとなしく坐って飲み直せ」

「どうもすいません」

平吉はまた頭をさげ、

「すっかり気まずくさせちまって。とにかくわたしはこれで引取らせていただきます」

と言った。

「平さんも強情っぱりだからなあ」

松之助がため息をついていた。

五十七

慣れぬ土地の、じめじめした暗い道を、平吉は用心してゆっくりと歩いている。たしかにその石島町あたりはもう深川のはずれで、暮しそこねた極貧《ごくひん》どもの吹きだまりという感じが強く、貧乏長屋といってもまたひと格違った趣《おもむき》があった。

「はさみ虫野郎」

平吉は陰気につぶやいた。あの新助という奴が、ごみ溜めを這いまわるしぶといはさみ虫のように思えるのだ。

榎が言ってくれたので見当がついている。やはり新助は平吉の勘どおり、一度縛られているのだ。

いわゆる、隠し、とか、お縄がわり、とかいう奴に違いなかった。悪事が露見して捕縛されたが、大目に見てもらって放免されるかわり、旦那がたの手先として働かされるのだ。隠してやるからお縄がわりに働けというわけだ。

銀座というのは特別な土地柄で、よそにはない大きな町屋敷が銀座役所の中にあるから、その町屋敷を二十年このかた預かっている名主役の岩瀬伝左衛門が、すべてうまく取りしきっている。

したがって、目明し、手先、口問《くちどい》、御用聞き、或いは岡っ引などと呼ばれる奴は、平吉以外には一人もいない。もともとそういう者はあっていいわけではなく、平吉にしたところで正式には町屋敷の下僕なのだ。

だが、ほかの町々……ことに岡場所のあるような所は、どこでもそういう連中がのさばっている。お縄がわりに働いている奴も大勢いるのだ。悪党仲間に顔を売っているくせに、その実、旦那がたと通じていて、仲間を売って暮している。

新助は年が若いから、まだそう長くやっている筈はないが、宇三郎や源助のことを考えると何やら無気味だった。殺された夜鷹蕎麦屋の小六爺さんが、本当で何か銀座のことにからんでいたとすると、その下手人探しに夢中になっているあの二人は、ひどく危ないことをしていることになるのだ。順庵の言うような、高い所に源《もと》がある大きな動きの中では、奉行所だって八丁堀だって、どう出て来るか判ったものじゃない。現に今朝だって内与力などが動いていたではないか。あの二人がしようとしていることが新助あたりの耳に入れば、小六爺さんや大坪屋のお内儀同様、ばっさり殺られかねなかった。

平吉は順庵のすまいの隣りの戸を、トントンと小さく叩いた。暗い長屋の中で、その障子だけ灯の色がある。

「誰だい。まだ開いてるよ」

中から艶《つや》のある声がした。平吉は黙って戸を開けると中へ入って閉めた。中の障子が少し動いて、細目に開いた隙間の、とんでもない下のほうに女の白い顔が見えた。寝そべっているのだ。

「あんた誰だい」

ちょっと声がきつくなっている。

「宇三郎さんのことで来たんです」

「あら、うちの人、今どこにいるのさ」

お延は起き直り、障子を大きくあけた。寝乱れた夜具がまる見えだった。お延の姿もしどけない。

「きのう会ったんです」

お延は宇三郎の使いだと思い込んでいるらしい。

「きのう言われたんならきのうの内に来てくれればいいのに。心配してたんだよ」

「そうじゃないんで。俺を訪ねて来てくれたんです」

「どこへ……」

「銀座」

お延は、あ……と言い、ちょっと恥ずかしそうに笑って見せた。

「なんだ、銀座の人。そういえば……」

左手でしどけない胸もとを掻き合せるようにしながら、平吉の下半身に目を移して笑った。

「嫌だ。銀座の親分だっていうから、もっと年寄りだと思ってた」

「宇三郎さんの行先は知らないんですか」

「そうなの」

お延は大げさに眉を寄せて見せ、

「まあ、そこへ掛けて」

と言った。平吉はあがり框に腰をおろす。

「きのう、宇三郎さんから全部聞きました」

「全部って……」

「小六さんのことや何かも」

「そうなの」

お延はやっと真剣な目になった。

「つかまえてやりたいねえ、あの下手人を」

「宇三郎さんはきのう出たきりなんですね」

「商いから帰って来るなり、荷を置いてすぐまた出てったのさ。銀座にかかわりがあることが判ったから、銀座の親分て人に会うんだと言ってね」

それっきりらしい。

「何か向島のほうを探ってたそうだけど」

「そうなのよ」

お延はひと膝進めて言った。

「小梅のほうにあの人の知り合いがいてね。近頃よくそこと往き来をしてるんだけど、そこで妙な連中を見かけたのよ」

「どんな……」

「大物ばかり。うちの人はあれで結構はしっこいから、そいつらが出入りしてる豪勢な家の庭なんかに忍び込んだりしたらしいんだけど」

お延はそう言ってまた妙に艶っぽい微笑をした。まだ女を知らない平吉は、何だか取って食われそうな気がして気味が悪かった。

「うちの人は、それと小六さんが殺されたのとつながるって言うんだけど、どうなのかしらねえ」

お延は平吉に相談するように首を傾げた。

五十八

「その、宇三郎さんの知り合いってのを教えてくれませんか」

お延ではらちがあかないと見て、平吉はそう尋ねた。自分で行って見る気なのだ。

「うちの人は、もともとはちゃんとした家の出なの。以前大伝馬町にあった井筒屋って木綿問屋を知ってる……」

「井筒屋」

平吉は首を傾げた。

「今はもうなくなっちゃったんだけど、うちの人はそこのおかみさんの弟なの」

「へえ……」

「井筒屋は旦那が死んでだめになって、おかみさんと二人の子供が、今は小梅で小綺麗に暮してるのさ。うちの人はあんなだから、若い頃親に勘当されたんだけど、実の姉さんがそういう風になったというんで、近頃ときどき顔を出しては、気晴らしをしてやってたのよ。もっとも井筒屋は本当に潰れたわけじゃなくて、総領が大人になるまで同業が暖簾を預かりにしてくれてるから、そこへ出入りしてもうちの人は姉おとうとだとは世間に言ってないの。あたしの知り合いとか何とか、適当に言ってあるわけ」

そういうことなら探すのは苦もなかろう。

「じゃ、そこで見かけた妙な連中ってのを教えてもらいたいんだけど」

するとお延はまた平吉を裸に剝いて見るような目になり、じっとみつめた。

「今さらかくすこともないけど、あたしは以前廓にいてね」

平吉は頷いて見せた。

「これでも一時はなかなか売れたもんだから、いろんな連中の顔を知っているのよ。

お歴々のね。ところが今はこんなになってしまって、向うさまは道で会っても判りはしないのさ」

平吉はまた頷き、すぐ気付いて、あわてて首を強く横に振り直した。

お延は笑いを含んだ目で続ける。

「銀座や金座の商人《あきんど》たちにお勘定所の役人、それに一番の大物はどうやら白河のお殿さま」

「何だって」

平吉はつい声を高くした。

「いえ……」

お延はあわてて手を振った。

「白河のお殿さまは評判の堅物だから、廓なんぞに出入りはしないのよ。でもさ、ご家来衆はやっぱり男だもの、遊びに来るじゃないの。向島あたりへお忍びになったって、ご紋とかそばについて歩くご家来衆の顔を見れば、およその見当はつくものさ。畑惣右衛門とか秋山なんとか、そういう連中がお駕籠のそばにぴったりついてたからね。お殿さまよ、きっと。それにもう一人、そっちのほうは遊び好きの殿さまだからよく知っているけど、松江の……」

お延はそう言って、ウフフ……と笑った。

「松平衍親《のぶちか》さま……」

「そう。京屋の旦那もいたみたい」

平吉は息をつめてお延を見ていた。

「雪川《せっせん》公まで」

平吉はふっとその息を抜いてつぶやいた。松平衍親は松江の不昧《ふまい》公のご舎弟で通人として知られ、俳名を雪川と言い、京伝とはごく親しいのだ。

動悸《どうき》がいやに早くなったのを鎮《しず》めようとしながら平吉は言った。

「そんなとこへ首を突っ込んだら命がないぜ」

「まさか」

お延は事もなげに笑った。

「金持がお殿さまたちと風流に遊んでいなさるだけさね。うちの人は顔色を変えてるけど、あたしは本気にしてないの。だって、近江屋さんみたいな大金持までいるんだもの。あんた、京屋の旦那なんかが人殺しにかかわり合うと思ってるのかね」

「近江屋って……」

「大層な力を持ってなさるそうよ。上方《かみがた》の人でね」

「近江屋源左衛門」

「そう」

どうやら的《まと》は向島らしかった。

「もうひとつ、ちょっと嫌なことを訊いていいかな」

「何でも訊いたらいい」

「新助のことなんだ」

「あら、知ってたの」

お延はけろりとしている。

「あいつはどういう奴だい」

「ちょいといい男でしょう。若いのに苦味《にがみ》走ってて。いつか向島から一人で帰って来る途中、言い寄って来やがってさ。渋皮が剝けてるようだから、ちょいと付合ってやってるの。どうせあたしはこんな女だしね。世間の口なんぞ、こわくも何もありやしないのさ。でも、ほんの遊びだよ。あたしはもう、今の人でおしまいにする気なんだから」

お延はそう言うと家の中を見廻し、

「と言っても、ここまで来れば落ちも落ちたりさ。あとは夜鷹だけしか残ってないものね。夜鷹は嫌《いや》。寒くって」

平吉はお延を女の化け物だと思った。どろ深い所に慣れ切ってしまっていて、恐ろしいくらいだった。

「新助のことをよく知らないらしいね」

「そこの付合いだけだもの」

お延は顎をしゃくって寝乱れた夜具を示した。

「あいつはお縄がわりだぜ」

「あら……」

お延はさすがに顔色を変えた。

「ただの遊び人だと思っていた」

「何か喋ったかい、宇三郎さんのことを……。喋りゃしねえだろうな」

「あたし、言っちゃった」

お延は蒼い顔になっていた。

五十九

お延のところを出て、暗い路地を亥助爺さんの家のほうへ行きかけた平吉は、うっかり草履《ぞうり》を道ばたに掻きあげてあるどぶどろの中へ突っ込んでしまった。

「糞《くそ》……」

爪先の泥をそばの羽目板にこすりつけて落しながら、お延をどぶどろのようだと感じていた。堕落も貧乏も、本式にやって見れば際限のないものらしいと思った。

「おい」

ごく小さな声が闇の中で聞えた。

「こっちだ」

平吉は新助に襲われるのかと、体を堅くしていた。

「来いよ」

新助ではないらしい。

「誰だい」

同じようにささやいた。

「春吉さ」

「お前一人か」

「心配要らねえ。俺一人だ」

平吉は用心しながら近寄った。たしかに春吉一人だけで、長屋と長屋の間の狭い暗がりに身をひそめている。

「何だい」

「おめえ、出しゃばっちゃいけねえぜ」

「どうして」

「本当なら俺まで危なくなるから嫌なんだが、おめえを死なせちゃ祖父《じい》ちゃんに申しわけがねえからよ」

「祖父ちゃん……」

「俺のさ。おめえは俺の祖父ちゃんに拾われたんだぜ」

平吉は急に喉がつまって言葉も出なかった。

「四ツ木の庄右衛門さ。知ってるだろ」

平吉は辛うじて頷いて見せた。

「まだ祖父ちゃんは元気でいるよ。おめえが銀座あたりで羽振りをきかしてるっていうんで、うれしがってるぜ。自慢してるんだよ。そのおめえを死なせるわけにはいかねえさ」

「ありがとう」

平吉の鼻の頭が痺《しび》れてきていた。涙が溢れそうだった。

「俺もう、連中には嫌気《いやき》がさしているんだ。いい百姓になるよ」

「それが一番だよ。そうしておくれ」

「うん。おめえも今度の一件ばかりは、近寄らねえほうがいいぞ。あの榎って奴は人を斬ってる」

「まさか」

「本当さ。本所の夜鷹蕎麦屋はあいつの仕業だぜ」

「何でまた、あんな爺さんを」

「てめえじゃどう言ってるか知らねえが、桐山の言いつけで神谷という勘定方の侍を斬りやがったのさ。夜中にそいつの家の前に待伏せててな。新助はその時見張りに使われたからよく知ってるんだ。小六って蕎麦屋がそれを見ちまって、ついでに殺られたのさ。榎は一度に二人殺っているんだよ」

辻褄《つじつま》が合ってきた。源助は小六が殺される直前、浪人者がそばにいたのを見た者がいると言っていた。

「榎はその殺しでひと儲けして、ああやって古巣でほとぼりをさましているが、まだ桐山とつながってる」

「神谷という侍は……」

「まだ病気ということになっている。あとつぎがないと家が潰れちまうからな。いまだに葬式も出せねえらしい」

「なぜ神谷は殺されたんだ」

「邪魔だからだろう」

「桐山のか……」

「さあな。俺は知らねえよ。でも、きっと手を引けよ」

春吉がそう言った時、ひたひたと早い足音が近付いて来た。二人はあとずさってその間の中で息をひそめた。

「どこへ行っちまったんだろう」

幸之助の声だ。

「もういい。放《ほ》っとけ」

「本当に春吉の奴は抜ける気だね」

「抜けたってどうってことはねえさ、あんな野郎」

新助はそう言い、遠ざかって行く。

「今の内だ」

春吉はつぶやくように言うと、中腰になって裏手へ出ようとした。

「庄右衛門さんに……」

「ああ、言っとくぜ」

春吉は消えた。平吉は、暗い中にしゃがんで涙を流しながら、ごつごつした太い指を肩の辺りに感じていた。親に捨てられて荒川の土手で泣いていたのを、そのごつい手が救ってくれたのだった。それから十何年。救い主の孫の春吉と、どぶどろの匂う中でめぐり会ったというわけだ。

子を捨てる親も、親を捨てる子も、平吉には理解できなかった。

「どいつもこいつも……」

平吉は涙を振り切るようにつぶやいた。操《みさお》を捨て切ってけだもののように生きるお延。人殺しで稼ぐ榎洋市郎。そいつらの間をどぶ鼠のように嗅ぎまわる新助と、行末の考えもなしにそのどぶ鼠について歩く幸之助。みんなどぶどろみたいな奴らだと思った。

しかし、そのどぶどろの上に、もっと小汚ないものが浮んでいるらしい。

「どこまでも世の汚濁を覗き込むがいい」

京伝の声が平吉の耳によみがえった。

「あのお人は間違っていなさる」

平吉は生れてはじめて、確信を持って京伝のことをそう批判した。

「覗き込むんじゃなくて見あげるんだい」

そうつぶやく平吉は、いつの間にか自分もどぶどろの中にいるものときめたようだった。

六十

しらじらとした朝の光の中に、よくもこれだけ揃えたものだと呆れるほど、雑多な品々が並んでいた。

まず目につくのが凧《たこ》だ。その凧はまだどれも紙が貼ってなく、骨組みだけだったが、それでも四角や六角や奴《やっこ》など、仕上った時の凧の形はすぐに判った。その骨組みだけの凧が壁といわず天井といわず、至る所に二重三重に重ねて掛けてあった。すぐ足もとには大きな壺が置いてあるが、平吉にはその壺の用途もすぐ判った。焼芋の壺だ。甘酒や麦湯売りに使う桶、格子《こうし》つきの荷箱はところてんを売る時に使う奴だろう。特大の焙烙《ほうろく》に祭礼と書いた大団扇《うちわ》、大小とりまぜて拍子木が五通りも揃っていて、飴売りの太鼓にひょっとこや鬼のお面まで並べてあった。

なるほどこれなら町内のどんな用事だって、すぐに相つとまるに違いないと、平吉は感心しながら湿っぽい蒲団を抜け出し、手早くそれを畳んで隅のほうへ置いた。

松之助はその横でいい気持そうな寝息を立てている。ゆうべ遅くに帰って来て、そっと床へ這い込むとすぐに眠ってしまったようだった。あれからだいぶ飲んだらしい。

どこで寝たのか知らないが、亥助爺さんはもう戸口のところで鬚《ひげ》を削っていた。

「お早うございます」

先に挨拶をする。

「朝飯の仕度がしてありますが」

食うかと訊く。平吉は薄汚ない流しのそばの木箱に腰かけて、麦飯に塩気の強いしじみ汁と沢庵で手早く腹ごしらえをした。朝飯つきの泊り賃は、ゆうべのうち前金で渡してあった。

「まだ早いから順庵先生のところへも寄らずに行くけど、あとでよろしく言っといておくれ」

　爺さんにそう頼むと、いつものように尻をからげて小走りに長屋を出た。急いだので、六ツの鐘の聞えたのが回向院近くだった。

　もうどの家の戸口も綺麗に掃ききよめてある小ざっぱりとした横丁へ飛び込んで、

「ええ、お早うございい」

　と呼吸を整えながら、丸に源の字を書いた障子の内へ声を入れた。

　すぐに源助のおかみさんが顔を見せる。

「まあ随分お早いこと。また何かあったんですか」

　平吉はおかみさんのにこやかな顔を見てほっと一息ついた。

「源助さんはおいでですか」

「それが、あいにく留守なんですよ。すいません」

　おかみさんは本当にすまなそうな顔で言った。

「どこかへおでかけで……」

　平吉はまた心配になった。まだ源助が商いに出る時刻ではない。とすると、ゆうべからの留守にきまっている。

「ええ」

おかみさんの顔に迷惑そうな表情が覗いた。

「いつからなんです」

平吉は突っ込んで訊いた。

「あの、うちの人が何か……」

おかみさんは不安そうに言う。

「ゆうべは帰って来なかったんですね」

「ええ」

おかみさんは気を取り直したように笑顔になった。

「よくあるんですよ。あれでも付合いの広いほうですから」

「おとといは……」

おかみさんの顔から、またとりつくろった笑顔が消えた。

「何かあったんですね」

「ひょっとして、おとといの晩も帰らないんじゃありませんか」

するとおかみさんはべそをかいたような顔になった。

「ええ。鉄砲玉なんです」

と言った。

「心当りは」

「全然。人が尋ねて見えて」

「どんな……」

「ちょっと背の高い」

年恰好や顔つきを訊くと宇三郎に違いなかった。

「やはりそうか」

うっかり平吉がため息をついたのを見て、おかみさんは今にも取り乱しそうになった。

「嫌ですよ、平さん。うちの人はまさかお上の御用を手伝ったりしたんじゃないでしょうね」

「そうじゃない。心配は要らないよ。安心しててください、ちゃんと連れ戻してあげるから」

おかみさんは平吉がそう言うのへ返事もせず、家の中へ戻ると大神宮さまを祀《まつ》った素木《しらき》の神棚の下へ行って、湿っぽい柏手の音をふたつさせ、一心に拝み始めてやめなかった。

平吉は仕方なく、そっと障子を閉めて表へ出た。

そしてまた駆け出す。本当はその足で向島へ行きたかったのだが、やはり町屋敷が気になるので一応戻ることにしたのだ。

本材木町へ入って松平越中守の屋敷を横目に急いで行くと、柳町の角の所で声をかけられた。

「お帰り、平さん」

足をとめて振り向くと、炭屋の音造が松留の裏木戸の所で笑っていた。

「そんなんじゃないよ」

平吉は睨むようにして言った。

「へえ、どんなんだい」

音造は呑気にからかうつもりらしかった。

六十一

「ゆうべは御用で深川泊りさ」

「ほう……例の一件かい」

音造はまっ黒な手をあげて、西のほうを指さした。北槙町のことを言っているのだ。

「そうそう」

平吉は音造のほうへ近寄って行った。

「音さんは古い炭屋だから知っているかも知れないな」

「へえ、何でしょう親分」

音造はまだふざけている。

「本所あたりの炭屋のことさ」

とたんに音造の様子が変った。

「やだね、平さん。本気かよ」

「ああ本気だよ。本所の炭屋の倅で新助というぐれた奴のことを聞きたいんだ」

すると音造はあっさり頭をさげた。

「すまねえ。別に平さんに内緒にしとくつもりはなかったんだ」

「知ってるね」

「判ったよ。こわい顔で責めないでおくれ。あの新助の家はうちの親類なんだよ。あっちも炭屋をしててさ。新助って倅がいてね。俺の叔母に当る人が先の亭主との間に作った子なんだけど、今の親父とうまくいかねえで、すっかりぐれちまってね。根津のほうでちょいとこんなことをやって、捕縛《あげ》られちゃったんだ」音造は人差指で鉤《かぎ》をこしらえて見せる。「で、その叔母さんに泣きつかれちゃってさ。伝左衛門さんに頼んだんだよ。旦那は気持よく引受けてくれてね。細川さまにとりついでくだすったのさ。おかげで俺の顔も立った」

細川さまとは、与力の細川浪次郎のことだ。京伝の門人で鼻山人と称している。

「道理で……」

銀座、銀座と言っていた筈だった。

それにしても、朝からこういう話がまぐれ当りに飛び込んで来るのは縁起がよかった。

「新助の奴、また何かやらかしたのかね。いくら頼まれたって俺はもう構ってやらないぞ」

音造は腹立たしげに言った。

「あら、平さん」

勝手口の炭俵をよけながら出て来た女板前のお梅が言った。

「お早う」

かげりというもののまるでない、すがすがしい声だった。

「やあ」

平吉は顔を赫くしてぶっきら棒に答える。

「早くからご苦労さま」

男仕立の唐桟に角帯。相変らずきりりとして綺麗だった。

「お茶でも飲んでいかない」

にこやかに言う。

「その調子だよ。お梅さん」

「あら音さん。それどういうこと……」

「平さんは松之助さんの大の仲良しだからね。将を射《い》んと欲すればさ。平さんはさしずめ馬ってとこかな」

「好きなことを言わないでよ」

お梅もぽっと顔に血をのぼらせたようだった。

「こんな脚の馬があるもんか」

平吉がおどけて言うと、音さんはゲラゲラと笑い出した。

「ごめんなさい。笑いものにする気なんかないのよ」

お梅は自分も笑いを抑えかねるような顔で言った。

「知ってるかい、平さん」

「何を」

「松留の旦那が仲に立って、容庵さんとこへ話をつけに行ったそうだぜ」

「え……」

平吉はお梅を見つめた。

「働き者のお梅さんのことだ。自分からここの旦那を突ついたに相違ないと俺は睨んだね」

「嘘……」

お梅は音造の肩を叩いた。

「お手が汚れます、だ」

音造はまだからかっている。

「いつのことさ。ひどいな、松ちゃんも。何も言ってくれない」

「そんなことはどうでも、じきに高砂やあ、さ。平さんも京屋の旦那に言って、そろそろ紋付のひとつも用意しとかなくちゃな」

平吉はふと空を見あげた。そういうめでたい話に持って来いの、よく晴れた空だった。陰湿な藤兵衛長屋の闇が嘘のように思えた。

「そいつはめでたい話を聞いた。お梅さんと松ちゃんならそれこそ似合いのお雛さまができるね」

「知らない。平さんまで」

お梅はもう真っ赤だ。

「働き者で評判のお梅さんなら、きっといいおかみさんになる。松ちゃんはしあわせ者だな」

「あたしなんか、役たたずだもの」

お梅はそう言って焦点の定まらない目を平吉に向けていたが、急に身を翻して塀の内へ走り込んでしまった。

「あれ、何しに出て来たんだい。きっと平さんの姿が見えたからだな。噂でも松之助さんのことがいいとさ」

音造はまたゲラゲラと笑い、

「あ、そうだ」

と急に真顔になって声をひそめた。

「新助のことのついでに教えるけど、今度町屋敷へ来た繁吉というの、気を付けなよ」

「へえ、どうして」

「先《せん》にいた莨問屋でよくないことを起したそうだ。その辺のことは新助の奴が知っている。繁吉も本所の生れで、奴とは幼な友達らしい」

「そうかい、ありがとう。気を付けとく」

平吉はそう言って松留の裏を離れた。

六十二

「どこへ行ってたの。外で泊るなんて珍しいじゃないのさ」

町屋敷の台所へ飛び込むと、おのぶさんが叱るような目で言った。

「ちょっとね」

平吉はあいまいに答え、

「何かあった……」

と留守中のことを訊いた。

「こっちには何もないようだったわ」

おのぶさんの返事は歯切れが悪かった。

「こっちには、と言うと……」

おのぶさんは平吉を隅のほうへ引っぱって行ってささやく。

「奥に何かあったみたい。銀座衆がぞろぞろ集まって来て、しまいには喧嘩してたみたいよ。遅くまで、出たり入ったりが大変」

「へえ」

平吉はおのぶさんのそばを離れると、外へ出て銀座役所を眺めた。もうどこにも変化は見当らなかった。

「繁さんは」

中へ戻って訊く。

「急に仕事熱心になったみたい」

おのぶさんは笑っていた。

「机にかじりついてるわ」

「そうかい」

妙だな、という気はしたが、仕事に精を出す分には言うこともないようだった。

ちょっと行って来る、と言って京屋を覗いて来ようとすると、おのぶさんが、

「あら、またなの」

と不服そうに言い、伝左衛門がついさっき平吉はどこへ行ったと尋ねていたから、なるべく早く帰ったほうがいいと教えてくれた。

平吉はまた小走りに町屋敷を出て京屋へ行ったが、京伝はゆうべ帰って来なかったそうなので、おのぶさんに言われたとおりすぐ町屋敷へ戻った。

「あ、来ました」

平吉の姿を見るとすぐ、おのぶさんがそう言ったので、伝左衛門が来ているのが判った。

中へ入ると伝左衛門は台所の板敷きのところに腰をおろし、湯気の立つ大ぶりの湯呑みを両手でかかえ込むようにしていた。去年あたりから、柿の葉を煎《せん》じて服《の》んでいるのだ。

「ちょっとここへおいで」

首を動かして自分の隣りを示した。

「はい」

平吉は、叱言《こごと》かなと思いながら横へ並んだ。おのぶさんは気をきかせたのか、用を作って外へ出て行く。

「あんなことがあって、お前もいそがしそうだね」

伝左衛門はいつもどおりの穏やかな声で言ったが、平吉はゆうべの外泊のことだと思って、

「すいません」

と、かしこまって頭をさげた。

「何も謝ることはない」

伝左衛門は苦笑したようだった。

「お前の留守の間に、清野さんが一人連れて行きなすったんだよ」

「え……」

「荒っぽいことになったわけじゃないから、まだ誰も気が付いちゃいないがね」

「で、誰を……」

「安兵衛という一膳飯屋があるだろう」

「へえ」

平吉はドキリとした。

「この土地の者じゃないんだが、何でも大坪屋のお内儀殺しにかかわりのある男だそうで、たまたまあの店を覗いたら、その男のいるのを見つけたそうなのさ」

嘘だ、と喚きたいのを平吉はじっとこらえた。

「へえ、そうですか」

「お取調べでうまく白状でもすれば、堪忍旦那としては大儲けというところだね」

伝左衛門は楽しそうに笑った。

「で、安兵衛は」

「居合せなかったそうだよ。何しろ穏やかにつかまえることができたのだから、騒ぎにならずにすんで助かったが、とにかくお前にだけは教えておかないとね」

「はい。ありがとうございます」

平吉はそう言って強く唇を噛んだ。

「とにかくこの土地では、わたしがお預かりしている以上滅多なことは起してはならないのだから、お前も毎日しっかり見廻っていておくれよ」

「はい」

平吉は、暗によその土地のことに手を出すなと言われたような気がした。

「あ、それから、このことは五郎兵衛町の下駄屋にも、お前の口から伝えておいたほうが、いいだろうね」

「はい、そうします」

平吉はそう答えると腰をあげ、

「ではすぐに行って参ります」

と言って伝左衛門のそばを離れた。

たった今往復したばかりの道をまた歩きながら、平吉は事の運びが余りにも素早いのに恐ろしくなっていた。

つかまったのは伊三郎にきまっている。

「差口《さしぐち》があったのだろうか」

平吉はそうつぶやいて首を傾げた。密告でもなければ、八丁堀がそう素早く動けるものではない。安兵衛の店にいる所を踏み込まれたのなら、きのう松之助と深川へでかけたすぐあとのことに違いなかった。

いずれにせよ、つかまったものはもうどうしようもないが、下駄屋の甚造に話を通させる伝左衛門の処置が何とも無気味だった。もし伊三郎がおその殺しの犯人に仕立てられれば、この辺りで一番先に知らされるのは甚造だからだ。

「やっぱり下手人にされちまうのか」

平吉はとぼとぼと京橋を渡った。

六十三

下駄屋の甚造は、その話を聞くとすぐに大番屋へ行ってみようと家を出た。この辺りの大番屋は本材木町の三丁目と四丁目の境にある、三四番屋《さんし》だ。

ところが、三四番屋へ行ってみると、たしかに伊三郎という男が堪忍日那に連れられて来たが、ろくに調べもせぬうちにすぐ入牢証文《じゅろう》が出て、そのまま伝馬町へ送られてしまったという。しかも、三四番屋へ来た時の伊三郎は、当て身か何かを食わされて気絶しており、手先風だが余り見かけない顔の男に担がれて来たそうだった。まるで病人を担ぎ込んだような具合で、縄もかけてはいなかったという。

「平さんよ」

甚造は外へ出ると、それが物を考える時の癖で、左手の拇指の爪を嚙みながら、

「可哀そうだが伊三郎はお仕置になるな」

と言った。

「やっぱり甚造さんもそう思いなさるかね」

「ああ、こいつはきまりだよ、もう」

「下手人は侍、と判っているのに」

「もうそのことは忘れたほうがいい。その伊三郎って奴は、早いとこ安兵衛の店へ逃げ込んだつもりで、本当は最初からあとをつけられていたんだぜ。でなかったら、仮に差口があったってそう早く動けねえさ。はじめからそいつを下手人にするときめて

あったんじゃねえのかな。泳がせて、程のいいところでつかまえる……どうもそんな気がする」

甚造は年季の入った岡っ引だ。そういう見当のつけ方はたしかなものだった。

「ま、忘れよう。なあ平さん。俺たちは綺麗さっぱり忘れちまうのも役目のひとつだ。これだけこみ入った細工をするくらいなら、俺にも平さんにも、いずれふところのあったまる薬が、たんまりまわって来るさ。見て見ねえふりをすれば銭が稼げる。いい商売じゃねえか」

甚造が自分に莫迦な真似をさせまいとして言っているのはよく判った。でもやはり、平吉は裏切られたような気分だった。

平吉は甚造と別れた足で、今度は安兵衛の店へ行ってみた。戸に心張りも支《か》ってなく、安兵衛の姿もなかった。

仕方なくその店を出ようとして、平吉は急に背筋がぞくりとした。きのうの朝その店でそれとなく伊三郎に会った時、甚造の言うとおりなら誰かがすぐ近くで見張っていたことになる。

そのことも伝左衛門は知っているかも知れない……平吉はすぐにそう思った。深い穴へ落ち込んでしまったような気分だった。

「おい、平吉」

考え込んで歩いていると不意にそう呼ばれ、顔をあげると滝沢清右衛門が目の前に立っていた。

「あ、こんにちは」

「何だ、しょんぼりとして。旦那に叱られたか」

「そんなこと……」

平吉は適当に言ってそばを離れようと思ったがふと気を変えた。

「京屋へお寄りですか」

「今寄って来た所だ」

清右衛門こと馬琴は、相変らず勿体ぶった様子だった。

「お留守だったでしょう」

「ああ。よく飽きずにお道楽が続くものだな」

「馬琴先生のお作、拝見しましたよ。やはり読本は面白いですね」

「ほう、宗旨《しゅうし》を変えたな。しかし、少し本が売れると皆扱いを変えるのは面白くないことだ」

そう言いながらも、馬琴は結構気をよくしたようだった。

「先生に謎を掛けられて困っているんです。力を貸していただけませんか」

平吉は馬琴の機嫌を損ねないように叮嚀に言った。

「謎をかけられた……どんな謎だ」

馬琴はその気になって道ばたへ寄りながら言った。

「白牛酪です」

「白牛酪か」

馬琴は判ったのか判らぬのか、鸚鵡《おうむ》返しに言った。

「このところ銀座におかしなことばかり起るようで、先生にどういうことなのか伺ったんです。そうしたら白牛酪を食べさせられちゃって。……あれは牛の乳から取ったものだそうですね。エゲレスではバタと言うんだそうで」

「そう、バタだな」

馬琴は鹿爪《しかつめ》らしいばかりで、とらえどころのない返事をした。

「それを食べれば判るっておっしゃるんですけど、どうしてでしょう」

「そんなことが判らないのか」

馬琴は得意そうに言った。

「南蛮諸国と交易するには金銀が要る。だが今は金貨も銀貨も商人が勝手にこしらえているではないか。小判や南鐐《なんりょう》を作るのを商売にされては堪らないのだ。通貨は書いて字の如く、通用してはじめて商いとなる。だが通貨を作ることが商いであってはならぬ。やがては金座銀座もなくなって、お上がじかに作ることになるのだよ。そうなれば白牛酪もみなが食《しょく》せるようになろうというものだ。先生はそこのところをお前に教えようとなさったわけだ。判ったか」

「銀座がなくなる……」

「いずれはそうなる」

馬琴はそう言うと、小馬鹿にしたような笑い方をした。

銀座がなくなる。馬琴はいとも簡単に言ったが、それは大変なことだった。平吉は、ひょっとすると馬琴が事の核心に触れたのかも知れないと思った。

六十四

戯作者として目の出はじめた馬琴が颯爽《さっそう》と去って行くのを見送ったあと、平吉の頭は急に勢いづいて回転した。

馬琴はひとつの理屈として言ったのだろうが、仮にそれが本当になり始めているとすると、今度のことの謎が次々に解けてくるようなのだ。

そこは長年銀座で暮しているから、平吉にも増鋳や改鋳にともなう商人たちの思惑がどんなだか、よく知っていた。座人同士でも、その噂を耳にしたが最後、ここぞとばかりに激しい売り買いを繰りひろげるのだ。銀座の町役人が伝左衛門のような人物でなければ勤まらないのは、その辺の秘密が保てるか保てないかという点にある。

仮に改鋳の場合、それが悪貨への改鋳にせよ良貨への改鋳にせよ、詳細を事前に知ることが金銀を扱う商人たちに、どれ程莫大な富をもたらすか、見当もつかない。それは浮貸しによる利益どころの騒ぎではあるまい。

とすると、それぞれの領国で独立した財政を行なっている諸大名も、商人以上にそういうことを知りたがる筈ではないか。

岩瀬一家は銀座に送り込まれた監視役。

平吉の頭に、突如としてその言葉が大きく泛《うか》びあがった。

尾張徳川家、松江松平家、そして青山家。岩瀬の家につながる大名の名が次々に泛んでは消える。

これはやはり途方もないことだったのだ。……平吉はそう確信した。田沼時代に運上金の取りたてが容易な為、続々と作られた各種産物の座の制度が、松平定信の時代になってから次々に撤廃されている。しかし、金座や銀座を取り潰して通貨を大公儀がじかに扱うようになればどうなるだろう。各種の座の運上金など物の数ではなくなるのだ。

長い時間をかけて、隠密裡《り》にその工作が進められて来た。松平定信を中心に、一部の大名たちが手を結んでその計画を実現に近付けて来たのだ。

そしてそれが今、銀座の座人たちにも知られる程になった。おのぶさんが言っていた、きのうの銀座役所のうろたえぶりが、平吉の目にもはっきりと見えるようだった。

邪魔をする者や、秘密を知った者が殺されているのだ。神谷清兵衛が斬られ、それを目撃した小六爺さんも斬られた。大坪屋のお内儀も何かを知った為に斬られたのだろうし、伊三郎も似たような理由で下手人に仕立てられてしまうのだ。

そのほかにも、どこかでまだたくさんの人間が殺されているに違いない。

源助と宇三郎も……。

平吉は愕然とした。ひょっとしたら、自分もその中へ入ってしまっているのではあるまいか。

「冷てえ」

平吉はそう呶鳴るとがむしゃらに町屋敷めがけて走り出した。

あの時、京伝はなぜひとことと、よせと言ってはくれなかったのだ。そのひとことで自分は安心し、それこそ見て見ぬふりで忠義な下僕のままいられたのだ。それをためしにかけやがって……。平吉の心に凶暴な怒りが逆巻いた。

いつか京伝は平吉に教えてくれた。

「戯作の心というものは筋立てばかりではない。つまるところは、人の生きる姿を描くのが戯作というものだ。絵と同じだ。人が生きているように描けなければ、絵も文も死んでしまう。だから戯作者は、人をよく眺めつくさねばならない」

京伝は平吉に対しても、それを忠実に実行していたのだ。

「ずるい。俺なんざ、先生の掌《て》の外へ行けるわけがねえんだ」

平吉はそう呶鳴った。通行人がびっくりして足をとめていた。

仮に平吉がもっと力のある人間だったら、いくら京伝でも白牛酪まで与えて、さあ調べろ、とは言えなかった筈だ。もっともらしいことを言いながら、自分の安全はちゃんと保っている。

拾われてからこの年まで、平吉は京伝や伝左衛門を、有難いとは思っても恨んだことなど一度だってなかった。親とも敬い兄とも慕い、心の底から愛情をもって接していたのに、たった今その正体が判った。

要するに下僕なのだ。蟹股の、みなし児の……死のうが生きようがどっちでもいい、あかの他人なのだ。

でも、もともと他人だ。毎日の飯を食わせるだけでも大した恵みだ。それを十何年、よくしてくれたと礼を言うべきだろう。たしかにそうだ。そうには違いないが、恵んでくれている間の面《つら》が憎い。愛情深そうに。善人そうに、年端《としは》のいかないこの俺に、親だと思わせ兄だと思わせやがった。いっそ冷たくこき使ってくれたほうがどれだけ正直か。

糞ったれ、触れて歩いてやる。死んだってかまうもんか。親に置去りにされて荒川の土手で餓え死んだと思えばいい。上品な顔してる連中が本当はどんなに汚ねえことを考えてるか、大声で喚き散らしてやる。生涯体で稼ぐ必要のない大名どもが、貧乏人の銭をどうやってくすねようとしているか、手当り次第に教えて歩いてやる。

……平吉は頭の中でそう喚きながら町屋敷の勝手口へ飛び込んだ。

「旦那は……」

「お出かけよ」

おのぶさんは血相変えた平吉を恐ろしそうに見て答えた。

「繁さん」

平吉はドタドタと座敷へあがって行った。繁吉は机のそばに山ほども綴りを積みあげて何か調べていた。

「ど、どうしたんだい」

「驚くことはねえや。繁さんなら、銀座がなくなるとどういうことになるか判るだろう」

繁吉は蒼い顔になって平吉を見つめた。

「へ……もう見当をつけてやがったな」

「ち、違うよ」

「かくすない。証拠になる書付けかなにかを探してるんだろう。やろうじゃないか。そいつを持ち出せば、一生遊んで食える銭儲けになる」

「本気なのか」

「ああ本気だとも。俺だって男だい。女も抱きたければ酒も飲みてえさ。糞くらえだ、やっちまおうぜ」

するとと繁吉は、おずおずと二、三枚の書付けを差し出した。

「あるよ、ここに」

「よし、山分けだ」

平吉は中身も読まずにその一枚を自分のふところへねじ込むと、残りを繁吉に叩きつけるようにして返し、

「新助のところへでもどこでも行きやがれ」

と外へ向った。

「待ってくれ。俺も行く」

二人は呆気に取られているおのぶさんを尻目に、あっという間に町屋敷から消えてしまった。

六十五

銀座を飛び出した平吉は、いつの間にか深川へ来ている自分に気付いた。どうやら足は今朝までいた石島町あたりへ向おうとしているらしいから、きっと永代《えいたい》を渡ったのだろうが、それすらろくに憶えていなかった。

「どうしてこっちへ来ちゃうんだよお。どこへ行くんだよお」

さっきから、すぐうしろで繁吉が同じことを繰り返している。

「ついて来ちゃだめだってば」

平吉はそれを意識すると、びっくりして呶鳴りつけた。振り向いた平吉の憤《おこ》った顔と、繁吉の驚いた顔とがしばらくそのまま向き合っていた。

「帰れ」

平吉が言った。

「そんな。帰れと言ったたって」

繁吉はべそをかいた。

「もうどこへも行くところなんぞありはしないのに」

平吉は往来で立ちどまっていることの危険さに気が付いてまた歩き出した。道を右にそれる。

「ねえ、暗くなるまでどこかに隠れたほうがいいよ」

汐《しお》の匂いが強くなってくる。洲崎の海岸が近いのだ。

「なぜ俺について歩くんだよ」

「だって……」

「俺はこんな体つきだぞ。人の目に立ち易いんだよ」

そう言ってやると、繁吉ははじめて気がついたようだった。

「とにかくひと休みだ」

海岸へ出て、何かの小屋の毀《こわ》れかけたかげへ入ると、平吉はうしろの様子を窺《うかが》ってから黒い砂の上に腰をおろした。二人は並んで海を見る恰好になった。

随分長い間、二人は黙って海を眺めていたが、繁吉は突然何かの話の続きのように言った。

「でも、ほんとに凄いよ」

「何が」

平吉はまだ憤ったような声だった。

「何もかもさ」

繁吉の言い方は弱々しかった。平吉はその弱々しさに合わせるように、ふうん……と言ってため息をついた。

「平さんは気付いていないんだと思った。さもなきゃ向うの手先なんだと」

「銀座に何か起りそうだって、いつ気が付いたんだい。まだ来て何日もたっていないのに」

「きき耳を立ててたからね」

そんなものだろうか、と平吉は思った。その気にさえなれば、数日の内にこんな大変なことを探り出せるような奥深い所に自分はいたのかと思うと、ひどくがっかりしてしまうのだった。繁吉にくらべると、まるで無邪気で、まるで頑是《がんぜ》ない子供のようなものだったと思った。

「本当は言いつかっていたのさ。同心の清野さまにね」

「何を言いつかったんだい」

「みんな言っちゃうよ。俺、宮川屋で少し使い込んだんだ。大した額じゃないけど、どうにもならなくて、逃げようかと思ったんだ。そうしたら新助って奴に助けられてね」

「新助なら会った」

平吉はつぶやくように言った。あのいやらしいどぶ鼠と同じ仲間になってしまったと思ったのだ。

「新助はそのあとつかまって、金の使い道を調べられて俺のことを喋っちまった。結局なんにもならないのさ。清野さまが宮川屋へ来て、俺をやめさせちまった。引っくくられるんだと観念してたら、ご馳走してくれて、銀座の町屋敷の書役にしてやろうかって言うんだ。牢屋に入れられるよりは余程いいから、お願いしますって言うと、バタバタと話が運んであとはご存知のとおりさ。ただし銀座のことを細大洩《も》らさずご注進に及べ、もしそのことを人に喋ったら全部元へ戻して牢屋へ叩き込むって」

同心の清野勘右衛門も上役の言うなりになるのが癪だったのだろう。どうやら繁吉は勘忍旦那だけの道具にされたようだった。しかもその上役の与力細川浪次郎は、新助を特別な手先に使っている。平吉は、法も何もあったものじゃないと思った。

六十六

「見なよ、これを」

そう言って繁吉が興奮に震える指で差し出して見せたのは、銀座町屋敷から持って来た例の書付けだった。

それは銀座が近江商人の中井正治右衛門から莫大な借銀を受けているという伝左衛門の報告書だった。どこへ向けられた報告かは、その書付けの末尾を読めばすぐに判った。越中守様、となっている。筆跡は明らかに伝左衛門のだ。几帳面《きちょうめん》だから、いちいち控えを取っていたのだろう。

「宮川屋は伊勢者の店で、だから近江商人を競争相手にして目の仇のように言ってた。俺はこの中井という奴のことは、番頭たちにしょっちゅう聞かされてた」

繁吉はその男がどんな人物か、早口でまくしたてた。

近江国蒲生《がもう》郡日野町の中井家は、初代が享保の頃に売薬行商から各地の産物まわしをはじめて身を興《おこ》し、丹後の後野《あとの》や備後の尾道《おのみち》から、下野《しもつけ》の大田原や磐城《いわき》の白河、相馬あたりへまで支店を張って勢いをつけた。初代の三男の正治右衛門は分家して京の柳馬場押小路下ルに店を構え、初代をしのぐ辣腕《らつわん》家として知られるようになった。上方から織維製品を東北地方へまわして、東北地方からは漆をはじめ生糸や紅花などの染料を仕入れる。その為に漆問屋の株を買って吉野屋正治と別称し、更に銀座人になろうと画策したが、銀座側が備えを堅めて新規の座人が加わることを拒んだ為、銀箔仲買人として銀座に関係し始めた。

繁吉の事前の知識はそこまでだったが、伝左衛門のもう一通の文書では、正治右衛門が近江屋源左衛門なる別名を用いてたびたび銀座に多額の銀を貸付けていることが記されていた。銀座元締役の野村新兵衛らがそれに深く関与し、近江屋源左衛門は京の質、両替商ということになっている。しかもその度重なる借銀の利息として、上方からの灰吹銀を銀箔仲買人である中井正治右衛門にいったん引取らせ、その灰吹銀一貫目につき通用銀二貫目分で銀座が改めて買上げる約束をとりきめている。近江屋源左衛門と中井正治右衛門が同一の人物なのだから、これは銀座側の単なる返済手段というより、中井側の悪意ある銀座窮乏策というよりない。

しかも平吉は銀座に暮していたから、お上が年々銀座の仕事を減らし続けて来た事実を知っている。

「お上はやはり銀座を取り潰すつもりなんだ。中井とお上はぐるになっているに違《ちげ》えねえ」

平吉は思わずそう叫んだ。百姓が食うに困って娘を売ったり子を捨てたりしているのに、お上は自分たちの損得ばかりで通貨の政策をねじまげてる。平吉の心に、さっきまでよりずっと強い怒りがこみあげて来た。それは頭をかっかとさせるような腹立ちではなく、しいんと冷え込むような、しかもその分ゆるぎのない怒りだった。

今まで気も付かなかった絵が、次々に平吉の目に泛んで来た。それこそ、新しい目という奴だった。

お上が銀座を潰そうといじめにかかれば、銀座は何とかしてそれをしのごうと細工の限りを尽す。銀座人は俸禄《ほうろく》ではなく歩合で暮しているから、お上の仕事が減れば自分たちでやりくりをしなければならない。仕事が減っても上納する冥加金は変らないからだ。そいつをひねり出す為に、対馬や薩摩などの吹き替え銀を流用したりするわけだが、とどのつまり、それは桐山検校のような高利貸を経由して、庶民の首を烏金で締めあげることになる。

また、そういう考え方の施策があることも、学問のある連中ならとうに知っているに違いない。それでなかったら滝沢馬琴などが道端で世間ばなしのように軽く喋れるものではあるまい。だったら馬琴以上にそういうことに明るい筈の大田南畝あたりは、とうの昔に知り抜いて、今はもう銀座が潰されるのはいつかと、見守っていることだろう。

それなのに、人々にそのからくりを教えようともしないで風流でございと上品ぶって納まっている。京伝に至っては、そういう動きにじかにかかわっておきながら、心学などを扱って人の生きる道を説こうと、善玉、悪玉などという言葉を流行《はや》らせたりしている。本という武器でたたかいもしない。世間はそれでも先生とか通人とか言ってまつりあげる。

「なんでえ、畜生め」

平吉は自分が持って来た書付けを砂に叩きつけると、大声でそう言って立ちあがった。

「これにはね、中井と白河の殿さまなんかが仲良くしていることが書いてあるんだ」

繁吉は這いつくばって、風に吹きとびかけるその紙きれを追いながら言った。

「三通合わせれば何がはじまってるかすぐ判る。出る所へ出ればお奉行だって握りつぶしはできないぜ」

「甘《あめ》え。甘えよ」

平吉はなおも喚いた。思い切り大声を出して、肚の中のものを吹っ切ってしまいたかったのだ。

「江戸なんか焼けちまえ。焼けてなくなっちまえばいいんだ。どぶどろさ。この世はどぶで、俺たちはどぶどろなんだ。上も下もねえ、みんなどぶどろだ。饐《す》えて腐ってプンプン匂ってやがる」

平吉は海へ向って口に両手をあて、

「臭えぞお……」

と呶鳴った。

「その紙っきれ。みんな持ってけ。金になるならそいつで大儲けして、生涯遊んで暮すんだぞ」

平吉はそう言うと一人で歩きだした。

六十七

平吉は向島へ向っている。人目には蟹股でひょこひょこ歩いているように見えたが、本人は大手を振って堂々と歩いているつもりだった。

もう誰に見つかってもこわくなかった。いつでも死んでやる気だった。だがその前に、ひとことだけ京伝に言ってやりたいのだ。何と言うのかまだ考えはまとまっていなかったが、自分がこの世の汚濁を見たことを知らせてやりたかった。新しい目をひらいた自分に、京伝がどう映っているか、知らせなければ気がすまなかった。

それでも途中、源助の家へ寄って、戻っていないかたしかめるだけの冷静さは残していた。予想したとおり、源助は帰っていず、おかみさんはすっかり取り乱していた。朝っぱらから岡っ引の平吉に訪ねて来られたのが、不幸の訪れに敏感な弱い女の不安を掻き立てたのだろう。

何の罪咎《とが》もない、貧しさに慣れたのだけが取り柄の庶民たちから、金持や大名たちはそうやって苦もなくささやかなしあわせをとりあげてしまうのだ。

繁吉にだって好きな女がいたことだろう。平吉はふと、朝帰りをした繁吉の顔を思い泛べてそう思った。

宮川屋で丁稚から這いあがり、手代になれて芝まわり半分をまかされたところで、繁吉はつい店の金に手をつけた。でも、それだって連中がやっていることにくらべたら屁《へ》みたいなものじゃないか。這いつくばって拭き掃除ばかりしていた繁吉が、ふと顔をあげて最初に見た、ごくささやかな夢じゃないか。頭も悪くない。結構まめに働きもしたから、手代に引き立てられたんだろう。みんなそれぞれ一生懸命働いてるんだ。みんな俺の友達だ。友達じゃないのは、蝶よ花よとおかいこぐるみで育てられた奴だけだ。

平吉はそんなことを考えながら歩き続けた。

源助もこまかな商いをコツコツと続けてきた男だ。世話好きで顔が広くて、本当の意味で人さまの役に立っていた。

宇三郎も、以前はぐれていたかも知れないが。今はまっとうな世渡りで立ち直ろうとしている。その宇三郎が惚れているふしだらなお延にしたって、もともと好きで女郎になったわけではあるまい。貧に叩かれ心の箍《たが》まで外されて、仕様ことなしにああなってしまったのだろう。ひょっとすると宇三郎は、お延の閨《ねや》が上手なことよりも、そんな女の哀れさを見ているのかも知れないのだ。

伊三郎や大坪屋のおそのというお内儀も、互いにいとしい相手をかばい合った末にあんなことになってしまった。弱い者同士がかばい合っての共倒れなのだ。

「松ちゃん、しあわせになっとくれよ」

最後に平吉は松之助の顔を思い泛べた。それにすぐ松留のお梅の顔が重なる。

「蘭方なんておよし。石島町へ行く暇があったら、お梅ちゃんを可愛がっておやり」

そうつぶやいた時、平吉の頬には涙が光っていた。

松之助のしあわせにとって、順庵は危険な存在だと思った。順庵がお節介《せっかい》をして松之助に新しい目を与えたりしたら、松之助はとんでもない方向へ突っ走ってしまうかも知れなかった。

順庵もそうだが、京伝や蜀山人や馬琴などは、いったいどういう人間なのだろう。金持とは言えず、権力も持ってはいない。みな市井《しせい》の者だ。が、それでいてただの庶民とも少し違う。

「そうだ、知恵持ちなんだ」

平吉は自分で考えつき、納得した。京伝や蜀山人は、なまじ知恵があるだけに世の流れには逆らわない。そこへ行くと、順庵はもう少し格のさがった知恵持ちというところか……。

水戸の下屋敷の前を通って向島へ入った平吉に、男の子が一人ついて歩く。ひょこひょこと蟹股の真似をしてよろこんでいるのだ。

「おい坊や」

平吉は歩きながらその子に言った。

「なあに」

「どこかこの辺りに、井筒屋さんておうちがあるのを知らないかい」

「知ってるけど、もうないの」

「ない……」

「うん。お兄ちゃんが大人になったらまたできるよ」

「なあんだ」

平吉は、やっと自分が微笑できることを感じた。

「坊やのおうちかい」

「そうだよ」

「案内しておくれ」

平吉が手を出すと、男の子は素直にその手の先を握った。

思ったより遠くて、水戸家の下屋敷のはずれにある常泉寺の近くだった。内福な商家の別宅といった感じの、小ぢんまりとした家だった。

「浩吉」

家の垣根の外に女が立っていて、叱るように呼んだ。男の子は平吉の手を放してそのほうへ駆け寄って行く。

「どうもありがとうございます」

その子を連れ戻してくれたものと思い込んだようで、女は礼を言った。

「いえ、どういたしまして」

平吉はそう言ってから、女に宇三郎は来ていないかと訊いた。この三、四日顔を見せていないと答えて、女は家の中へ入ってしまった。

「さて……」

平吉は辺りを見まわした。探すまでもなく、それらしい新築の家が見えていた。

六十八

平吉は川のほうへ引っ返して、竹屋の渡しの近くの土手に腰をおろし、時間を潰し始めた。

江戸の空が夕陽で真っ赤に染まり、その色と同じような赤蜻蛉《とんぼ》が群れ飛んでいる。

「また土手へ戻っちまったか」

平吉は苦笑した。俺は何かあるとすぐ一人ぼっちで土手にいると思った。

それにしても安兵衛の身が案じられた。あの爺つぁんのことだから、うまく逃げのびたのだろうが、今頃ひょっとして俺が差口《さしぐち》したと思ってやしないかと考えたら、平吉は急に嫌な気分になった。

が、いずれ時がたてば判るだろうと思い、その考えを頭から追い払う。

これは博奕《ばくち》みたいなものだ。平吉は川面《かわも》をみつめながらそう思った。京伝があの新築の家にいなければ何にもならない。しかし、そこにいそうだという勘が強く働いていた。

あんな飛び出し方をしてしまったから、もう町屋敷へ戻ることはできなかった。出たあとには繁吉がどこからか引っぱり出した綴りが散らばっているし、調べれば重大な証拠になるものが失《な》くなっていることも判るだろう。

「恩を仇で返す者は犬畜生にも劣ります」

伝左衛門がそう言うのが目に見えるようだった。

でも、今なら遅くないかも知れない。

平吉の心にそういう怯えたような考えがよぎった。書き付けは三通とも繁吉が持っている。謝って帰れば、伝左衛門はとにかく、京伝がとりなしてくれるかも知れなかった。

が、夕方の風のせいばかりではなく、平吉は鋭く身震いした。

あのもっともらしく、善人めいた長い顔で慈悲をかけられるのは真っ平ご免だった。知恵は本物でも、人の情けはにせ物じゃないか。人間を生きているように描くと言いながら、その実貧乏人の心などこれっぱかりも判っちゃいない。それを判ったような顔でいるだけ余程図太い。あんな連中に情けをかけられるなら、死んだほうがましだ。平吉はそう思った。

無意識に懐ろへ入れた手に、なけなしの二朱判が触れた。

出して眺める。白っぽく光った面に、銀座常是《じょうぜ》の四文字が浮いている。裏返すとおなじみの文字。

以南鐐八片、換小判一両。

みんな、この長四角の小さな奴で、泣いたり笑ったりしているんだ。山吹色なんて貧乏人には縁がない。この白くて四角い奴が幾つかある時は、親子の間に笑い声が立ち、ひとつもない時は夫婦が泣く。

「いってえ、お前は何なんだい」

平吉は声に出してその二朱判に尋ねた。銀貨は答えず、土手の枯れ草が風に鳴るだけだった。

別にこいつが悪いわけじゃない。平吉はそう思い、また川面に目を移した。

しあわせにやっている奴もいる。すると平吉はまっ先に四ツ木の春吉を思い出した。春吉はいい百姓になるんだと言い残して闇の中へ消えて行った。今となってはそういう春吉のいることが救いだった。いずれ庄右衛門の名を名乗るようになるだろう。その時また会ってみたいものだと思った。

ほかにまだ一人、よく知っている人がすぐこの向島にいることを平吉は思い出した。岩瀬の家の実家である深川の質屋の伊勢屋で、姑にいびられて散々苦労した先のおかみさんのおこんさんが、今は向島で小さな莨屋をやっているのだ。

平吉はおこんさんに随分可愛がってもらったものだ。伊勢屋へ使いに行くたび、菓子をくれたり手拭をくれたりした。本当に心《しん》から優しくて、女らしい女といったら今でもすぐにおこんさんを思い出してしまう。ところが伊勢屋は、青山さまへ納まったようなのがいるから、そのおこんさんを品がなくて貧乏たらしいと思っていたようだ。

それで追い出されて、源助の世話でどこかの番頭をしていた人と一緒になり、今では小さいながら莨屋をして平穏に暮している。それでいいんだ。おこんさんみたいな人は、小さくてもいいから、平穏に、しあわせに暮すほうがいい。なまじ大名なんかとかかわり合ってひとでなしになるよりは。

日が暮れ始めた。もうちょっとの辛抱で、あの豪勢な家の庭へ忍び込めるのだ。京伝にひとこと言ったら気がすむのだ。きっとあそこにいてくれるに違いない。

そのあとは成り行きにまかせよう。生きるも死ぬもおのれの運しだいだ。しかしもう江戸には住めまい。江戸の近くにもだ。この大盤股はみんなよく知っている。

平吉の頭には、同時に別の声も聞えていた。

お前は生きたいのか……。それはひどく冷たい声だった。

京伝が助けようとしたって、周囲がそれを許さないだろう。繁吉を町屋敷へ送り込んだのが堪忍旦那であることははっきりしているのだ。同心でも自分の身を守らねばならないだろう。逃げた繁吉を目の色変えて追うぞ。おのぶさんは平吉と二人で逃げたと証言するだろう。お前は下駄屋の甚造たちに追われることになるのだ。それから逃げ切れたとしても、いったいどこへ行く。四ツ木はまっ先に探されるぞ。お前は荒川の土手の時と同じように、一人ぼっちになったのだ。今度もまた都合よく救いの手が現われると思うのか……。

平吉はのっそりと立ちあがり、土手を横に歩いて、河原にある乞食小屋へ近寄って行き、なけなしの二朱判を、ぽいとその中へ抛り込んでしまった。

六十九

平吉は暗がりでその様子を凝視していた。庭へ忍び込むと、逆に家の中から暗くなるのを待っていたように、侍をまじえた男たちが十人ほど出て来て、その中の五、六人が庭の隅の土を掘り返し始めたのだ。

「急げ」

侍が鋭く言う。鍬《くわ》をふるっている者の中に、新助と幸之助の姿が見えた。

やがて侍たちが、裏手から何かをずるずると引きずって来た。重い袋のようだと思ったが、よく見ると人間の体だった。

殺られてしまっている。

どうやらそれは源助と宇三郎らしかった。平吉は植え込みのかげで体を丸めたまま、胸の前で手を合わせた。

南無阿弥陀仏。

心の中でそう念じた。その六字を書いた紙きれを入れた守り袋は、今でも肌につけている。

男たちは深く掘った穴へ、二人の死体を落し込むと、手早く土をかけ、埋め戻した上を足で踏みつけて平らにならした。

「いい月だな」

そのずっと向うで、渋い声がした。重味のある声だった。

「どうだ、一句泛ばぬか」

「いえ……」

平吉ははっとした。京伝の声だった。

「このような宵にはご勘弁願いましょう」

いつもどおりの声だった。平吉の胸に、またあの見境のない怒りがこみあげてきた。長年敬い慕ってきただけに、その憎しみはいっそう激しかった。今も心の底では慕っているだけに、いっそう深い憎しみだった。

平吉は蟹股だが足には自信があった。あとずさって遠くからまわり込むと、京伝とその殿さまが部屋の灯りを背にしている真正面へ行って、

「見たぞ」

と呶鳴った。鍬を手に戻りかけていた連中の足がぴたりととまった。

「見たぞ伝蔵」

京伝の本名だった。京伝が相手なら、それだけでもう充分だったかも知れない。しかし平吉はもっと言ってやりたかった。

「銀座を取りあげようというんだ。てめえらが銀を勝手にしたいからだ」

平吉はくるりと背を向けて走り出した。

「待て、平吉」

聞いたこともない京伝の大声だったが、平吉は呶鳴りながら逃げた。

「銀座を盗むのは松平定信だ。越中守が銀座を盗むぞう」

平吉が全力で走りながら繰り返しそう喚いた。バタバタと追って来る足音がしていた。

逃げろ。逃げろ。

平吉は念仏を唱《とな》えるように心の中でそう繰り返していた。もう呶鳴りもせず、懸命に走っている。

逃げろ。逃げろ。

繰り返すうち、この世から逃げ出すのだと思い始めた。

逃げろ。逃げろ。逃げろ。逃げろ。

だが追手にも早い奴がいた。どんどん背後に迫って来て、とうとう追いつかれた。

これで逃げられた。

平吉がそう思った一瞬、白刃《はくじん》が月の光を照り返し、背中へまっすぐに突きささった。

「逃げたあ……」

平吉はそう叫んだ。刃が引かれ、平吉が倒れた時、やっと三人が追いついたようだった。

「いかん、人が来る」

「手応えは充分だ。退《ひ》け」

侍たちは素早く平吉を残して去って行った。

「こんなに遅くなってしまって……」

月明かりの道を一組の男女が近付いて来る。

「おや、何かあったかな」

男は立ち去って行く侍たちの影をちらりと見たらしい。

「でも楽しい一日でした」

女の声は甘えているようだ。

「萩見物なんて本当に久しぶり」

萩見の帰りの夫婦連れのようだった。

「おい、誰かあそこに倒れているぞ」

夫は足を早めた。

「嫌だ、こわい」

女房が遅れまいと歩調を合わせた。

「や、血がこんなに……」

夫はしゃがみ込んだ。同時に女房がキャッと叫んで夫にしがみつく。

「へ、平さんよ」

「誰……」

「銀座町屋敷の平さんよ」

「この字平吉か」

「そう。お前さん、行きましょう」

「でもまだ息があるようだ」

「よして。かかわり合いになるわ」

「だってお前、助かるかも知れないんだ。そんな不人情なことを言って」

「平さんよ、その人。銀座町屋敷の人よ。あたしは以前どこにいたと思うの」

「あ、そうか」

今度は逆に夫のほうが気味悪がって立ちあがった。

「かかわり合いになるな、うっかりすると」

「早く」

女房は夫の手を引っぱって走り出した。

「嫌よ、折角しあわせになれたとこなのに」

その声を、平吉はぼんやりと聞いていた。

「おこんさん……」

そうだ、そのとおりだ。かかわり合いにならないでくれ。しあわせになる為には、いろんなことから目をそむけなくては……。見て見ぬふり……。

平吉は倒れた時、道ばたの細い溝から誰かが掻きあげた泥の中へ、顔を半分突っ込んでいた。

どぶどろ……。

平吉は最後に頭の中でそう思った。また俳句を作ろうとしたのかも知れない。

本書は一九九二年に小社より刊行した単行本の文庫判です。

特選時代小説

KOSAIDOBUNKO

どぶどろ

2015年 5月1日　第1版第1刷

著者
半村《はんむら》 良《りょう》

発行者
清田順稔

発行所
株式会社 廣済堂出版
〒104-0061 東京都中央区銀座3-7-6
電話◆03-6703-0964［編集］ 03-6703-0962［販売］ Fax◆03-6703-0963［販売］
振替00180-0-164137　http://www.kosaido-pub.co.jp

印刷所・製本所
株式会社 廣済堂

ISBN978-4-331-61635-2　C0193